그리고 너는 속고 있다

そしてあなたも騙される

SOSHITE ANATAMO DAMASARERU
by Akira Shiga
© 2023 by Akira Shiga
Original Japanese edition published by GENTOSHA, Inc., Tokyo
Korean translation rights arranged with GENTOSHA, Inc.
through Shinwon Agency Co., Seoul
이 책의 한국어판 저작권은 Shinwon Agency Co.를 통해 Akira Shiga와의 독점 계약으로 소
담출판사에 있습니다. 저작권법에 의해 한국 내에서 보호를 받는 저작물이므로 무단전재
와 무단복제를 금합니다.

그리고 너는 속고 있다

펴 낸 날 | 2024년 4월 10일 초판 1쇄

지 은 이 | 시가 아키라
옮 긴 이 | 양윤옥
펴 낸 이 | 이태권

책임편집 | 정지원
북디자인 | 고현정

펴 낸 곳 | 소담출판사
서울특별시 성북구 성북로5길 12 소담빌딩 301호 (우)02880
전화 | 02-745-8566 팩스 | 02-747-3238
등록번호 | 1979년 11월 14일 제2-42호
e - mail | sodambooks@naver.com
홈페이지 | www.dreamsodam.co.kr

ISBN 979-11-6027-453-0 (03830)

• 책값은 뒤표지에 있습니다.
• 잘못된 책은 구입하신 곳에서 교환해드립니다.

그리고
너는
속고
있다

시가 아키라 지음

양윤옥 옮김

소담출판사

내 인생의 좌절은
그 남자를 만나면서부터 시작되었다.

프롤로그

"저희 편의점 앱이나 포인트 카드, 갖고 계십니까?"

얼굴빛이 창백한 여점원이 물었다.

"아뇨, 없는데요."

미사키가 대답하자 점원은 계산대에 올려놓은 하겐다즈 크리스피 샌드의 바코드를 찍었다.

"325엔입니다."

일주일 동안 착실히 강의를 들으면 그 보상으로 금요일 저녁에 이 아이스 샌드를 사 먹는 게 미사키가 누리는 가장 큰 사치였다.

"얘, 미사키, 포인트 적립 안 해?"

크리스피 샌드를 한 입 먹은 참에 금발 머리의 같은 과 친구 히토미가 이상하다는 얼굴로 물었다.

"응, 히토미는 적립하고 있어?"

"당연하지. 안 하면 손해야."

그러잖아도 편의점에서 계산할 때마다 약간씩 손해를 보는 기분이었기 때문에 미사키는 그 말이 마음에 걸렸다.

"그치? 근데 가입하기도 귀찮고, 어디서 어떻게 만드는지도 모르겠어."

"어휴, 인터넷에서 뚝딱 만들 수 있어. 포인트 쌓이면 그걸로 뭔가 살 수도 있잖아. 이건 얼른 만드는 게 단연 이득이야."

히토미가 자신의 포인트 카드를 보여 주면서 말했다.

"신용 카드 기능도 있어서 돈이 없어도 쇼핑이 가능하니까 너무 너무 편리해."

지갑에 현금이 없는데 급하게 쓸 일이 생기면 여간 답답한 게 아니다. 신용 카드 기능까지 있다면 마음이 놓이는 건 틀림없다.

"근데 심사가 까다롭지 않아?"

고등학교 졸업한 뒤부터 항상 신용 카드가 있었으면 했지만, 대학생에게는 발급해 주지 않는다고 들었다.

"뭔 소리야, 같은 대학인데 나는 발급해 줬잖아. 미사키도 당연히 해주지."

속 는 사 람

1

누마지리 다카요 님

귀하가 입주한 가네야마 하이츠 104호실 임대료가 여러 차례의 독촉에도 불구하고 미납되었습니다. 체납 임대료와 연체 이자, 독촉 수수료의 총합계는 196,000엔이오니 이달 말 납입 기한까지 전액 아래에 적힌 계좌로 입금해 주시기 바랍니다. 또한 최종 최고催告에 응하지 않을 경우, 주택 명도 및 체납 임대료 등의 지급 청구 소송 절차에 들어가게 됩니다.

어제 우편함에 도착한 독촉장을 다시 읽어 보며 나는 불안으로 가슴이 터질 것 같았다. 부동산 중개인이 몇 번인가 전화는 했었다. 임대료를 계속 체납하면 법적 절차에 들어갈 거라는 경고였다.

속는 사람

그래도 이쪽 사정을 설명하고 간곡히 부탁하면 어떻게든 될 거라는 막연한 기대로 모른 척 넘겨 왔다.

"엄마, 잘 다녀오겠습니다."

아야나의 천진한 목소리에 퍼뜩 정신을 차렸다.

나는 초등학교 2학년인 아야나와 둘이서 도쿄 아다치구의 작은 연립 주택에서 살고 있다. 지은 지 30년이 넘었다는 허름한 집이다. 욕실 앞 마룻바닥은 발을 딛을 때마다 삐걱거리는 소리를 내서 큰 지진이라도 나면 금세 무너져 버릴 것 같다. 세탁기는 빨래를 할 때마다 배수 호스를 연결해야 하고, 화장실은 요즘 세상에 보기도 힘든 재래식이다. 불만은 산더미처럼 많지만 이만큼 저렴한 월세 집은 구하기 어렵다.

"응, 잘 다녀와. 차 조심하고."

현관문을 뛰쳐나가는 작은 등을 향해 말을 건넸다.

아야나의 뒷모습이 모퉁이를 돌아 더 이상 보이지 않자 다시 독촉장이 생각났다.

소송이라는 말이 특히 무서웠다.

내 쪽에서 일방적으로 잘못한 것이라서 소송을 당하면 이길 전망은 털끝만큼도 없다. 이대로 가다가는 새 집을 구해 나가야만 한다. 하지만 이 집 임대료도 못 내는 형편인데 이사할 비용은 물론이고 새로 집을 얻을 보증금이 있을 리 없다. 여기서 쫓겨나는 순간 우리 모녀는 길거리를 헤매게 될 것이다.

어떻게든 이달 말까지 196,000엔을 마련해야 한다. 하지만 통장 잔고는 0에 가깝고 돈이 될 만한 물건은 이미 모두 팔아 치웠다. 호박 일러스트가 그려진 달력을 돌아보니 이번 달은 이제 겨우 열흘이 남았을 뿐이었다.

화장은 하는 둥 마는 둥, 중고 마켓에서 사 둔 면바지와 플리스 재킷을 입고 집을 나섰다.

가까운 역에도 작은 소비자 금융 점포가 있었지만 혹시라도 아는 사람을 마주칠까 봐 일부러 지하철을 타고 신바시역까지 나갔다. 샐러리맨이 많은 곳이라서 역 근처에 대형 소비자 금융과 대부 업체 간판이 여기저기에서 눈에 띄었다. 역 바로 앞 빌딩에는 텔레비전 광고에 자주 등장하는 소비자 금융 간판이 각 층별로 줄줄이 이어졌다.

엘리베이터를 타고 점찍어 둔 층의 버튼을 눌렀다.

도쿄로 옮겨 온 뒤로 항상 돈에 쪼들리며 살았지만 아직까지 소비자 금융 신세를 진 적은 없었다. 인터넷으로 검색해 본 바로는 내 작년 연 수입 정도면 50만 엔까지는 대출이 가능할 터였다. 운전면허증과 공공요금 영수증, 그리고 혹시나 해서 작년분 원천징수 내역서도 가방 속에 준비해 왔다.

엘리베이터에서 내리자 바로 앞에 소비자 금융 입구가 보였다. 제복 차림의 직원이 자동문 너머로 인사하며 맞아 주는 은행 같은 곳을 상상했는데 작은 수동문 하나뿐인 조촐한 곳이었다. 게다가 그 문도 닫혀 있어서 한순간 쉬는 날인가 하고 착각했다.

입구 앞에서 잠시 망설였지만 마음먹고 손잡이를 돌렸더니 가벼운 감촉과 함께 문이 열렸다.

"어서 오세요. 잠시만 기다려 주십시오."

안에 들어가자 스피커에서 여자 목소리로 안내 방송이 들려왔다. 무인점포였다. 다행인지 불행인지 나 외에 다른 손님은 없었다. 정면에 부스 두 개가 있고 오른편으로는 은행 ATM 같은 기기가 보였다. 이미 카드를 가진 사람은 그걸로 현금을 빌릴 수 있는 모양이다.

정면 부스는 나 같은 신규 고객을 위한 곳이라고 금세 알 수 있었다. 완전한 개인실인 걸 보니 남의 시선에 신경 쓸 것 없이 돈을 빌릴 수 있게 배려해 준 모양이었다.

"부스 안으로 입장해 주세요."

다시 여자 목소리의 안내 방송이 들렸다.

직원의 모습은 보이지 않았지만 천장에 달린 감시 카메라가 나를 빤히 쳐다보는 느낌이 들어서 어쩐지 불안해졌다. 우물쭈물하면 또 뭔가 잔소리를 할 것 같아 서둘러 부스 안으로 들어가 문을 닫았다.

큼직한 터치 패널이 설치된 전면에 스캐너와 내선 전화, 비상용 뻘간 버튼, 그리고 뭔지 모를 다양한 버튼이 있었다. 내부는 깨끗

그리고 너는 속고 있다

이 청소되어 먼지 하나 날리지 않았다. 그 무기질적인 분위기에 괜스레 기가 죽어 바짝 긴장해 버렸다.

침착해지자고 마음을 다독거리며 의자에 앉았다. 눈앞의 터치 패널에 '처음 오신 고객용'과 '등록 회원용'이라고 표시된 두 개의 버튼이 눈에 띄었다. 나는 침을 꿀꺽 삼켰다. 난생처음 소비자 금융에서 돈을 빌리려는 것이다. 뭔가 꺼림칙한 일을 하는 듯한 느낌이 들었다.

한 차례 심호흡을 하고 손가락 끝으로 터치 패널을 누르자 등 뒤에서 철컥 하는 금속음이 울렸다. 움찔해서 반사적으로 허리를 틀어 뒤를 돌아보았다.

부스 문이 자동으로 잠기는 소리였다.

그 즉시 함정에 빠져 어디로도 도망칠 수 없는 작은 동물이 된 기분이었다. 실제로 앞으로 갚아 나가야 할 원금과 이자를 생각하면 함정에 빠졌다는 게 전혀 틀린 말은 아닌지도 모른다.

"오른쪽에 회원 가입 설명서가 있습니다. 찬찬히 읽어 보시기 바랍니다."

팸플릿을 쌓아 둔 선반이 있었다. 그중 한 권을 가져와 훌훌 넘겨 보았다.

일괄 결제와 리볼빙 결제 중 하나를 선택하실 수 있습니다.

임시 수입이 있을 경우에는 만기일 이전에 대출금 전액을 상환할 수 있습니다.

전국의 어떤 ATM에서도, 그리고 해외에서도 이용 가능합니다.

이 소비자 금융의 시스템과 메리트에 대한 설명이었다.

가장 염려했던 금리는 연간 18%, 카드론의 경우는 35일마다 결제한다. 1회 상환액은 빌리는 측에서 자유롭게 정하고, 만일 목돈이 들어올 때는 최대 전액 상환도 가능한 시스템이었다.

실은 좀 더 많이 신청하고 싶었지만 일단 20만 엔만 빌리기로 했다.

그리고 현재 실업 상태라서 상환이 힘들 것 같아 월별 상환액은 최소한으로 설정하기로 했다. 그래도 원금 20만 엔의 3%라면 6,000엔이나 된다. 거기에 이자 3,000엔을 더해 9,000엔을 다달이 입금하지 않으면 안 된다.

일자리만 구하면 어떻게든 갚아 나가겠지만 갑작스러운 지출이 발생하면 상환이 힘들어질 것이다. 입회 수속 설명서에 '갑작스러운 지출로 연체가 예상될 경우에는 미리 상담해 주세요'라고 적혀 있어서 조금은 마음이 가벼워졌다.

나는 마음을 정하고 터치 패널의 버튼을 눌렀다.

본인 확인을 하겠습니다. 확인 서류를 선택해 스캔해 주세요.

그리고 너는 속고 있다

가방에서 운전면허증을 꺼내 스캐너에 넣었다. 그리고 디스플레이에 표시된 순서에 따라 하나하나 입력해 나갔다.

대단히 죄송하지만, 고객님은 대출 대상이 아닙니다. 자세한 사항은 내선 전화로 문의해 주세요.

그런 문구가 디스플레이에 표시되었다.

왜 안 된다는 걸까. 지시한 대로 다 했는데…….

기기 왼편에 걸린 수화기를 들고 발신 버튼을 눌렀다.

"저기요, 대출 대상이 아니라고 나오네요. 어떻게 해야 돼요?"

"네, 고객님, 감사합니다. 지금 확인해 볼 테니 잠시만 기다려 주세요."

상냥한 느낌의 여자 목소리 뒤에 보류음이 들려왔다. 뭐가 문제인지도 모른 채 꽤 오랜 시간을 기다려야 했다. 보류음이 반복될 때마다 불안감은 점점 커져 갔다. 이윽고 조금 전의 여자 목소리가 들려왔다.

"누마지리 다카요 고객님은 현재 계약직 파견 업체에 등록되신 것이지요?"

"그렇습니다."

"그러면 파견 업체가 아니라 현재 근무 중인 회사를 말씀해 주세요. 그쪽에 재적 확인을 하도록 하겠습니다."

"재적 확인이라니, 그게 뭐예요?"

"직장에 전화해 누마지리 다카요 고객님이 근무 중이라는 것을 확인하는 절차예요. 저희 회사 이름은 밝히지 않으니까 누마지리 고객님께서 대출을 받는다는 게 근무처에 알려지는 일은 없습니다. 그건 걱정하지 않으셔도 됩니다."

현재 근무하는 회사에 확인하는 절차가 있다는 건 알지 못했다. 작년 연 수입 증명이 확실하니까 파견 업체 이름만 밝혀도 괜찮을 거라고 생각했다.

"죄송합니다. 사정이 있어서 근무하던 회사는 석 달 전에 그만 뒀어요. 작년의 원천징수표가 있으니까 그걸로 심사를 통과시켜 주면 안 될까요?"

◆

"멍청한 거야?"

"넌 인간이 아냐, 이 악마야!"

얼마 전까지 근무했던 회사는 블랙 기업으로 유명한 곳이었다. 콜센터 클레임 처리팀에서는 고객에게 전화로 계속 험한 말을 듣던 끝에 결국 정신에 병이 드는 사람이 속출했다.

"답답해 죽겠네. 고객을 이렇게 무시해도 돼?"

"오늘 속옷은 어떤 색깔이야?"

하지만 결코 이쪽에서 먼저 전화를 끊어서는 안 된다는 규칙이 있어서 아무리 불합리한 얘기라도 다 들어 주고 상대가 전화를 끊을 때까지 응대하지 않으면 안 되었다.

"당신하고는 말이 안 통해. 책임자를 바꿔, 책임자를!"

그런 요구는 항상 있는 일이었다. 그럴 때는 슈퍼바이저라는 남성 책임자를 바꿔 주는 게 규칙이었다.

"뭐든 나한테 돌리시면 안 되죠. 스스로 하는 데까지 최선을 다해 응대해 주세요."

그렇게 떠넘기는 슈퍼바이저도 결국 견디지 못하고 차례차례 사표를 던지는 곳이었다.

"나를 아주 만만하게 봤구나. 당신, 이름이 뭐야?"

다짜고짜 그렇게 물어보는 클레이머도 많았다.

"저는 누마지리라고 합니다."

풀 네임을 말할 필요는 없지만 누가 응대했는지 알 수 있도록 하기 위해 성씨는 반드시 밝혀야 한다.

"누마지리? 그래, 내가 그 이름 똑똑히 외워 둘게."

다나카나 스즈키처럼 흔한 성씨라면 좋을 텐데. 누마지리는 드문 성씨라서 사실은 밝히고 싶지 않았다.

"누마지리 씨, 오늘은 이쯤에서 봐주겠지만 내일까지 내가 얘기한 대로 꼭 처리해. 알아들었어?"

어떤 지독한 클레이머라도 통화가 끊기면 그걸로 일은 끝난다.

하지만 내일 다시 걸겠다고 하면 그게 머릿속에 남아서 한없이 맴돈다. 콜센터를 나와 집에 도착해서도, 아야나와 둘이 밥을 먹을 때도, 그리고 이불 속에서 잠을 청해도 내일 또 걸려 올지 모르는 클레임 전화가 머릿속 한 귀퉁이에 박혀 있다.

그렇게 하루하루를 보내는 사이에 멘탈이 점점 깎여 나갔다.

"누마지리 씨, 왜 이렇게 말귀를 못 알아먹어? 당신 주소를 알아내 내가 직접 만나서 설명해 줄까?"

주소를 알아낼 리 없다고 생각하면서도 정말로 알아내 찾아올까 봐 불안했다. 어쩌다 작은 착오로 회사 측에서 자택 주소를 알려줄 수도 있다. 이 클레이머가 해커처럼 특수한 능력의 소유자일 수도 있다.

그런 망상이 들기 시작하면 밤새 잠들지 못하고 뒤척였다. 어렵게 잠시 눈을 붙이고 회사에 나가면 수면 부족으로 번번이 단순한 실수를 저질렀다. 이윽고 출근하는 게 너무도 우울해졌다. 전화벨이 울리면 저절로 눈물이 흘렀다. 마지막에는 콜센터 문 앞에만 서면 걷잡을 수 없이 구역질이 올라왔다. 결국 그만둘 수밖에 없었다.

◆

"여보세요, 고객님, 여보세요?"

그때의 고통스러운 기억이 되살아나서 소비자 금융 부스 안에 있다는 것도 깜빡 잊어버렸다.

"아, 미안해요. 잠깐 딴생각을 했네요."

"네에, 그러시군요. 죄송하지만 방금 말씀드린 대로 고객님의 경우에는 대출해드리기가 어렵습니다. 저희 회사는 현재 정기 수입이 있는 분에게만 돈을 빌려드리고 있어요."

다른 소비자 금융에서도 결과는 마찬가지였다. 지금도 콜센터에서 일하는 중이라고 거짓말도 해봤지만 재적을 확인한다는 말에 포기할 수밖에 없었다.

196,000엔. 열흘 남은 납입 기한까지 어떻게든 그 돈을 마련하지 않으면 안 된다. 하지만 대졸 초임에 가까운 큰돈이라서 단기 아르바이트로도, 친구에게서 빌리기도 어렵다. 돈을 마련한다는 건 거의 불가능에 가까웠다.

소비자 금융 외에 또 다른 곳에서 빌릴 수는 없을까. 그렇게 생각하면서 주변을 돌아다녔다. 그러자 '△△파이낸스' 'ㅇㅇ론' 등의 간판이 눈에 들어왔다. 대부업자라고 하는 개인 운영 회사인 것 같았다. 저런 곳은 대체 얼마나 이자를 떼어 갈까. 간판에 적힌 번호에 전화를 걸어 보았다.

"안정적인 수입이 없는 분에게는 대출이 불가능합니다. 다만 담보가 될 만한 것이 있다면 상담에 응해드립니다."

작은 규모의 대부업체에서도 돈을 빌려주지 않았다.

"그래도 어떻게 좀 해주실 수 없을까요? 새 일자리를 구하는 대로 꼭 갚을 테니까요. 부탁드립니다, 대출 좀 해주세요."

"죄송하지만 일자리가 구해지는 대로 연락 주십시오. 언제든 대출해드리겠습니다."

어디든 심사에는 정해진 규칙이 있어서 울며불며 매달려 봤자 통하는 데가 아니었다.

"실은 집 임대료가 밀려서 이번 달 안에 20만 엔을 마련하지 못하면 퇴거 조치를 받게 돼요."

"저런, 딱하시네요. 하지만 그런 사정이라면 더더욱 대출해드릴 수가 없어요. 죄송합니다, 저희도 비즈니스라서."

지금 나만큼 돈이 필요한 사람도 없을 텐데 왜 어디서도 대출이 안 된다는 것인가. 빌려주기만 하면 반드시 갚을 텐데.

"저 같은 사람에게 대출해 줄 만한 곳은 없을까요?"

"등록 대부업체는 동일한 심사 기준을 적용하니까 어디든 똑같은 결과가 나올 거예요."

"그러면 돈을 빌려줄 데를 소개해 주세요. 대출 기준이 느슨한 곳, 어디 아시는 데 없나요?"

스마트폰을 움켜쥔 채 나도 모르게 연신 머리를 숙였다.

"그러면 사채업 쪽을 알아보셔야 할 것 같은데요."

아, 그래, 사채라면 빌릴 수 있구나…….

사채를 빌려 쓴 사람의 비참한 말로에 대해 인터넷이나 텔레비전에서 많이 보고 들었는데도 그렇게 생각해 버리는 나 자신이 무서웠다.

"하지만 사채 쪽도 수입이 없는 분에게 20만 엔씩이나 빌려주는 곳은 없어요."

소비자 금융은커녕 악명 높은 사채업자에게서도 돈을 빌릴 수 없다는 얘기였다.

망연자실한 채 나는 집에 돌아갈 마음도 나지 않아 근처 공원 벤치에 혼자 앉아 앞으로의 일을 멍하니 생각했다.

내키지는 않지만 이렇게 되면 사이타마에 사는 언니에게 울며 매달리는 수밖에 없다. 가방 속에서 스마트폰을 꺼내 언니 집에 전화를 걸었다.

"엄마의 치매기가 점점 더 심해지고 있어. 오늘도 몇 번이나 오줌을 싸 버렸지 뭐야. 나도 이제 정신적으로 한계야. 요양원에 보내는 게 좋을 거 같아. 다카요, 너도 얼마쯤 요양원 비용을 내줄 수는 없겠니?"

내가 돈 얘기를 꺼내기도 전에 언니의 하소연이 시작되었다.

"요즘 들어 시부모님까지 몸 상태가 심상치 않아. 앞으로 노인네를 대체 몇 명이나 돌봐 줘야 할지, 생각할수록 진짜 오싹하다. 가즈야도 내년에 중학교 입시를 치러야 하고 마사키도 학원에 보내야 하고, 애들 교육비만 해도 앞으로 몇백만 엔은 들 텐데 어떻게 해야 좋을지 모르겠어."

언니는 아들만 둘이고, 모두 도쿄의 명문 사립 중학교에 보내겠다고 한창 열을 올리고 있었다. 사립 중학교 수업료도 고액이지만, 거기에 합격하기 위해서는 초등학교 3학년 때부터 학원에 다녀야 하는데 그 학원비도 만만치 않다고 투덜거렸다.

"그래도 언니네는 임대 아파트를 운영하잖아. 그 정도는 쉽게 마련할 수 있지."

언니는 열 살이나 나이 많은 남자와 결혼했고 시댁은 지역에서 나름대로 알려진 자산가였다.

"아무리 임대료 수입이 많아도 결국 시부모님한테 들어가는 돈이야. 우리 집안 경제를 관리하는 건 시어머니고, 남편은 시아버지 회사에서 일하면서 월급 받는 처지야."

"그래도 형부가 그 회사 이사님인데……."

사장인 시아버지가 은퇴하면 회사는 형부가 물려받기로 정해져 있다고 들었다.

"말만 이사님이지 가족이라고 오히려 월급을 적게 받고 있어. 그 월급에서 엄마 요양원 비용을 빼다 써야 하니까 나도 정말 힘들어."

부잣집 며느리가 된 언니를 주위에서는 시집 잘 갔다고 다들 부러워했다. 하지만 그건 단순히 자산가의 며느리가 되었다는 것일 뿐, 언니 마음대로 쓸 수 있는 자금은 한정적이라고 했다.

"그보다 언니, 실은 내가 지금 급하게 돈이 필요한데……."

언니는 중학생 때부터 얼굴도 예쁘고 키도 크고 학생회장도 하

그리고 너는 속고 있다

고 이래저래 눈에 띄는 존재였다. 같은 공립 중학교에 진학한 나는 번번이 언니와 비교를 당해서 적잖이 마음고생도 했다. 언니는 두뇌가 명석하고 요령도 좋은 데다 도쿄 명문 사립대에 수시로 입학했지만 나는 성적도 그저 평범한 수준이라서 일찌감치 대학 진학을 포기하고 마음 편히 살아가기로 했었다.

그런 나를 언니는 항상 얕잡아 보는 구석이 있었다.

그걸 잘 알고 있었기 때문에 성인이 된 뒤로 되도록 언니와는 엮이지 않으려고 조심해 왔다. 게다가 나는 친정집에 돌이킬 수 없는 피해까지 끼쳤다. 그래서 돈 꿔 달라는 얘기를 꺼낸다는 건 정말로 죽을 만큼 창피스러운 짓이었다.

"이건 또 뭔 소리야, 대체 너까지 왜 이러니? 그야 나도 힘닿는 대로 어떻게든 도와주고 싶지. 하지만 엄마 요양원 비용이니 뭐니, 솔직히 우리도 넉넉지 않아. 애초에 네 남편이 그런 어리석은 짓만 안 했어도 내가 엄마를 떠맡을 일도 없었잖아."

그 말을 들으니 귀에서 피가 나는 것 같았다. 내 남편이 저지른 일로 아버지와 엄마, 그리고 언니에게도 엄청난 피해를 입히고 말았던 것이다.

내가 그런 남자에게 걸려들지만 않았어도 이렇게 힘들어지지는 않았을 텐데…….

◆

내 인생의 좌절은 그 남자를 만나면서부터 시작되었다.

고등학교 3학년 때 친구들을 따라 단체 미팅에 참가했다가 그 전해에 고교를 졸업했다는 한 살 많은 남자를 만났다. 나는 중고교 6년 동안 테니스부에서 활동해서 고3 때는 주장을 맡고 있었다. 도내에서도 유명한 테니스 강호 고등학교였지만 우리 학년은 '꽝 학년'이라고 불렸다. 여름 전국 대회의 예선에도 오르지 못한 채 끝나 버리는 바람에 나는 몹시 침울해진 참이었다.

"누마지리 씨도 테니스부였어요? 그 고등학교 남학생부는 작년 전국 대회에서 8강에 올랐잖아요?"

그 자리에서 만난 그는 우연히도 테니스 강호로 유명한 고등학교의 주전 선수였던 사람이었다.

"우리는 우승도 자주 하는 학교라서 8강에 오른 것 정도로는 기뻐할 것도 없었어. 게다가 어차피 단체전이잖아. 우리 학년에서도 딱 한 팀이 잘했던 것뿐이야."

8강에 올랐는데도 별일이 아니라니, 뛰는 놈 위에 나는 놈이 있다고 나는 내심 감탄했다.

"왜 스포츠 추천으로 대학에 진학하지 않았어요?"

우롱차를 한 모금 마시고 나는 그렇게 물어보았다.

다른 팀이 잘했을 뿐이라고 해도 그만한 실적이라면 스포츠 추천을 받을 수 있다. 나에게 그때의 그는 신 같은 존재로 보였다.

"지방에서 잘한다고 해봤자 전국 레벨에서는 훨씬 더 잘하는 놈들이 우글우글해. 게다가 대학 가서 테니스를 계속해도 모두 다 프로가 되는 것도 아니잖아."

나보다 훨씬 더 테니스를 잘하는데도 쿨하게 얘기하는 그의 마인드에 깜짝 놀랐다. 그리고 그런 그의 한마디에 어쩐지 위로를 받은 기분이 들었다.

"인간에게는 저마다 주어진 역할이라는 게 있어. 누군가 우승하기 위해서는 결승에서 패하는 자가 반드시 필요하고, 애초에 일회전에서 전체의 반이 떨어져 나가지 않고서는 토너먼트 시합은 성립되지 않아."

그는 무슨 생각을 하는지 잘 알 수 없는 타입이었지만 이따금 눈이 번쩍 뜨일 만한 명대사를 풀어놓곤 했다.

"그건 좋은 일이에요? 아니면 나쁜 일?"

"좋고 나쁘고 할 것도 없어. 전국 대부분의 고등학교에 야구부가 있지만 고시엔에서 우승하는 학교는 단 한 군데뿐이야. 그런데도 야구공 좀 만져 본 녀석들은 자기네가 우승할 수 있다고 굳게 믿고 매일같이 맹훈련을 하지. 이거, 일종의 세뇌 같은 거라고 생각되지 않아?"

묘한 이론을 펼치는 그가 당시의 나에게는 아주 매력적으로 보였다.

"테니스도 공부도 일등은 못 했지만 나는 앞으로 비즈니스로 일등을 해볼 생각이야. 테니스 따위는 열심히 해봤자 기껏 테니스 스쿨 코치나 되겠지. 하지만 비즈니스 쪽에서 성공하면 그야말로 세상이 활짝 열리거든."

그는 당시 사이타마현 우라와시의 조그만 프랑스 요리점에서 일하고 있었다.

"지금은 월급 받고 일하지만 레스토랑 경영 노하우를 배워서 언젠가는 내 가게를 꾸릴 생각이야."

그 프랑스 요리점에 초대해 준 적도 있었다. 셰프가 프랑스 요리 학원에서 유학했던 사람이라더니 하나같이 맛있는 요리가 나왔다.

그때까지 오로지 테니스에만 전념했을 뿐 남학생과 사귀어 본 적이 없었던 나는 금세 그에게 빠져들었다. 외모도 나쁘지 않은 사람이라서 이따금 다른 여자의 흔적이 느껴진 적도 있었다. 하지만 얼굴 마주하고 캐묻지 못한 채 나는 여러 명의 여자 친구 중 한 명에 지나지 않는지도 모른다고 혼자 애를 태웠을 뿐이다.

"다카요, 너희 부모님께 인사하러 가도 돼?"

그래서 사귄 지 석 달 만에 그런 말을 들었을 때는 무척 기뻤다.

묘하게 성실한 표정으로 이제 연인이 되었으니 부모님께 인사하는 건 당연하다고 말했던 것이다. 결혼은 생각도 못 했지만, 얼떨결에 부모님에게 그를 소개했다. 그리고 어느 틈에 부모님도 그의 손아귀에 들어갔는지 마치 아들처럼 마음에 들어 했다.

그는 뻔질나게 우리 집에 찾아왔다.

초등학교 6학년 때 친모를 병으로 잃고 새어머니 밑에서 자란

그리고 너는 속고 있다

사람이었다. 하지만 새어머니와 아버지 사이에 동생들이 태어나자 함께 지내기가 껄끄러워져서 고등학교를 졸업하자마자 집을 나왔다고 했다. 그런 복잡한 가정환경에서 자란 탓에 부모의 애정에 굶주렸던 것인지도 모른다. 그렇게 그는 마치 한 가족이 된 것처럼 우리 집에 드나들었다.

붙임성이 좋아서 특히 나이 지긋한 아주머니들에게 귀염을 받는 성격이었다. 어리광을 부리는 게 능숙하고 아주머니들과 거리를 좁히는 데 선수였다. 엄마도 완전히 마음에 들었는지, 딸 둘뿐인 우리 집에 이런 아들이 있었으면 했다면서 그를 애지중지했다.

그러던 참에 아야나를 임신했다. 내가 갓 스무 살 때였기 때문에 지우라고 할 줄 알았는데 그는 진심으로 기뻐하면서 당장 결혼식을 올리자고 했다.

"이제 아이도 태어날 테니까 본격적으로 사업을 시작할 생각이야. 공동 경영이지만 드디어 도쿄에 내 가게를 내기로 했어."

결혼을 계기로 그는 도쿄 노른자 상권에 레스토랑을 낸다고 통고했다.

막대한 금액의 대출을 받았는데 아버지가 그 연대 보증을 서 주기로 했다는 것이었다. 나는 한참 나중에야 언니를 통해 자세한 얘기를 들었다. 그가 엄마를 설득해 미리 약속을 받아 냈고, 아버지가 알았을 때는 도장을 찍어 줄 수밖에 없는 상황이었다고 한다.

그래도 레스토랑 사업이 잘 풀리기만 했다면 모두가 행복했을 것이다.

레스토랑은 개점 직후부터 SNS에서 인기를 끌어 잡지에 실리기도 했다. 하지만 요리에 대한 셰프의 고집이 지나치게 강해서 단가를 낮출 수 없었다. 게다가 직원들의 인건비도 높아서 매출에 비해 생각만큼 이익이 나지 않았다. 그 단계에서 경비를 줄였으면 좋았을 텐데 스태프들에게 미움을 사고 싶지 않다는 이유로 미적거렸다. 마지막에는 공동 경영자였던 셰프가 돈을 들고 튀는 바람에 막대한 빚만 떠안게 되었다.

그러자 사람이 점점 거칠어지더니 나중에는 도박에 뛰어들어 그걸로 빚을 갚겠다고 호언장담했다.

"내 지인 중에 도박 천재가 있어. 진짜로 만마권[1]을 정확히 맞히는 것을 내 눈으로 봤다니까?"

남의 말을 너무 쉽게 믿어 버리는 성격이라서 언변이 좋은 사람에게 깜빡 속아 넘어갔다. 경마장에서도 수상쩍은 인물과 어울리던 끝에 다시 빚이 눈덩이처럼 불어났다. 그러면서 더욱더 깊이 빠져들어 마지막에는 사채업자에게서 돈을 끌어다 썼다.

결국 아버지가 집을 팔아 남편의 빚을 청산해 줄 수밖에 없었다.

어릴 때부터 나는 아버지가 정말 좋았다. 낚시를 갈 때마다 나를

---

1 万馬券. 경마에서 100엔당 1만 엔 이상의 배당을 받는 마권을 말한다.

데려가 낚싯대를 쥐여 주곤 했다. 지금도 그때의 느낌이 선하게 떠오른다. 처음으로 반짝반짝 은빛으로 빛나는 물고기를 낚아 올렸을 때의 흥분과 감동은 아마도 평생 잊지 못할 것이다. 내게 낚시 재능이 있었는지 성인이 된 뒤로 아버지보다 더 많은 물고기를 낚는 일도 드물지 않았다.

오래도록 살아온 정든 집을 잃게 된 아버지는 그 심로 때문인지 다음 해에 뇌경색으로 세상을 떠났다. 충격을 받은 엄마는 급격히 늙어 버리고 치매 증상까지 보이기 시작했다.

◆

"네 남편, 요즘에도 너를 찾고 있는 거 같아. 얼마 전에 나한테 전화해서 아야나가 어디 있는지 아느냐고 묻더라니까."

언니의 말을 듣고 나는 등짝이 얼어붙는 듯한 느낌이었다.

도박에 빠져든 뒤로 남편은 대체 무슨 생각을 하는지 알 수 없는 사람이 되었다. 걸핏하면 불끈해서 험한 욕설을 퍼붓고 주먹까지 휘두르는 가정 폭력을 저지르곤 했다. 견디다 못해 나는 아야나를 데리고 남편에게서 도망치듯이 집을 뛰쳐나왔다.

"언니, 절대로 내 연락처 알려 주면 안 돼."

혹시라도 사는 곳이 알려지면 어떤 험한 꼴을 당할지 모른다.

"그거야 나도 알지."

언니도 그런 사정은 잘 알고 있어서 특히 조심한 모양이었다.

"그 사람, 어때 보였어? 언니네 집에 또 뭔가 피해를 끼치지는 않았어?"

남편은 언니 시댁에까지 찾아가 빚에 대해 하소연한 적이 있었다.

"요즘 무슨 금융 관련 일을 하는가 봐. 통화할 때, 혹시 가상 화폐에 관심이 있느냐고 묻는 걸 보니까 아마 그런 쪽 일을 하는 모양이야."

"그거, 백 퍼센트 미심쩍은 얘기니까 애초에 상대도 하지 마."

"네가 얘기 안 해도 알아."

나도 모르게 가슴을 쓸어내렸다. 이제 더 이상 남편 일로 우리 가족에게 피해를 입힐 수는 없다.

"언니, 내가 꼭 갚을 테니까 돈, 조금만 빌려주면 안 돼? 돈을 못 구하면 아야나와 지금 사는 집에서 쫓겨나게 돼."

"그래서 내가 말했잖니, 너 혼자 아이까지 데리고 도쿄에서 살기 힘들다고."

나는 원래 고향 이바라키에서 콜센터 일을 했다. 남편 문제로 고민하던 참에 도쿄 콜센터가 시급이 더 높다는 것을 알고 아야나와 함께 이쪽으로 나오기로 결심했다. 하지만 도쿄는 생활비가 예상보다 훨씬 더 많이 들었다. 그걸 메우려고 시급이 높은 클레임 처리팀으로 옮겼고, 무리에 무리를 거듭하다가 병이 난 것이었다.

그리고 너는 속고 있다

"마침 좋은 기회야. 고향에 내려와 나하고 같이 엄마 돌봐드리자."

"그건 안 돼. 그랬다가는 금세 애 아빠한테 들켜 버릴 거라고."

"네 남편은 둘이 진지하게 대화를 나누고 재결합했으면 좋겠다는 식으로 얘기했어."

그 말을 듣자 다시 등이 오싹해졌다.

"재결합이라니, 농담이라도 그런 말은 하지 마."

"그럼 정식으로 이혼해 달라고 하든지."

"그 사람이 순순히 이혼을 해주겠어?"

"글쎄, 진지하게 얘기하면 받아줄 것 같기도 하던데."

"그 사람, 원래 말솜씨만 좋아서 일단 얘기를 시작하면 이러니저러니 끈질기게 설득해서 자기가 원하는 대로 만들어 버려. 그렇게 아버지와 엄마도 속였잖아. 언니, 그거 잊었어?"

예전에는 언니도 엄마와 마찬가지로 남편을 마음에 들어 했다.

"어떻게 잊겠니, 그걸."

남편의 말솜씨가 좋다는 건 언니도 잘 알고 있었다. 세상에 없이 성실한 척 꿈이며 이상을 늘어놓으면서 어느 틈엔가 그의 말을 부정하기 어려운 분위기를 만들어 가는 것이다.

"당분간 남편에게 들키지 않게 이대로 도쿄에서 숨어 사는 수밖에 없어. 언니, 그래서 내가 지금 돈이 꼭 필요해."

"얼마나 필요한데?"

한숨을 섞어 언니가 물었다.

"20만 엔."

"그렇게나? 그런 큰돈은 나도 도저히 빼낼 데가 없어."

"그럼 반절만이라도, 언니, 부탁해."

나는 스마트폰을 향해 머리를 숙였다.

"반절이라니, 10만 엔도 힘들어. 닥닥 긁어도 3만 엔이 될까 말까야. 아무리 집안이 부자여도 모든 걸 시댁에서 쥐고 있잖아. 엄마 요양원 비용 때문에 나도 여간 눈치가 보이는 게 아냐. 게다가 너한테 그런 큰돈을 빌려준 걸 들켰다가는 내가 이혼을 당할 판이야."

2

"엄마, 또 물통이 비었어."

책가방을 등에 멘 아야나가 깔깔 웃으면서 물통을 쑥 내밀었다.

"앗, 미안. 지금 바로 넣어 줄게."

서둘러 주방으로 달려가 수도꼭지를 틀어 물을 받았다.

어제 법률 사무소에서 전화가 왔었다. 월말까지 임대료를 내지 못하면 그날로 나가겠다고 약속할 수밖에 없었다. 납입 기한인 이번 달 말까지는 이제 4일밖에 남지 않았다. 그래도 일자리만 구해지면 어떻게든 해결될 것이다. 그 마지막 기대에 매달려 아침부터 필사적인 심정으로 스마트폰 구인 사이트에 이력서를 넣느라 아야나의 물통에 물을 담아 주는 것도 깜빡 잊어버렸다.

"잘 다녀와."

책가방을 열어 물통을 넣고 아야나의 등을 토닥였다.

"학교 다녀오겠습니다!"

아야나가 힘차게 뛰어나가는 것을 손을 흔들며 배웅했다. 잠시 뒤 현관문을 잠그자 갑자기 다른 집이 된 것처럼 음울한 공기가 덮쳐들었다.

나는 한숨을 내쉬며 다시 스마트폰을 집어 들었다.

최대 30일, 제로 금리!

5초 만에 스피드 심사!

대부업체 톱10, 철저 비교

집중적으로 대출에 관련된 검색만 했더니 구인 사이트에 들어가도 그런 광고들만 떴다. 하지만 나는 광고를 낼 정도의 정식 대부업체에서는 대출을 받을 수 없다. 불법 사채라면 금세 빌려줄지도 모르지만 10일에 10%에서 30%까지 내야 한다는 이자는 도저히 감당할 수 없다.

사금융에서는 저리低利 대출이 가능합니다. 대부업법이 개정되면서 고금리 무등록업자의 벌금과 징역형이 대폭 상향되었습니다. 또한 악질적 추심 행위에 대한 규제도 강화되어 옛날 같은 악덕 사채업자는 완전히 사라졌습니다. 그래서 등장한 것이 우리 같은 사금융입니다. 개인과 개인이

돈을 빌려주고 빌리는 것이기 때문에 이런저런 융통성을 발휘할 수 있어 안심하고 거래 가능합니다.

방바닥에 주저앉아 스마트폰 화면을 스크롤하다 보니 그런 글이 눈에 뛰어들었다.

이제는 Merukari[2] 같은 프리마켓 앱에서 개인 간에 누구나 자유롭고 안전하게 중고 거래를 할 수 있습니다. 소액 대출업계에도 동일한 움직임이 일어났습니다. 폭력적인 독촉이나 협박이 없는 개인 간 대출 대차가 활성화된 것이지요. 관심 있는 분들은 아래 게시판을 살펴보시기 바랍니다.

손끝이 저절로 그 텍스트를 클릭했다.

- 급하게 엄마 병원비 2만 엔이 필요해요. 다음 달 25일 월급날에 꼭 갚겠습니다. (18세 가요코)

- 90만 엔을 대출해 주시면 한 달 후에 100만 엔으로 갚겠습니다. 월수입 30만 엔, 현재 빚은 없습니다. (가나가와현, 다쿠야)

---

2 일본의 온라인 중고 거래 플랫폼이다. 2013년에 개설하였으며, PC나 스마트폰 등으로 물품을 촬영하고 가격을 매겨 출품한다.

- 도와주세요! 싱글맘인데 저금해 둔 것도 없고 은행권 블랙리스트에 올라서 여기밖에는 부탁할 데가 없어요. 10만 엔만 빌려주세요.

인터넷을 살펴보니 그런 글들이 줄줄이 와 있다. '소프트 사채'라는 이름으로 개인이 돈놀이를 하는 언더그라운드 사금융 업자가 부쩍 증가한 것이다.

돈 때문에 고통받는 게 나 혼자만이 아니라는 것에 조금쯤 위로를 받은 기분이었다. 이런 소프트 사채라면 정말로 저리로 돈을 빌려줄지 모른다고 기대하며 게시판을 읽어 내려갔다.

하지만 인터넷 세상은 별의별 사람들이 우글거리는 곳이라서 사기인 듯한 얘기도 적잖이 눈에 띄었다.

보증금으로 기프트 카드를 구입해 주세요. (미나토구 강아지 금융)

돈을 빌려주기 전에 편의점에서 기프트 카드를 구입해 그 코드 번호를 스마트폰 카메라로 찍어서 보내라는 것이다. 그게 보증금 대신이라는 얘기였다. 하지만 이런 건 십중팔구 기프트 카드만 가로채고 돈은 빌려주지 않은 채 행방을 감춰 버릴 것이다.

쇼트타임 가능하신 분, 저리로 대출해드립니다.

그런 글도 있었다. 하지만 '쇼트타임'이라는 게 무슨 뜻인지 알 수 없었다. 한참을 검색해 보니 이건 개인 사채업계에서 주로 쓰이는 속어였다.

개인 사채업계에서는 고금리로 이자를 뜯어갈 뿐만 아니라 돈이 급한 사람의 약점을 노려 성적인 관계를 요구하기도 하는데 이를 <쇼트타임>이라고 한다. 당연히 피해자는 대부분 여성이고, 인터넷 게시판이나 SNS를 통한 피해 사례가 급증하고 있다.

저절로 등이 오싹해졌다.

개인 사채업은 합법적인 대부업체가 아니기 때문에 개인 정보가 유출되거나 사기를 당할 위험성이 크고, 자기도 모르는 사이에 다른 범죄에 연루될 가능성도 있다고 나와 있었다.

자택 주소, 전화번호, 근무처 전화번호, 가족 휴대 전화, 그리고 본인의 은행 계좌를 알려 주세요. 별문제가 없다면 당일 현금 지급해드립니다. (나가노현, 사사키 기코)

돈을 빌려주는 측의 메시지도 게시판에 올라와 있었다. 소액이라도 역시 대부업이라서 신원 확인이 엄격했다.

은행에 예금해 봤자 이자가 별로 붙지 않아서 노후 자금 마련을 위해 개
인 대출을 시작했습니다. 조건에 따라서는 법정 금리보다 저리로 빌려드
립니다. (주소: 도쿄, 나이: 58세, 이름: 오카모토 / 신청은 이쪽으로)

그런 메시지를 발견하자마자 시선을 떼지 못하게 되었다.

소프트 사채라도 열흘에 10%라는 고금리가 대부분이다. 그런
금리로 대출을 받았다가는 그 즉시 꼼짝달싹할 수 없게 된다. 하지
만 법정 금리보다 저리로 대출해 준다면 나도 상환이 가능할 것이
다. 실제로 일반인이 부업 느낌으로 운영하는 개인 대출이라면 상
황에 따라서는 편의를 봐줄지도 모른다.

'신청은 이쪽으로'라고 적힌 텍스트를 누르자 성명, 생년월일,
거주지 주소, 휴대 전화 번호, 메일 주소, 연락받기 쉬운 시간대를
기입하는 폼으로 이어졌다. 거기까지는 필수 사항이기 때문에 대
출을 받고 싶다면 사실대로 기입하는 수밖에 없었다.

그리고 맨 끝에 '코멘트(대출금과 변제 희망 일자 등)'라고 적
힌 칸이 있어서 '이번 달 안으로 20만 엔을 대출받고 싶습니다'라
고 써 넣었다.

막상 송신하려고 하니 손끝이 파르르 떨렸다.

역시 인터넷상에서 대출을 받는 건 너무 위험하지 않을까. 잠시
마음을 가라앉히기 위해 스마트폰을 바닥에 내려놓고 눈을 꾹 감
았다.

그리고 너는 속고 있다

어떻게든 돈을 빌리지 못하면 이번 달 말에는 정말로 이 집에서 쫓겨나고 만다. 딸아이만 아니라면 고시원이나 쪽방을 전전하면서 일당을 받는 일자리라도 찾아볼 수 있을 것이다. 하지만 어린아이를 데리고 머물 만한 고시원이 과연 있을까.

이 정보를 보내면 그 뒤에 어떤 위험이 도사리고 있을까.

휴대 전화 번호와 본명을 밝혀야 한다는 게 불안했지만, 여차할 때는 수신 거부도 가능하고 실제로 뭔가 험한 일을 겪는다면 경찰에 신고하면 될 것이다. 현재로서는 이 집에서 쫓겨나는 게 더 치명적이다. 최악의 경우, 아야나와 함께 지하철에라도 뛰어들어야 할지 모른다.

애초에 정말로 이런 데서 돈을 빌려주기는 할까.

돈을 빌려줄지 말지도 모르는데 계속 혼자 고민해 봤자 시간 낭비일 뿐이다. 다시 스마트폰을 들고 송신 버튼을 눌렀다. 하지만 송신 확인과 동시에 두렵고 불길한 예감으로 가슴이 술렁거렸다. 방금 송신했으면서 벌써 취소하고 싶은 마음이 들었다.

그러는데 즉각 답장이 날아오는 바람에 비명을 지를 만큼 깜짝 놀랐다.

운전면허증 등의 사진 있는 신분증과 본인 얼굴이 나란히 찍힌 셀프 사진을 보내 주세요. 이전에 대출금 먹튀 사실이 있는지 알아보기 위한 절차입니다.

대출금 먹튀란 빚을 갚지 않고 자취를 감춰 버리는 것이다. 인터넷 게시판에도 그런 사람들의 운전면허증이 줄줄이 게시되었다. 마치 공개 처형 후에 내걸린 머리 같은 느낌이었다. 나는 먹튀를 할 생각은 전혀 없었지만 결국 빚을 못 갚는다면 그들과 똑같이 내 운전면허증도 내걸리게 될 것이다.

임대료 납입 기한까지 이제 겨우 나흘밖에 남지 않았다.

더 이상 내게 남은 다른 선택지는 없었다. 스마트폰 카메라를 켜고 운전면허증을 얼굴 옆에 바짝 붙인 채 셀프 사진을 찍었다.

그 사진을 스마트폰으로 확인했을 때는 더욱더 불안해졌다.

이런 맨얼굴을 전혀 알지도 못하는 사람에게 보내도 괜찮을까.

화장품에 들어가는 돈이 아까워 요즘에는 화장도 거의 하지 않았다. 스마트폰 속의 나는 실제 나이보다 한참 더 늙어 보였다. 얼굴로 대출이 정해지지는 않겠지만 좋은 인상을 남겨서 나쁠 것은 없다. 아니, 오히려 환하고 건강한 인상의 사람이 아니고서는 개인 대부업자도 돈을 빌려주고 싶지 않을 것이다.

욕실에 가서 거울을 보며 오랜만에 공들여 메이크업을 했다.

화장은 그런대로 잘 받는 편이다.

부석부석하던 얼굴이 순식간에 변해 갔다. 파운데이션을 바르고 아이라인을 그리자 내가 아닌 나로 변신한 기분이었다. 그러자 인터넷상의 알지 못하는 사람에게서 돈을 빌려도 별로 두렵지 않다는 대담한 마음이 생겨났다.

스마트폰을 향해 살짝 미소를 지으며 다시 셔터 버튼을 눌렀다. 이번에는 내가 보기에도 괜찮은 사진이 나왔다. 이 정도라면 임대료를 못 내서 쩔쩔매는 비참한 싱글맘으로는 보이지 않을 것이다.

사진을 보낼 때 다시 한번 망설였지만 이번에는 전혀 다르게 생각할 수 있었다. 여기서 돈을 빌려도 괜찮을까 같은 걱정은 실제로 빌려준다는 것을 알고 난 다음에 해도 된다. 일단 사진을 보내지 않고서는 아무것도 시작되지 않는다.

다카요 씨를 믿고 대출해드릴게요. 결제 방법 등은 직접 만나 정했으면 하는데 나도 일이 바빠서 시간이 별로 없어요. 다행히 점심때 두 시간이 비는군요. 다카요 씨의 일정은 어떻습니까? 그때 대출금도 직접 드릴게요. (오카모토)

곧바로 그런 메시지가 들어와서 실로 오랜만에 살았다, 라는 안도감이 들었다.

새 일자리를 구하느라 날마다 면접을 봤지만, 오늘 오후에는 약속이 잡힌 곳이 없었다. 다만 아야나가 오후 3시에 학교가 끝나기 때문에 그때까지 집에 돌아오지 않으면 안 된다.

오후 2시까지는 시간이 있습니다. 어디로 찾아뵈면 될까요?

오카모토가 약속 장소로 정해준 곳은 고탄다역 근처 커피점이었다.

레트로 분위기의 커피점은 흡연이 가능한 곳이라서 양복 차림의 샐러리맨들이 담배를 피우며 커피를 마시고 있었다. 안쪽 깊숙한 자리에는 아직 한낮인데도 맥주잔을 기울이는 중년 남자가 있었다. 커피점 안에 들어선 순간부터 그 남자의 시선이 느껴졌지만 아무래도 오카모토는 아닌 것 같았다. 나는 은색 재떨이가 놓인 테이블에 자리를 잡고 점원에게 뜨거운 커피를 주문했다.

그리고 얼른 화장실에 가서 거울을 보며 퍼프로 파운데이션을 톡톡 두드렸다. 그 사이에 오카모토가 도착했을까 봐 마음이 급했지만 자리로 돌아가면서 커피점 안을 둘러봐도 그럴싸한 사람은 눈에 띄지 않았다.

점원이 커피를 가져왔을 때 손목시계를 확인해 보니 약속 시간에서 15분이 지나 있었다. 혹시 사람을 놀리려는 것이었는지도 모른다는 생각이 퍼뜩 들면서 초조해졌다. 인터넷 댓글을 믿고 고탄다까지 달려온 내가 바보였다는 후회도 들었다.

임대료 납입 기한까지 이제 정말 며칠 남지 않았다. 만일 못된 장난질이었다면 귀중한 시간을 허비해 버린 게 너무도 억울하다.

"누마지리 다카요 씨?"

어느 틈에 회색 양복 차림의 남자가 옆에 와 있었다.

인터넷 프로필에는 58세라고 적혀 있었지만 실제 오카모토는

그리고 너는 속고 있다

나이를 가늠하기 힘든 타입이었다. 얼굴에는 주름이며 기미가 눈에 띄었지만 숱이 많은 검은 염색 머리를 7 대 3 가르마로 빗어 올렸다.

"나는 선친에게서 적잖이 재산을 물려받았어요. 오래전에 샐러리맨 생활에는 종지부를 찍고, 임대료와 이자 수입 같은 불로소득으로 살고 있죠. 경제적으로 어렵지는 않지만 반쯤 취미 삼아 여윳돈을 개인적으로 빌려주고 있어요. 은행에 맡겨 봤자 요즘 같은 금리에서는 이자가 눈곱만큼밖에 안 되거든."

오카모토가 멜론소다를 휘휘 저으며 말했다. 유리잔 속이 부옇게 흐려졌다. 내 눈앞의 커피에서는 김이 났지만 잔을 입에 옮길 마음이 나지 않았다.

"어려운 사람들에게 대출해 주면 일종의 사회봉사라는 의미도 있고, 이렇게 다양한 사람들을 만날 수 있어서 나도 심심풀이가 된다고나 할까?"

그러더니 오카모토는 왼팔을 크게 돌려 손목시계에 시선을 던졌다. 다이아몬드 같은 보석이 잔뜩 박힌 값비싼 명품 시계로 보였다.

"그나저나 다카요 씨, 싱글맘이라고 했나?"

처음 만난 남자의 스스럼없는 말투에 온몸이 바짝 긴장했다.

갑작스럽게 친한 척하는 태도가 왠지 섬뜩했다. 나는 어릴 때부터 남과 거리를 좁히는 게 능숙한 편이 아니었다. 아무리 나이가 어린 사람에게도 선뜻 말을 놓지 못했다.

"네, 그렇습니다."

"여자 혼자 아이를 키우다니, 참 훌륭하네. 힘든 일도 많죠?"

오카모토는 눈을 감고 크게 고개를 끄덕이는 몸짓을 보였다.

"실은 제가 몸이 좀 안 좋아서 몇 달 전에 회사를 그만뒀어요. 그래서 현재 정기적인 수입은 없습니다. 몇 달째 임대료를 내지 못했더니 독촉장이 날아와서……."

"거참, 힘들겠네. 그래서 얼마나 필요해요?"

"20만 엔만 부탁드려도 될까요?"

"그건 좀 많은데? 첫 대출의 상한액은 10만 엔으로 정해져 있거든."

오카모토가 고개를 좌우로 흔들며 말했다.

대부업체에 전화했을 때도 아무리 사채라도 첫 대출은 한도액이 있을 거라고 알려 주었다. 그건 개인 대출일 경우에도 마찬가지인 모양이었다.

"어떻게 좀 사정을 봐주시면 안 될까요?"

깊숙이 머리를 숙이며 기도하는 심정으로 말해 보았다. 우선 오카모토에게 10만 엔을 대출받고 나머지는 다른 데서 빌려 볼까 하는 생각도 머릿속을 스쳤지만, 달리 부탁할 만한 데가 있는 것도 아니다.

"다카요 씨, 다달이 임대료가 얼마야?"

오카노토는 빨대로 부옇게 흐려진 연둣빛 액체를 빨아들인 뒤에 물었다.

"5만 5,000엔이에요. 그게 석 달이나 밀렸어요. 이달 말까지 한꺼번에 꼭 내야 합니다."

"그렇군. 돈을 어디에 쓸지는 잘 알겠고, 그래서 다달이 결제는 얼마나 하시려고?"

"어떻게 해드리면 될까요? 가능하면 여유를 갖고 갚을 수 있게 해주시면 좋겠어요."

돈을 빌리는 데만 필사적이어서 결제에 대한 것까지는 미처 생각하지 못했다.

"뭐, 괜찮아요, 나야 경제적으로 어려운 건 아니니까. 확실히 갚아 주기만 하면 몇 번에 나눠 내도 상관없어. 그래서 다카요 씨는 어떤 식으로 갚아 나갈 계획이지?"

"다달이 1만 엔씩 상환하는 걸로 해주시면……."

오카모토는 탁해진 멜론소다의 빨대를 입에 넣었다. 쓰르륵 공기를 빨아들이는 불쾌한 소리가 났다.

"안 될까요?"

조심스러운 눈빛으로 오카모토의 얼굴을 올려다보았다.

"1만 엔이면 이자는 별도로 치더라도 다 갚을 때까지 20개월이나 걸리는데?"

오카모토는 양손을 크게 돌려 팔짱을 끼고 난감하다는 표정을 지었다.

"돈은 꼭 갚을게요."

"그래도 20개월은 너무 길지 않나?"

"지금 제가 너무 어려워서 그렇습니다. 이대로 돈을 못 구하면 저와 딸아이는 집에서 쫓겨나게 돼요."

"사정은 딱하지만 20개월이라니, 그렇게 장기간 빌려준 적이 없어서 말이야."

나는 슬쩍 손목시계를 확인했다. 아야나가 학교에서 돌아오기까지 이제 두 시간밖에 남지 않았다. 지하철 비용을 들여 일부러 고탄다까지 나왔는데 한 푼도 빌리지 못하고 돌아가야 하는가.

"부탁드립니다."

이제는 계속 머리를 조아리는 수밖에 없다.

"그래도 다카요 씨가 현재 무직 상태란 말이지."

"제발 저희 모녀를 살려 주는 셈 치고 대출해 주세요. 부탁드립니다."

다시금 머리를 숙이며 입술을 악물었다.

"방금 만난 사이에 이런 말은 좀 그렇지만, 다카요 씨가 성실해 보여서 나는 믿을 만하다고는 생각해."

"고맙습니다."

가슴을 쓸어내리며 자세를 바로잡고 오카모토의 얼굴을 보니 만족스러운 듯 웃고 있었다.

"다카요 씨, 지금은 몸이 아파서 일을 나갈 수 없다고?"

그리고 너는 속고 있다

"몸은 이제 거의 좋아졌어요. 괜찮습니다. 지금도 열심히 일자리를 찾는 중이에요."

대출을 받아 집에서 쫓겨나지만 않는다면 다음 일자리도 곧 찾을 수 있다.

"하지만 좋은 일자리가 나온다는 보증도 없고, 뭐든 담보로 맡기면 20개월 분납으로 대출해 줄 수 있어."

"죄송해요, 담보가 될 만한 게 없습니다."

그런 게 있다면 이렇게 고생할 일도 없다.

"담보라는 게 말이지, 꼭 돈이 아니어도 괜찮거든."

오카모토가 입가를 올리면서 빙글빙글 웃었다.

"무슨 말씀이세요?"

"글쎄 담보가 꼭 물건이 아니어도 된다는 얘기야. 다카요 씨는 상당한 미인이고, 내가 완전히 마음에 들었어."

오카모토가 콧구멍을 벌름거리며 말했다.

"다카요 씨, 쇼트타임이라는 게 있는데 무슨 뜻인지는 알지?"

애매하게 고개를 끄덕이는 나를 보고 오카모토가 커피점 맞은편 러브호텔 간판으로 시선을 돌렸다.

"아뇨, 안 돼요. 그런 건 못합니다."

차림새는 나름 단정하지만 이 중년 남자는 어딘가 뒤틀리고 망가진 느낌이 들었다.

"대출을 못 받아도 돼? 돈이 없으면 집을 나와야 한다면서?"

입가에 웃음을 띤 채 오카모토는 일부러 그러는 듯 다시 한번 손목시계를 확인했다.

"그건 그렇지만……."

오카모토는 남은 멜론소다를 바닥까지 마시더니 하얀 아이스크림이 묻은 체리의 꼭지 부분을 손끝으로 집어 입에 넣었다. 그러고는 넣었다 뺐다 하면서 체리 겉에 묻은 크림만 슬슬 핥아먹고 있었다.

"나 말고 어디 돈을 빌려줄 데가 있겠어? 나는 담보만 받으면 법정 금리보다 더 낮게 빌려줄 생각인데."

"저는……그런 일은 못 해요."

몸을 숙이면서 고개를 가로저었다.

"다카요 씨, 이건 개인과 개인의 거래야. 서로 호감을 가진 사람들끼리 사적으로 돈을 빌려주고 빌리는 거라서 법에 저촉되지도 않아. 그리고 물론 그만큼 친밀한 두 사람이 호텔에 가는데 그게 매춘 같은 건 아니잖아."

매춘이라는 말이 가슴을 쿡 찔렀다.

"말하자면 연인이나 친구에게 잠시 돈을 빌리는 것과 마찬가지야. 나는 다카요 씨가 마음에 들었기 때문에 담보도 없이 돈을 빌려줘도 된다고 생각했어. 그냥 그것뿐인 일이야."

호감을 가진 개인 간에 돈을 빌려주고 빌린다. 그러니 이제부터 하게 될 일도 매춘이 아니다. 오카모토는 그렇게 설득하려는 것이

그리고 너는 속고 있다

지만 애초에 나는 이 중년 남자와 그런 행위를 할 생각이 없었다.

"돈이 필요하다고 했잖아?"

그의 말대로 지금 나는 어떻게든 눈앞의 남자에게서 돈을 빌리지 않으면 안 된다.

"나도 이래저래 바쁜 사람이라서 시간이 없어. 다카요 씨, 결단을 내린다면 지금이야."

나는 고개를 끄덕이지도 가로젓지도 못한 채 입을 꾹 다물고 있을 수밖에 없었다.

머릿속으로는 무슨 짓을 해서라도 돈을 빌리지 않으면 안 된다는 건 알고 있었다. 하지만 그 대가로 벌어질 일을 받아들일 수도 없었다.

"알았어. 그럼 대출 얘기는 여기서 끝내도록 하지."

오카모토가 테이블 위의 계산서를 들고 자리에서 일어섰다.

"자, 잠깐만요."

"어떻게 하려고? 역시 돈은 필요해?"

돈은 있어야 한다. 그래서 나는 일단 고개를 끄덕였다.

"좋아. 그럼 가 볼까?"

욕실에서 샤워를 하면서 오카모토가 콧노래를 부르는 소리가 들렸다.

커피점에서 계산을 마친 그는 내 동의도 얻지 않은 채 맞은편 러브호텔로 갔고 마음대로 체크인을 해버렸다. 나는 호텔 문 앞에 멍하니 선 채 돌아가지도 들어가지도 못하고 있었다.

"이봐, 호텔비도 내 버렸어. 얼른 오라고."

방금 전까지 살살거리던 말투가 확 변해서 딴사람 같은 목소리였다. 나는 온몸이 굳어 버릴 만큼 무서워서 저항할 기력마저 잃어버렸다. 게다가 여기서 도망쳐 봤자 아무것도 해결되지 않는다. 지금 내 문제를 해결해 줄 사람은 이 중년 남자밖에 없다.

침대 옆에 선 채 베갯머리의 시계를 보니 아야나가 집에 돌아오기까지 이제 한 시간도 남지 않았다. 지하철 환승까지 계산하면 여기서 30분 뒤에는 출발해야 아야나를 맞이할 수 있다. 각오를 하든 도망을 치든 이제는 시간적으로도 아슬아슬한 참이었다.

"다카요 씨도 샤워 좀 하지?"

하얀 대형 타월을 허리에 두른 오카모토가 욕실에서 나오며 말했다.

갈비뼈가 드러날 만큼 말랐는데도 배는 볼록 튀어나왔다. 저런 남자에게 안기다니, 역시 생리적으로 무리한 일이라고 생각했다.

"딸아이가 학교 끝나고 집에 올 시간이라서 오늘은 마음이 급해요. 다시 다음 기회에 만나면 안 될까요?"

"여기까지 온 마당에 무슨 소리야? 애들은 한두 시간 혼자 놔둬도 괜찮아. 다시 다음 기회라니, 이미 내 버린 호텔비는 어떻게 할 건데? 아까 커피값도 내가 냈잖아. 아니면 다카요 씨가 다 내 줄래?"

그리고 너는 속고 있다

그런 몇천 엔의 돈도 내게는 압박이 되었다.

"에이, 샤워는 안 해도 괜찮아."

그렇게 말하며 스윽 다가오는 바람에 나도 모르게 뒷걸음질을 쳤다. 하지만 금세 다리가 침대에 걸려 더 이상 도망갈 곳도 없었다. 그는 반강제로 끌어안고 입을 맞추려고 했다. 맡아본 적 없는 미묘한 냄새에 토할 것처럼 속이 울렁거렸다.

"아니, 잠깐, 잠깐만요. 우선 돈부터 주세요."

힘껏 밀쳐내면서 강경한 어조로 말했다.

"그거야 어디서든 후불이 원칙이야."

오카모토가 목소리를 높이며 눈을 부라렸다.

"안 돼요. 먼저 돈부터, 부탁드립니다."

"허참, 이따가 준다니까."

오카모토가 허리의 대형 타월을 벗어 던지고 나를 침대에 넘어뜨리려고 했다.

"앗, 잠깐만요."

필사적으로 외쳤지만 남자의 억센 힘은 멈추지 않았다. 치마 속으로 강제로 손이 들어왔기 때문에 두 다리를 단단히 오므리며 저항했다.

"돈부터 주세요."

"닥쳐!"

남자의 큰소리와 함께 뺨에 격통이 내달리고 지이잉 하는 날카로운 귀울림이 일었다.

이건 성폭행이다.

순간적으로 그렇게 생각했다.

"돈을 주지 않으면 경찰을 부를 거예요."

멈칫하는 오카모토의 몸 밑에서 빠져나와 침대 옆에 놓아둔 스마트폰을 움켜쥐었다.

"이 여자가 진짜! 러브호텔에 경찰이 올 거 같아?"

오카모토는 내 손에서 스마트폰을 가로채 벽에 내동댕이쳤다.

"무슨 짓이에요!"

"어지간히 말 좀 들어."

오른쪽 왼쪽을 번갈아가며 연달아 뺨을 맞는 바람에 눈물샘이 터졌는지 눈물 콧물이 한꺼번에 쏟아졌다.

오카모토는 스타킹과 함께 팬티를 벗기려고 들었다. 팔다리를 버둥거리며 마지막 저항을 시도했다.

"가만히 있어!"

전에 남편에게서 똑같이 얻어맞았던 게 생각났다.

그러자 지금 나를 때리는 게 오카모토가 아니라 내 인생을 엉망진창으로 휘저어 버린 남편인 듯한 마음이 들어 강렬한 분노가 솟구쳤다. 이대로 이 남자가 원하는 대로 해줄 수는 없다는 오기가 부글부글 끓어올랐다.

"사람 살려!"

최대한 목소리를 높여 부르짖으며 나는 필사적으로 저항했다.

"시끄럽다니까. 닥쳐, 닥치라고!"

오카모토가 손으로 내 입을 틀어막으려고 했을 때, 왼손에 뭔가 잡히는 감촉이 있었다. 무슨 일인지는 알 수 없지만, 그 순간 오카모토가 움직임을 멈추고 굳어 버렸다.

내 오른손에는 부스스한 검은 머리칼 덩어리가 쥐어져 있었다.

"그거 내놔!"

오카모토가 양손으로 머리통을 가리면서 나를 향해 소리쳤다.

3

회사 면접을 끝내고 돌아오는 길에 역 플랫폼에서 머리가 헤싱헤싱한 중년 남자를 발견하자 사흘 전의 일이 떠올랐다. 가발이 벗겨져 버린 오카모토가 당황해서 허둥거리는 틈에 나는 러브호텔 방을 빠져나와 울면서 집에 돌아왔다. 오카모토에게 운전면허증과 얼굴 사진은 물론이고 주소와 전화번호까지 알려졌으니 어떤 앙갚음을 당할지, 생각할수록 두려웠다.

그 뒤에 낯선 번호로 몇 번이나 전화가 왔다.

오카모토인지도 모른다는 생각에 겁이 나서 받을 수가 없었다.

한편으로는 별거 중인 남편이 연락한 것인가 하는 걱정도 들었다. 아야나를 데리고 도망치듯이 도쿄로 나왔기 때문에 남편은 이쪽 주소도 새 휴대 전화 번호도 알지 못한다. 하지만 언니를 통해

그리고 너는 속고 있다

알아내려고 했던 것을 보면 여기저기 수소문해서 연락처를 알아
냈을 가능성도 있다.

그런저런 걱정으로 머릿속이 어지러운 참에 호주머니 속의 스
마트폰이 울렸다.

바쁘신 중에 저희 회사 면접에 참여해 주셔서 감사합니다. 결과에 대해
말씀드리면 회사 내에서 신중히 검토했으나 죄송하게도 이번에는 희망
에 부응하지 못했습니다. 멀리서나마 누마지리 님의 활약을 바랍니다.

한 달 전에 봤던 비정규직 면접 결과였다.

저절로 한숨이 새어 나왔다.

오늘도 다시 다른 회사에 면접을 보고 오는 길이지만 역시 채용
해 줄 것 같지 않았다.

절박한 상황이라는 게 전해져 버렸는지 면접을 보는 족족 이런
연락만 줄을 이었다. 아직 완전히 낫지 않은 몸 상태도 원인 중 하
나인지 모른다.

그때 다시 한번 스마트폰이 울렸다. 이번에는 메시지가 들어온
게 아니라 통화 착신음이 재촉하듯이 연거푸 울렸다. 확인해 보니
지난 며칠 동안 몇 번이나 걸려 온 수수께끼의 번호였다.

이 전화는 대체 누가 한 것일까.

전화를 받으면 험한 꼴을 당할지 모른다는 공포심과 누구에게

서 온 것인지 알고 싶은 호기심이 뒤섞였다. 지난 며칠 동안 아예 통화 버튼을 누르지 못했지만, 오카모토나 별거 중인 남편이라면 이렇게 짧은 기간에 연달아 끈질기게 전화를 할 것 같지는 않았다.

어쩌면 밀린 공공요금의 재촉인지도 모른다.

새 일자리를 찾을 때 반드시 필요하기 때문에 휴대 전화 요금은 청구서가 올 때마다 납부했지만 수도와 가스, 전기 같은 공공요금 은 은행 계좌에서 자동 이체된다. 하지만 계좌에 잔액이 부족하면 그런 요금은 인출되지 않는다. 어쩌면 이 전화는 전기나 가스가 끊 긴다는 경고 연락인지도 모른다.

그렇게 생각하자마자 손가락이 멋대로 통화 버튼을 눌러 버렸다.

"여보세요, 누마지리 다카요 씨지요?"

우렁우렁하고 나지막한 남자 목소리였다. 오카모토도 남편도 아닌 것에 우선 안도했다.

"부동산 중개사예요. 이전에 보내드린 독촉장은 확인하셨지요?"

"네, 확인했습니다."

"내일이 납입 기한인데요, 임대료를 내실 수 있을까요?"

마침내 임대료 납입 마지막 날이 닥쳐 왔다.

며칠째 그 일은 되도록 생각하지 않으려고 해왔다. 진지하게 생 각하기 시작하면 불안해서 미쳐 버릴 것 같았기 때문이다.

"당연히 내야죠. 내일 입금할게요."

어려서부터 거짓말을 하는 건 영 서툴렀지만 연체된 임대료 얘기만 나오면 이상하게도 딴사람이 된 것처럼 거짓말이 술술 나와 버린다.

"틀림없지요?"

"네, 입금할게요."

이제는 자포자기 상태였다.

"이미 3개월째 밀린 상태라서 이번에도 안 내시면 법률적으로 퇴거를 요구할 수 있어요."

임대료는 3개월 연체가 데드라인이라고 한다. 보증인이 확실하다면 그쪽에서 회수할 수도 있지만, 고령에 수입도 없는 엄마는 보증인이 되어 줄 리 없다.

"원래는 연체 손해 비용 14.6%를 청구해야 하는데 내일까지 입금하면 집주인이 그건 면제해 주겠다고 합니다."

"감사하다고 전해 주세요."

"그럼 틀림없이 내일 입금해 주실 거지요?"

"네, 꼭 입금할게요."

딱 잘라 말하기는 했으나 돈을 구할 전망은 전혀 없었다.

"그 말을 들으니 마음이 놓입니다."

양심에 찔리기도 하고 그런 나 자신이 너무도 한심해서 눈물이 나오려는 것을 꾹꾹 눌러 참았다.

"혹시라도 내일까지 입금이 안 되면 어떤 이유가 됐든 반드시 짐을 정리해 퇴거해 주셔야 합니다. 그런 다음에 저희 쪽에 집 열쇠를 돌려주시면 됩니다. 짐이 남아 있어도 더 이상 그 집에는 들어가실 수 없으니까 유념해 주세요."

"네, 알겠습니다."

그렇게 말하고 전화를 끊었지만, 머릿속이 하얘져 버렸다.

그때 플랫폼으로 빨간 지하철이 들어왔다. 두세 걸음만 앞으로 내디뎌 그 앞에 몸을 던지면 모든 게 편안해질까, 라는 생각이 저절로 들었다.

"엄마, 오늘 급식은 뭐가 나와?"

큼직한 핑크색 책가방을 등에 멘 아야나가 좋아하는 빨간 운동화를 신고 나를 돌아보았다.

"응, 오늘은 포도빵과 우유, 스파게티와 옥수수샐러드, 디저트는 믹스푸르츠라고 적혀 있네."

"스파게티? 에이, 시시해."

"시시하다니, 아야나는 스파게티 좋아하잖아. 급식으로 나오는 스파게티는 별로야?"

"뭐, 그럭저럭. 근데 급식은 밍밍해서 맛이 없어. 스파게티는 엄마가 해주는 게 훨씬 더 맛있지."

한 차례 아야나의 학교 급식을 먹어 본 적이 있었다. 영양이나 건강을 고려한 것이겠지만 역시 싱거운 편이라서 아이들이 좋아할 만한 맛은 아니었다. 게다가 공립 초등학교의 급식은 어디든 재료비를 절약하려는 경향이라서 식재료도 좋다고 하기는 어려웠다.

"그럼 이따 저녁때 아야나가 좋아하는 카레라이스 해줄까?"

"와아, 좋아."

아야나가 눈빛을 반짝이며 반색을 했기 때문에 나는 저절로 뺨이 풀어지며 웃음이 났다.

"엄마, 학교에 도시락을 가져가면 안 돼? 유치원 때는 도시락이었잖아."

유치원에 다닐 때는 아침마다 도시락을 준비했다. 하지만 아침 일찍 일어나야 하기 때문에 시간적으로 부담이 크고 비용도 많이 든다. 아야나에게는 미안하지만 학교 급식이 있어서 그나마 다행이라고 생각해 왔다.

"학교 규칙으로 도시락 대신 급식을 먹는 거야. 친구들이랑 모여서 같이 먹으면 맛있잖아."

"친구들하고 먹는 건 좋은데, 코로나 때문에 얘기도 못 해."

초등학교에서는 요즘 계속해서 묵식[3]이라는 것을 하고 있다. 아이들이 한마디 말도 없이 싱거운 급식을 먹는 장면을 떠올리니 분명 그리 즐거운 점심은 아닐 것 같다.

"그래도 쉬는 시간에는 친구들하고 얘기하면서 놀 수 있지?"

---

3 黙食. 코로나 예방을 위해 대화 없이 하는 식사.

아야나가 그건 그렇다는 듯이 환한 얼굴로 고개를 끄덕였다.

"잘 다녀오겠습니다."

큼직한 책가방을 흔들며 아야나는 복도로 뛰어나갔다. 그 모습을 웃는 얼굴로 한참 지켜보다가 이윽고 현관문을 닫자 다시금 한숨이 새어 나왔다.

마침내 오늘, 임대료 기한이 닥쳐오고 말았다.

카레라이스를 해주겠다고 약속한 것을 후회했다. 이대로 가다가는 아야나에게 저녁을 차려 주기는 커녕 둘이 이 집에서 쫓겨나 길거리를 떠돌게 된다. 어떻게든 돈을 마련해 오늘 안으로 입금하지 않으면 안 된다.

스마트폰 전화번호부에 기록해 둔 이름을 보면서 처음부터 차례차례 돈을 빌릴 만한 사람에게 전화를 걸었다. 좀 더 일찍 그렇게 했어야 한다. 하지만 임대료가 연체될 만큼 곤궁한 꼴이 창피해서 차마 말을 꺼내지 못했었다.

이제는 그런 것 저런 것을 따질 때가 아니었다.

중고등학교 때 친구, 콜센터 시절의 동료에게 창피함을 무릅쓰고 읍소했다. 하지만 다들 딱하게는 여겨 줬지만 실제로 돈을 빌려주겠다는 사람은 없었다.

더 이상 어떻게 해볼 방도가 없다고 생각했을 때, 전화번호부 끄트머리에서 여덟 살 어린 사촌 여동생의 이름을 발견했다. 아직 대학생이라 돈을 빌리기는 어렵겠지만 오랜만이기도 해서 일단 걸어 보기로 했다.

"여보세요, 사야카? 나야, 다카요. 어릴 때 할머니 댁에서 자주 만났는데, 나 알지?"

일방적으로 그렇게 밀어붙였다.

"어머, 다카요 언니! 진짜 다카요 언니야?"

"응, 2년 전에 아야나와 함께 도쿄로 이사했어."

"그랬구나. 아야나는 지금 몇 살이야?"

"초등학교 2학년, 이제 곧 여덟 살이야."

"그럼 다 컸네. 내가 마지막으로 봤을 때는 아직 갓난아기였는데."

정말 아야나를 막 낳았을 때 이후로 사야카와는 한 번도 만난 적이 없다. 전화로 얘기하는 것도 이번이 처음이었다.

"근데 다카요 언니, 웬일이야? 그보다 어떻게 내 전화번호를 알았어?"

한바탕 인사를 나눈 뒤에 사야카의 당황스러움이 전화 너머로 전해져 왔다.

"아니, 무슨 볼일이 있는 건 아니고, 전화번호부를 봤는데 사야카 이름이 눈에 띄길래 너무 반가워서 그냥 전화해 봤어."

"그랬구나……."

"사야카는 전부터 공부를 잘했잖아. 학교는 재미있어? 경제학부라고 했던가?"

나는 고등학교를 졸업하자마자 취직했지만 사야카는 도쿄 명문 사립대에 현역으로 합격했다.

"재미있기는 한데 대학 다니기도 상당히 바빠. 우리 학교는 학점 따기도 힘들고 알바도 해야 하고, 게다가 올해는 취업 준비도 해야 돼."

사야카의 환한 목소리가 너무도 부러웠다.

"그렇구나. 그래도 충실하게 보내는 거 같아서 정말 좋다. 우리 아야나도 2학년에 올라가니까 이제 슬슬 사야카처럼 공부도 시켜야겠다고 생각하는 중이야. 2학년인데 아직 가타카나를 제대로 못 쓴다니까. 어떻게 해야 좋을지 모르겠어."

어쩌다 이렇게 차이가 벌어져 버린 걸까.

어렸을 때는 서로 별반 다를 것 없이 어울려 놀았는데 이제 사야카는 화사한 여대생이고 나는 임대료도 못 내는 싱글맘이다.

"다카요 언니, 내가 약속이 있어서 나가 봐야 할 거 같아."

이쯤에서 통화를 끝내고 싶어 하는 게 전화기 너머로도 느껴졌다.

"사야카, 실은 내가 부탁할 게 있어."

"부탁이라니, 무슨 일인데?"

역시나 나도 망설였다. 대학생이 빌려줄 돈이 있을 리도 없고, 거절당할 게 눈에 뻔히 보였다.

"저기, 얼마가 됐든 돈 좀 빌려줄 수 있을까?"

결국 나도 모르게 그런 말이 흘러나와 버렸다.

그리고 너는 속고 있다

잠시 전화 너머에서 아무 소리도 들려오지 않았다.

"뭐라고?"

이윽고 딴사람이 된 듯한 사야카의 목소리가 들려왔다.

지난 며칠 동안 돈을 마련해 보겠다고 엄청난 굴욕과 고통을 맛보았지만, 사야카가 내뱉은 그 "뭐라고?"만큼 가슴을 도려내는 듯한 느낌을 받은 순간은 없었다.

스스로가 너무도 한심했다.

눈물이 줄줄이 뺨을 타고 흘러내렸다.

대체 어디서 어떻게 잘못된 것일까. 테니스만 하느라 사야카처럼 공부는 열심히 하지 못했지만, 그래도 성실하게 살아왔다.

지금 죽어 버릴 수 있다면, 이라고 생각했다.

하지만 그럴 수도 없었다. 내가 죽는다면 대체 누가 아야나를 돌봐 줄까. 어디서 무슨 짓을 하는지도 모르는 남편에게 어린 아야나를 맡길 수도 없고, 치매에 걸린 엄마나 그 엄마를 보살피느라 고생하는 언니에게 기댈 수도 없다. 아야나를 위해서라도 여기서는 내가 어떻게든 버티지 않으면 안 되는 것이다. 그리고 무엇보다 오늘 저녁 아야나에게 맛있는 카레라이스를 차려 주고 싶었다.

그러기 위해서라면 무슨 짓이든 다 해볼 생각이었다.

결국 기댈 곳은 개인이 운영하는 사채뿐이다.

이제는 '쇼트타임'에 응해서라도 돈을 마련해야 한다.

오카모토의 일이 마음에 걸려 예전에 들어가 본 게시판은 피했다. SNS에서도 '#개인사채업 #사금융 #돈빌려주세요'라는 등의 검색어를 입력하면 그쪽 정보가 주르륵 떴다.

무담보로 당일 대출 가능. 금리와 대출 조건에 따라 유연한 대응. 조건 듣고 취소하셔도 괜찮아요. 가벼운 마음으로 DM 보내 주세요. 과거에 먹튀 경력이 있는 분은 안 돼요. (상부상조금융 고누마 미나미 / #개인사채 #무담보소액대출 #싱글맘)

'상부상조금융'이라는 말과 '미나미'라는 여자 이름에서 친근감이 느껴졌다. 이름은 아마도 가명이겠지만, 어디까지나 개인이 돈을 빌려주는 곳이라는 이미지여서 믿을 수 있을 듯한 마음이 들었다.

게다가 미나미의 프로필에는 온화해 보이는 50대 여성 사진이 올라와 있었다. 프로필 사진이 반드시 본인이라는 보증은 없지만 스스로 여성이라는 점을 어필했으니 성적인 관계는 요구하지 않을 것이다. 조건을 듣고 취소해도 괜찮다고 하니까 상의해 보지 않을 이유가 없었다.

임대료가 밀려서 오늘 안으로 돈을 마련하지 않으면 쫓겨납니다. 일곱 살아이가 있어서 일하고 싶어도 적당한 일자리를 아직 못 찾고 있어요.

곧바로 메시지 답장이 왔다.

큰일이군요. 집에서 쫓겨나면 일정한 주소가 없어서 취직하기도 어려워 져요. 얼마가 필요하세요?

주소가 없으면 일자리 찾기도 어려워진다고? 그러잖아도 면접 에서 자꾸 떨어져 어쩔 줄을 모르겠는데……. 불안감이 점점 더 커 져 갔다.

연체된 임대료 20만 엔이 필요해요.
20만 엔은 고액이네요. 저희는 첫 회 한도액을 3만 엔으로 잡고 있어요.

3만 엔으로는 도저히 해결되지 않는다.

그래도 어떻게든 부탁드릴 수 없을까요?

개인 사채업자에게까지 거절을 당하면 이제는 짐을 싸서 이 집 을 나가는 수밖에 없다.

혹시 다카요 씨는 싱글맘이십니까?
네, 맞아요. 초등학교 2학년 딸과 둘이서 살고 있어요.

싱글맘은 정말 힘든 일이 많죠. 저희는 싱글맘에게는 최대한 심사 기준을 낮춰드려요. 자녀분의 이름을 알려 주세요. 금리를 좀 더 낮추거나 특별 대출이 가능할 수도 있습니다.

아야나의 학교 정보가 알려지는 건 망설여졌지만 이름쯤은 괜찮겠다 싶어서 메시지를 보냈다.

아야나라고 해요. 빌린 돈은 꼭 갚겠지만, 현재 직장이 없어 상환 기한은 되도록 길게 잡아 주시면 고맙겠습니다. 한 달에 1만 엔씩 결제해드리면 안 될까요?

그런 메시지를 보낸 뒤에 답장을 기다렸지만 한참 동안 메시지가 들어오지 않았다. 20개월의 장기 상환은 역시 무리였나, 하고 불안해졌다.

1회 상환액을 조금 더 올리겠다고 다시 메시지를 보내 볼까 하고 망설이는 참에 스마트폰이 작게 부르르 울렸다.

이자는 1개월에 만 엔당 900엔. 20만 엔이니 18,000엔이네요. 원금은 돈이 생길 때마다 주셔도 되지만 이자만은 매월 반드시 입금해 주세요. 이 조건으로 괜찮다면 당일 입금해드릴게요.

그리고 너는 속고 있다

한 달에 18,000엔이라면 일자리만 구해지면 감당하지 못할 것도 없다.

1만 엔에 한 달 이자가 900엔이라면 연리 108%다. 적은 이자는 아니지만 열흘에 10%에서 심하면 30%까지 뜯어 가는 등록 대부 업체에 비하면 압도적으로 양심적이다. 게다가 어려울 때는 이자만 내면 된다는 것도 귀가 솔깃해지는 좋은 조건이었다.

네, 그 조건으로 꼭 부탁드릴게요.

정말 이런 조건으로 무사히 대출을 받을 수 있을까. 그밖에 또 엉뚱한 요구를 하는 건 아닐까, 하고 불안해졌다.

요즘 연달아 먹튀를 당해서 우리도 난감한 상황이에요. 의심하는 건 아니지만 운전면허증과 함께 얼굴이 찍힌 셀프 사진, 그리고 자택 주소가 적힌 전기나 가스 등 공공요금 청구서도 함께 스마트폰으로 찍어서 보내 주세요.

즉시 지시한 대로 셀프 사진과 전기 요금 청구서 사진을 스마트폰으로 전송했다.

별문제가 없다면 오늘 안으로 입금할게요. 이체할 은행 계좌 번호를 알려 주세요.

미나미에게 계좌 번호를 보내고 기도하는 심정으로 답장을 기다렸다.

10분, 20분, 30분, 시간이 흘러갔지만 미나미에게서 답장은 오지 않았다.

물론 먹튀 따위를 한 적은 없지만 오카모토의 일이 마음에 걸렸다. 오카모토에게 보낸 운전면허증이 혹시 먹튀한 사람으로 게시판에 내걸린 건 아닐까.

과연 무사히 심사를 통과할까. 그래서 미나미라는 사람이 오늘 안에 입금을 해줄까. 그걸 부동산업자의 계좌에 오늘 몇 시까지 보내면 되는 건가.

몇 번이나 스마트폰을 들여다보며 미나미에게서 메시지가 오지 않았는지 확인했다.

벽시계 바늘은 어느새 오후 3시를 넘어서고 있었다.

스마트폰으로 나눈 미나미와의 대화를 되짚어 보았다. 하지만 부자연스러운 부분은 없었다. 왜 답장이 오지 않는지 알 수 없었다. 역시 오카모토가 내 개인 정보를 어딘가에 올려 버렸는지도 모른다.

그게 아니면 애초에 미나미라는 여자는 실재하지도 않고 단순한 장난질이었는지도 모른다. 인터넷상의 사채업자 따위에게 돈을 빌리려고 한 내가 바보였던 것일까.

그렇게 생각했을 때, 손에 든 스마트폰이 작게 부르르 울렸다.

그리고 너는 속고 있다

방금 20만 엔 이체했어요.

그 메시지를 보자마자 우리 모녀의 목숨이 종이 한 장 차이로 간
당간당 다시 붙은 듯한 느낌이었다. 하지만 안도의 한숨을 내쉴 겨
를도 없이 은행 카드가 든 지갑을 움켜쥐고 집을 뛰쳐나왔다.

4

"와아, 엄마가 해준 게 진짜 맛있어. 엄마 카레가 급식으로 나오면 좋겠다."

카레라이스를 볼이 불룩하게 떠 넣으면서 아야나가 통통 튀는 웃음을 보였다.

이번 달 이자, 18,000엔 송금했어요. 새 직장도 구했습니다. 앞으로도 잘 부탁드립니다. (누마지리 다카요)

미나미에게서 대출받은 20만 엔으로 연체된 임대료를 입금하고 나는 절체절명의 핀치에서 탈출할 수 있었다. 그 뒤에 편의점 알바 자리를 구했고 점장의 호의로 급료를 선불로 받아 미나미에게 이번 달 상환금도 무사히 보낼 수 있었다.

참고로 미나미가 대출금 상환을 위해 알려 준 은행 계좌는 '사이토 마나부'라는 명의였다. 20만 엔을 빌렸을 때는 '고토 미치요'라는 이름으로 입금해 주었다. 미나미가 본명이 아니라는 건 어렴풋이 눈치챘지만, 그 두 개의 은행 계좌 명의 중 하나가 미나미의 본명인지도 모른다. 그게 아니면 본명은 또 다른 이름인가. 물어보고 싶은 마음도 들었지만 공연히 긁어 부스럼이 될까 봐 그 의문은 가슴속에 넣어 두기로 했다.

입금, 고마워요. 일자리가 정해졌다는 소식에 한결 마음이 놓이는군요. 아직은 완납까지 한참 남았지만 앞으로도 잘 부탁드려요. 그보다 다카요 씨는 싱글맘이라니 이래저래 힘든 일도 많을 것 같아요. 요즘 가장 힘든 일은 뭔가요?

미나미는 대출을 해준 것뿐만 아니라 사적인 일까지 상담에 응해 주었다.

저는 혼자서 딸을 키우고 있는데 남편이 이혼을 해주지 않아 한부모 가정 보조금을 신청하지 못하고 있어요. 실은 코로나 지원금도 못 받았어요.

남편의 폭력과 빚 문제로 도망치듯이 집을 나왔기 때문에 이혼에 대한 얘기는 꺼내지도 못했다. 한부모 가정으로 인정을 받으면 보조금이 꽤 많이 나오기 때문에 그렇게 되면 훨씬 더 경제적인 걱정 없이 아야나를 키울 수 있을 것이다.

다카요 씨는 남편과 이혼하고 싶어요?

당장 이혼하고 싶지만 남편을 만나면 무슨 일을 당할지 모른다. 나는 무엇보다 지금 사는 곳의 주소가 알려지는 게 두려웠다.

이혼하고 싶은 마음은 간절한데 남편이 걸핏하면 폭력을 휘두르는 사람이라서 그런 얘기를 꺼내면 무슨 짓을 당할지 모르겠어요. 미나미 씨, 항상 친절하게 응해 주셔서 고맙습니다. 혹시 미나미 씨도 저처럼 싱글맘이셨어요?

미나미가 싱글맘을 가족처럼 친절하게 대해 주는 건 예전에 자신도 그런 처지였기 때문이 아닐까, 라고 생각했다.

아니, 싱글맘은 아니에요. 실은 오래전에 아버지가 사업에 실패해 내가 그 빚을 떠안게 됐어요. 자살까지 생각했고 그 빚을 갚으려고 성매매 업소에서 일한 적도 있어요. 그래서 빚에 쫓기는 심정이 얼마나 고통스러운지 뼈에 사무치게 잘 알아요. 다카요 씨는 아직 어린 자녀가 있어서 힘들겠지만 거꾸로 아이가 있어서 어떻게든 열심히 살 수 있는 거예요. 나는 다카요 씨처럼 노력하는 싱글맘을 응원해 주고 싶어요.

부친이 사업에 실패했다면 그 빚은 엄청난 금액이었던 것이리라.

"엄마, 맛있게 잘 먹었어. 다음에 또 해줄 거지?"

어느새 아야나가 접시를 싹싹 비우고 만면의 미소로 그렇게 말했다. 아닌 게 아니라 경제적으로 아직 안심할 단계는 아니지만 아야나만 곁에 있다면 이 아이를 위해서라도 열심히 살아갈 수 있다.

"그럼, 아야나가 이렇게 잘 먹는데 또 해줘야지."

카레라이스 하나로 이토록 기뻐해 주지 않는가. 우리에게는 그렇게 큰돈이 필요한 것도 아니다. 모녀 둘이서 행복하게 살아갈 수만 있다면 그저 그것만으로도 만족이다.

"오, 좋았어!"

냄비에 남은 카레는 냉동실에 넣어 두었다가 다음에 데워 먹으면 식비를 절약할 수 있다. 하지만 다음 주에는 다시 임대료를 내지 않으면 안 된다. 5만 5,000엔을 이체하고 나면 남는 건 불과 몇만 엔 정도뿐이다. 전기, 가스, 수도 등의 공공요금도 밀려 있다. 혹시라도 예기치 못한 지출이 생기면 그때는 어떻게 해야 할지, 벌써부터 겁이 났지만 그런 건 되도록 생각하지 않기로 했다.

아무튼 혼자 끙끙거리며 고민하지 않는 게 좋아요. 그래 봤자 돈 문제잖

아요? 주위 사람들에게 상의하다 보면 분명 좋은 방법을 찾을 수 있어요.

미나미의 친절이 가슴에 스미는 것처럼 절절하게 다가왔다.

빚에 허덕일 때의 비참함은 그런 경험을 해본 사람이 아니고
서는 알지 못한다. 미나미도 그동안 크게 고통을 받아 왔던 것이
리라.

정말 고맙습니다. 덕분에 딸을 위해서라면 어떤 고생도 견딜 수 있을 것
같아요.

저녁을 먹자 아야나는 바닥에 엎드려 자기가 좋아하는 만화책
을 읽기 시작했다. 그 만화책은 아야나가 한참 어릴 때부터 몇 번
이나 읽어 주던 것이라서 모서리가 너덜너덜 닳아 버렸다.

아직 어린아이라서 낮 시간밖에 일할 수 없으니 아무래도 힘들겠죠. 최소
한 중학생이라면 어떻게든 해볼 텐데.

편의점 알바 시급은 1,000엔 남짓이다. 평일 5일 동안 꽉 채워
일한다면 나름대로 상당한 액수가 되겠지만 내가 원하는 시간대
에 근무하기가 어려워 예상만큼 수입이 많지는 않았다. 아야나를
혼자 둘 수 없어서 시급이 좋은 야간 근무에는 이름을 올리지 못하

는 것이다.

방과 후 돌봄 교실, 이용하고 있어요? 딸아이를 돌봄 교실에 맡기면 더 늦은 시간까지 일할 수 있을 거예요.

일하는 엄마가 퇴근할 때까지 초등학생을 맡아 주는 '방과 후 돌봄 교실'이라는 제도가 있다는 건 알고 있었다.

지자체에서 운영하는 곳은 빈자리가 없더라고요. 민간에서 운영하는 곳은 한 달에 1만 엔 이상을 내야 해요.

콜센터에서 일했을 때는 그 정도는 감당할 여유가 있었지만 편의점 알바 시급으로는 그럴 수도 없었다.

그렇군요. 다카요 씨의 집 주변에 더 좋은 시설은 없는지, 나도 알아볼게요.

"다카요 씨의 경우는 심각한 우울증이라기보다 직장에서의 적응 장애로 인해 잠시 우울해졌던 것뿐이라서 이제 많이 회복된 것 같아요. 밤에 잠은 푹 자고 있어요?"

흰 가운을 입은 아름다운 의사 선생님이 빨간 테 안경 너머로 물었다.

콜센터의 클레임 대응팀 일을 그만둔 뒤로 한동안 집 밖에 나가는 것도 고통스럽던 시기가 있었다. 몸도 마음도 피폐해졌을 때, 예전 동료가 이 심료내과[4]를 소개해 주었다. 심료내과와 정신과의 차이도 알지 못했던 내게 이 의사 선생님은 마치 가족처럼 카운슬링을 해주었다.

"덕분에 많이 좋아졌어요. 이전처럼 밤에 자다가 자꾸만 깨고 눈물이 나는 일도 없어요."

청진기를 목에 건 의사 선생님은 진료 기록 카드에 볼펜으로 뭔가 적으면서 내 얘기에 지그시 귀를 기울였다.

"다행이네요. 약도 효과가 있었겠지만 다카요 씨의 경우에는 병의 원인이 확실했어요. 정신적으로 충격을 주던 그 원인이 사라졌으니까 단기간에 좋아질 수 있었죠. 이제 건강한 사람과 거의 다를 게 없어요."

의사 선생님은 미소를 지으며 말을 이어갔다.

"정신 질환자가 전국적으로 4백만 명이 넘는다고 해요. 거의 서른 명에 한 명꼴이죠. 그만큼 많은 사람이 고통받고 있는 거예요. 게다가 이 통계 수치는 현재 병을 앓는 사람들만 집계한 것이

---

4 내과적 증세를 보이는 신경증을 대상으로 심리요법을 병행하는 진료 과목.

그리고 너는 속고 있다

라서 평생을 놓고 보면 다섯 명 중 한 명이 마음의 병을 경험한다는 얘기도 있습니다. 그러니 다카요 씨도 자신이 유별나서 뭔가를 고쳐야 한다는 식으로 자책하지 말고 평소에 하던 대로 지내시면 돼요."

"그렇게 말씀해 주시니 한결 마음이 편해지네요."

이 의사 선생님은 같은 여성인 데다 나이 차도 그리 많지 않아서 나는 매번 안심하고 마음속 응어리를 털어놓곤 했다.

"무엇보다 다카요 씨의 경우는 악성 클레이머의 전화에 응대하다가 이렇게 된 거니까 질병이라기보다 사고 같은 거예요. 똑같은 일을 겪는다면 아마 나도 약간 이상해질걸요."

클레임 응대 업무는 정말로 고통스러웠다.

어떻게든 견뎌 보려고 했지만 몸에 이상이 왔다. 팔다리가 마비된 것처럼 저리고 두통과 구토감이 몰려왔다. 그리고 회사를 그만두기 직전에는 평소에도 전화벨 소리만 들리면 온몸이 자지러들었다.

"요즘에는 전화도 문제없이 받고 있지요?"

심료내과에 다닌 뒤부터 증세는 빠르게 호전되었다. 하긴 요즘에는 임대료 문제로 머릿속이 가득해서 전화 공포증에 대한 것도 까맣게 잊고 지냈다.

"전혀 문제없이 잘 받고 있어요. 이제 콜센터 일로 돌아가도 괜찮을 것 같은데……."

클레임 대응팀만 아니라면 콜센터 업무도 할 수 있지 않을까 하는 자신감이 붙었다.

"너무 무리하지 마시고요. 제 생각에는 좀 더 여유 있게 요양하는 게 좋을 거 같은데."

"얼마나 지나야 콜센터 일을 다시 시작할 수 있을까요?"

의사 선생님은 미간에 주름을 잡고 고개를 갸우뚱했다.

"그건 아무도 장담할 수 없는 문제겠죠. 다만 무리하게 콜센터 일로 복귀하면 다시 건강이 흐트러질 수 있어요. 증세가 재발하면 아예 처음부터 치료하지 않으면 안 되니까 주의해야 합니다."

콜센터에서 낮 시간에 풀로 일하는 게 편의점 알바보다 수입은 훨씬 좋다.

"지금은 편의점에서 파트타임 알바를 하고 있어요. 그때도 전화를 받는데 딱히 몸이 이상 반응을 보이지는 않거든요."

편의점 알바는 해야 할 일이 많아서 몸 상태에 신경을 쓸 틈도 없었다. 게다가 계속 선 채로 하는 일이라서 육체적으로도 힘들었다. 지금 생각해 보면 의자에 앉아 전화만 받으면 되니까 그런 의미에서는 콜센터 업무가 오히려 편했는지도 모른다.

"그래도 한동안은 편의점 일을 계속하시는 게 좋을 텐데요."

하지만 편의점 알바 수입으로는 미나미의 대출금을 갚기가 힘들어진다. 이곳 심료내과의 진찰비와 약값도 내게는 큰 부담이었다.

"그래야겠죠……."

나는 작게 한숨을 내쉬었다.

"콜센터는 최대한 피하도록 하시고, 편의점보다 약간 더 시급이 높은 일자리를 찾아보는 건 어때요?"

아무리 가족처럼 대해 줘도 세상 물정 모르는 의사 선생님이다. 싱글맘이 얼마나 일자리 찾기가 어려운지, 전혀 알지 못하는 모양이다.

"선생님, 아이가 있어도 일할 수 있는 곳, 혹시 아시는 데 있어요?"

의사 선생님에게 물어볼 일은 아니지만 어쩌면 어딘가 좋은 데를 소개해 주지 않을까 하는 기대감도 있었다.

"나는 독신이라서 아이에 대한 건 잘 모르겠네요. 병원 부설 어린이집에 아이를 맡기고 오는 간호사들이 있던데 다른 직장에서는 어떻게 하는지……."

고등학교를 졸업하고 간호 학교에 간 동창이 있어서 어린이집이 완비된 병원에 대한 것은 나도 알고 있었다.

"방과 후 돌봄 교실처럼 아이를 맡아 주는 직장이 있으면 정말 좋겠어요."

"이걸 어쩌죠? 그런 쪽으로는 제가 별로 아는 게 없어요."

의사 선생님이 미안하다는 듯이 겸연쩍게 웃으며 말했다.

"아무래도 콜센터 쪽에 부담이 좀 적은 부서로 알아볼 수밖에 없을 것 같아요."

"정말 괜찮겠어요? 다시 증세가 나타나지 않을까 걱정인데……."

아참, 그러고 보니 지방이라면 요양원에 부설 어린이집이 있어서
아이를 맡기고 일한다는 얘기를 들은 적이 있어요."

그리고 너는 속고 있다

5

"도시락은 데워 주세요."

샐러리맨인 듯한 남자가 그렇게 말하면서 도시락과 녹차 페트 병, 주간지를 계산대에 올렸다. 도시락은 바코드만 스캔하고 곧장 전자레인지에 넣어 스타트 버튼을 눌렀다. 매뉴얼에는 모든 상품 의 계산이 끝난 뒤에 도시락을 데워 주라고 나와 있다. 계산하던 중에 고객이 돈이 부족해 도시락을 취소할 경우를 고려한 매뉴얼 이다. 하지만 이런 식으로 데워 달라고 얘기할 때는 어쩔 수 없이 미리 전자레인지에 넣을 수밖에 없다.

"저희 앱이나 포인트 카드, 갖고 계십니까?"

"젓가락 넣어드릴까요?"

편의점 매뉴얼은 상상 이상으로 세분화되어 있다. 그래도 차츰 익숙해져서 나름대로 보람을 느끼면서 일할 수 있었다.

"어서 오세요."

도시락이 전자레인지에서 데워지는 사이에 그다음 손님의 상품이 계산대에 올라왔다. 내 근무 시간은 오전 10시부터 오후 3시까지다. 주택가에 있는 이 편의점은 점심 전의 이 시간대가 가장 붐빈다.

"고맙습니다."

직원 교육 때마다 정확하고 신속한 계산으로 조금이라도 고객의 대기 시간을 짧게 줄여야 한다고 강조한다.

"어서 오세요."

순진한 얼굴에 검은 머리의 여대생이 삼각김밥과 샐러드, 홍차 페트병, 그리고 크리스피 샌드를 계산대에 올렸다.

"저희 앱이나 포인트 카드, 갖고 계십니까?"

"네, 여기요."

그녀가 내민 편의점 체인의 포인트 카드를 받아 들었다.

"미사키, 드디어 포인트 카드 만들었구나?"

친구인 듯한 금발의 여대생이 곁에서 그렇게 말을 건넸다.

"만들었지. 인터넷으로 신청했더니 금세 발급해 주던데?"

"987엔입니다."

포인트 카드를 리더기에 끼우고 바코드를 스캔한 뒤에 합계 금액을 전하자 미사키라는 여대생이 지갑에서 동전을 꺼내기 시작

그리고 너는 속고 있다

했다. 그 사이에도 계산을 기다리는 고객이 뒤에 길게 줄을 섰다.

"어쩌지, 동전이 모자라네? 히토미, 나 돈 좀 빌려줘."

"빌려줄 수야 있지. 근데 신용 카드 기능이 있으니까 네 카드로 내도 돼."

금발의 여대생이 웃으면서 말했다.

"아, 맞다! 저, 신용 카드로 결제해 주세요."

"알겠습니다."

서둘러 신용 카드 결제로 처리하고 카드를 내주었다.

"엇, 사인도 비밀번호도 필요 없는 거예요?"

검은 머리의 여대생이 눈이 둥그레져서 내게 물었다.

"5천 엔 이내의 소액일 경우에는 사인을 안 하셔도 돼요."

식료품처럼 환금하기 어려운 상품은 편의점에서 신용 카드로 사인 없이 결제가 가능하다. 길에서 주운 남의 카드를 마음대로 써 버리는 등의 문제가 일어날 가능성도 있지만, 편의점 곳곳에 달린 방범 카메라로 범인을 특정할 수 있기 때문에 괜찮다고 점장이 알려 주었다.

"편의점 카드, 진짜 편리하다."

검은 머리와 금발의 두 여대생이 그런 얘기를 주고받으며 계산대 앞을 떠나자 그 뒤를 이어 40대로 보이는 갈색 머리 여자가 한 걸음 앞으로 나섰다.

"어서 오세요."

여자가 내 뒤쪽을 가리키며 말했다.

"메비우스 옐로, 5밀리."

처음에는 무슨 암호인가 했었지만 이제는 담배 종류도 웬만한 것은 다 파악했다.

"그리고 이것도 해주세요."

여자가 이번에는 '전기 요금 납부서'라고 적힌 종이를 내밀었다.

나는 마른침을 꿀꺽 삼켰다.

계산대에서 이걸 어떻게 처리하더라? 점장이 알려 주기는 했는데 실전은 아직 자신이 없었다.

줄을 선 사람이 세 명이었는데 다시 두 명이 불어났다. 되든 안되든 일단 해보자고 마음먹고 그럼직한 버튼을 누르고 용지에 인쇄된 바코드를 찍은 끝에 '고객용 영수증'이라는 것을 내줄 수 있었다.

그날 편의점 일을 마치고 집에 도착했는데 안에서 텔레비전 소리가 들리지 않았다.

학교에서 돌아오면 아야나는 목에 걸어 준 열쇠로 현관문을 열고 안에 들어간다. 평소에는 텔레비전을 켜 놓고 너덜너덜 닳아 버린 만화책을 보면서 엄마를 기다렸다. 얘가 집에 없는 건가, 하고 왈칵 걱정이 몰려왔다.

서둘러 문을 열어 보니 아야나가 거실에 오도카니 웅크리고 앉

　　　　　　　　　　　　그리고 너는 속고 있다

아 있었다.

"아야나, 왜 그래?"

급히 다가가 얼굴을 들여다보니 눈이 빨갛게 부어 있었다.

"학교에서 무슨 일 있었어?"

빨개진 눈에서 눈물이 방울방울 떨어졌다.

편의점 일을 끝내고 돌아오면 너무 고단해서 요즘 아야나를 세심하게 돌봐 줄 여유가 없었다.

어린 딸아이의 울음이 그치지 않았다.

대체 무슨 일이 있었던 것일까. 아침에 학교에 갈 때는 딱히 달라진 것 없이 활달했었다.

"누군가 따돌리기라도 한 거야?"

작은 손으로 동그란 눈을 비비며 아야나는 작게 고개를 끄덕였다.

"누가 우리 아야나를 괴롭혔어? 선생님께 앞으로는 그러지 못하게 해달라고 말씀드릴 테니까 엄마한테 얘기해 봐."

요즘 학교에서는 지나칠 만큼 아이들 간의 따돌림 문제에 신경을 쓰고 있다. 교내 여기저기에 '친구를 괴롭히면 안 돼요'라는 포스터도 나붙었지만 여전히 교묘한 따돌림이 없어지지 않은 모양이다.

"아야나, 무슨 일인지 엄마한테 얘기할 수 있지?"

"급식 시간에 다카시가 이상한 욕을 했어."

"다카시가? 뭐라고 했는데?"

다카시가 어디 사는 아이였는지 기억이 가물가물했다. 아이 엄마와 아는 사이라면 전화라도 걸어 볼 텐데 신경증이 생긴 뒤로는 학교 행사에 전혀 참가하지 못한 채 지내 왔다.

"급식비도 안 내고 계속 먹으면 도둑놈이래."

그 한 마디에 모든 것을 이해할 수 있었다.

은행 계좌가 텅텅 비었으니 당연히 급식비도 자동 이체가 되지 않았다. 학교 선생님에게서 몇 차례 메일이 왔지만, 없는 돈을 낼 도리가 없어 무응답으로 일관할 수밖에 없었다. 그런데 어떤 이유에선지 같은 반 친구에게 그런 일이 알려져 버린 것이다.

"맛도 없고 먹고 싶지도 않아서 오늘은 급식 안 먹었어. 그러니까 나, 도둑놈 아니지?"

눈물을 글썽이며 묻는 아야나를 와락 끌어안았다.

이 나이 또래의 아이가 점심을 안 먹는다는 건 보통 일이 아니다.

세상에서 가장 소중한 딸아이에게 이런 비참한 일을 겪게 하고 배고픔까지 경험하게 만들었다. 아이의 글썽글썽 차오른 눈물이 주르륵 흐르는 것을 보면서 나도 눈물이 멈추지 않았다.

"아니지, 우리 아야나는 절대로 도둑 같은 거 아니야."

일이 이렇게 될 줄은 생각도 못 했다.

한 달 4,500엔의 급식비가 벌써 4개월째나 밀려 버렸다. 하지만 급식비를 못 내는 아이가 한두 명쯤은 있을 터라서 어떻게든 넘어갈 거라고 생각했던 게 잘못이었다.

그리고 너는 속고 있다

"엄마, 왜 급식비를 못 내? 우리, 돈이 없어?"

아무리 얼버무리고 넘어가려 해도 집안 형편이 어려운 건 아이들도 금세 눈치를 챈다.

"괜찮아, 엄마가 바빠서 깜빡 잊어버렸어. 선생님께 말씀드릴 테니까 내일부터 당당하게 급식 먹어도 돼."

작은 등을 몇 번이고 쓰다듬으면서 말했다.

"엄마, 나 좋은 생각이 났어."

문득 아야나가 큼직한 눈으로 내 얼굴을 빤히 올려다보며 말했다.

"난 엄마가 만들어 준 도시락 가져갈래. 그게 훨씬 더 맛있어."

미나미 씨, 항상 친절하게 해주셨는데 정말 죄송해요. 12월에는 이자 18,000엔만 입금해도 될까요?

편의점 휴식 시간에 미나미에게 그런 메시지를 보냈다.

밀린 급식비를 한꺼번에 냈더니 이번 달 원금을 상환할 돈이 없었다.

그런 조건으로 대출해 줬으니 물론 괜찮죠. 근데 무슨 급한 지출이 생겼나요?

편의점 앞 은행나무 잎은 완전히 노랗게 물들었다. 길 위에 떨어

져 행인들의 발길에 밟히는 은행에서는 뭐라고 말할 수 없는 이상
한 냄새가 감돌았다.

창피하고 한심한 얘기지만, 학교 급식비를 못 내서 딸아이가 같은 반 친
구에게 따돌림을 당했어요. 그래서 이번 달에는 우선 급식비부터 정리해
야 할 것 같아요.

아야나 외에도 급식비를 못 내는 아이가 있었는지, 담임 선생님
은 당장 입금하라고 다그치지는 않았다. 하지만 급식비를 정리하
지 않고서는 아야나를 따돌리는 원인이 해결되었다고 할 수 없다.

그런 사정이 있었군요. 다카요 씨만 괜찮다면 추가 대출도 가능해요. 꼭
필요한 비용은 어차피 언젠가는 치러야 하잖아요. 그걸로 마음을 추스르
고 앞으로의 일을 계획해 보는 게 훨씬 더 바람직해요.

뜻밖에도 미나미는 돈을 더 빌려주겠다는 것이었다.

빚에 허덕이면서 살게 되면 세상을 보는 눈도 좁아져요. 우선 경제적으로
여유를 갖고 차분히 새 직장을 찾아보세요.

맞는 말이었다. 갚아야 할 돈에 온 신경이 쏠리면 장기적인 안목

으로 장래 따위는 생각해 볼 엄두도 내지 못한다. 이대로 계속 편의점 알바로 일해 봤자 대출금 상환에 대체 몇 년이 걸릴지 모르는 것이다.

그나저나 미나미는 왜 이렇게 친절하게 대해 주는 걸까. 순수하게 싱글맘을 응원하고 싶을 뿐이라고 했지만 미나미 자신은 싱글맘은 아니라고 말했었다.

미나미는 대체 어떤 사람일까.

지금까지 여러 번 메시지를 주고받았지만 나이도 성별도, 그리고 도쿄에서 사는지조차 알지 못한다.

미나미 씨는 싱글맘도 아닌데 저한테 왜 이렇게 친절하게 해주시는지 궁금해요.

용기를 내서 그런 메시지를 보내 보았다.

개인 사채업을 찾아오는 사람은 대부분 도박이나 사치에 빠진 형편없는 인간들이에요. 그런 자들에게 대출해 주면 이자는 훨씬 더 잘 들어오죠. 하지만 일하는 보람이 없더라고요. 그보다는 성실히 노력하는 싱글맘을 응원해 주면 세상에 도움이 되는 일이라서 뿌듯해져요. 다카요 씨, 힘들 때는 혼자 고민하지 말고 주위 사람들에게 솔직히 털어놓고 얘기해요.

자신도 빚에 허덕여 본 경험이 있는 사람이라서 그런 발상을 하게 됐는지도 모른다. 최악의 궁지에서 이런 사람을 만나다니, 얼마나 다행인가. 지옥에서 만난 부처님이라는 속담은 바로 이런 걸 두고 하는 말일 것이다.

하지만 어딘가 위화감이 없는 것은 아니었다.

돈 때문에 죽도록 고생한 사람은 거꾸로 돈에 철저하게 냉혹해진다고 들은 적이 있다. 이렇게 유난히 친절하게 대해 주는 건 실은 다른 꿍꿍이가 있기 때문이 아닐까. 내게 자꾸 돈을 빌려주고 결국 꼼짝달싹할 수 없게 되었을 때, 단숨에 엄청난 요구를 하려는 건 아닐까. 그런 불길한 예감이 불쑥불쑥 들 때가 있었다.

미나미의 진짜 속셈은 대체 무엇일까.

하지만 혼자 고민해 봤자 쓸데없다. 어쨌든 아야나와 함께 이를 악물고 살아가지 않으면 안 된다. 그러기 위해서는 한 가지씩 할 일을 해나가는 것밖에 다른 방도가 없다.

고맙습니다. 그러면 10만 엔만 더 빌려도 될까요?

오케이. 즉시 이체해 줄게요.

다음 날, 편의점 ATM으로 돈을 인출할 때, 내 눈을 의심했다.

잔고가 이상하게 많은 것 같아서 급히 통장을 확인해 보니 10만 엔이 아니라 20만 엔이 들어와 있었다.

그리고 너는 속고 있다

미나미 씨, 돈이 잘못 들어왔어요. 차액 10만 엔은 다시 돌려드릴게요. 이체 수수료는 어떻게 할까요?

곧바로 미나미에게 메시지를 보냈다.

앗, 미안해요. 실수했네. 이체 수수료가 아까우니까 다음 달 상환 때 그 10만 엔도 이체해 줘요. 물론 실수로 들어간 10만 엔의 이자는 안 받을 테니까 걱정 말고.

그 자리에서 10만 엔을 다시 보낼 생각이었는데 미나미의 그 메시지를 보고 일단 그대로 넣어 두었다. 일시적이나마 통장 잔고가 두둑해지자 심리적인 여유가 생겼는지 앞으로의 일을 차분히 생각해 볼 수 있었다. 한편으로 그 10만 엔에 결국 손을 대고 말 것 같아 겁이 나기도 했다.

6

편의점 ATM에서 튀어나온 통장을 살펴보고 나는 깊은 한숨을 내쉬었다. 실수로 더 들어온 10만 엔까지 포함해 계좌 잔고가 눈 깜짝할 사이에 부쩍 줄어들었다.

이번 달 급식비도 아직 이체가 안 된 상태에서 여태껏 미뤄 온 수도 요금 4개월분 1만 4,890엔, 전기 요금 2개월분 1만 9,700엔, 가스 요금 2개월분 8,950엔, NHK 수신료 2개월분 2,450엔이 자동으로 이체되었고, 거기에 휴대 전화 요금 8,760엔도 며칠 뒤에 나가게 된다.

미나미 씨, 지난번 그 10만 엔, 그동안 연체된 공공요금 때문에 잔금이 얼마 안 남았어요. 그 돈도 추가로 대출해도 될까요? 이자는 내겠습니다.

그밖에도 심료내과 치료비와 최저한의 생활비를 생각하면 이번 달 대출금 상환도 아슬아슬했다.

내가 실수로 잘못 보냈으니까 대출로 해드릴게요. 다만 총액 40만 엔이 되는데, 너무 많지 않아요?

이대로 가면 대출금을 갚기는커녕 눈덩이처럼 불어나기만 할 것이다. 나도 애가 타서 편의점 점장에게 근무 시간을 늘려 달라고 얘기해 봤지만 그는 떨떠름한 얼굴을 할 뿐이었다.

다음 달 상환일도 다가오는데 괜찮을지 모르겠네요.

미나미의 그 메시지에 어떻게 응해야 할지 알 수 없었다.
지금부터 연말까지 생활비 등은 또 얼마나 들어갈까. 불안해서 가슴이 먹먹해졌다.
집을 향해 터벅터벅 걸어가는데 낙엽과 함께 작은 회오리바람이 몰아쳐 나도 모르게 눈을 질끈 감았다.

편의점 외에 주말에 일할 곳도 찾고 있어요. 어디든 취업하면 상환 문제로 폐 끼치는 일은 없을 거예요.

속는 사람

여기서 더 절약하는 건 불가능하다. 어떻게든 다른 수입원을 찾아야 한다.

취업이 되면 좋죠. 대출금 상환은 급한 건 아니니까 천천히 일자리를 구해 봐요.

여전히 미나미의 메시지는 친절했다.
하지만 그 친절함이 도리어 불안을 불러일으켰다. 무엇보다 월 10% 가까운 이자를 내기 때문에 한시바삐 원금을 줄이지 않으면 나는 머지않아 파산하고 만다.

딸아이가 아직 어려서 일할 수 있는 시간에 한계가 있어요. 미나미 씨, 혹시 주말에 효율적으로 일할 만한 곳을 아시면 조언해 주세요.

아무리 열심히 해보려고 해도 시간적으로 맞는 일자리는 없었다.

그런 일자리가 전혀 없지는 않죠. 근데 대출금은 천천히 갚아도 되니까 너무 걱정 말아요.

그런 일자리가 과연 있을까.
매일같이 구인 사이트를 체크했지만 내가 일할 만한 회사는 눈에 띠지 않았다. 개인 사채업이라는 어둠의 일을 하는 미나미는 구인 사이트에 실리지 않은 특별한 일자리를 알고 있는 걸까.

어떤 일이에요? 혹시 법에 저촉되는 일인가요?
불법적인 일은 아니고요. 근데 다카요 씨는 못 할 일이니까 이 얘기는 못
들은 것으로 해주세요.

못 들은 일로 해달라니 도리어 어떤 일인지 더 궁금해졌다. 집에 돌아오는 길에 혼자 생각해 봤지만 그런 효율적인 일이 뭔지 전혀 짐작도 가지 않았다.

어떤 일이죠? 저한테는 중요하니까 괜찮으시면 꼭 알려 주세요.

하지만 미나미는 답장을 해주지 않았다.
사람 마음이란 이상한 것이어서 그렇게 되니 더욱더 궁금해져서 마음이 들썽거렸다.

미나미 씨, 아무튼 어떤 일인지 알려 주세요.
그 얘기는 그만하죠.

미나미는 고집스럽게 어떤 일인지 알려 주지 않았다.

어떤 분야인지, 그것만이라도 알려 주세요.

이제는 도저히 호기심을 억누를 수 없었다.

정 그렇다면 얘기하죠. 시간 날 때만 해도 되니까 부업으로서는 좋은 편
이에요. 꼭 알려 달라고 하니 일단 구인 목록을 보낼게요.

첨부된 구인 목록을 보고 나도 모르게 숨을 헉 삼켰다.
그건 성매매 일이었다. 대출 빚이 눈덩이처럼 불어나 결국 성매
매 업소로 흘러간다는 젊은 여성 다중 채무자들의 흔한 말로에 대
한 얘기가 머릿속을 스쳐 갔다.

다카요 씨에게 이런 일은 추천할 수 없네요. 혹시라도 하고 싶다면 꼭 나
와 먼저 상의해요. 성매매 업계는 악질적인 사람들이 많아서 자칫 이상한
곳에 갔다가는 큰 봉변을 당해요. 내가 대출해 준 돈은 다달이 조금씩 갚
아도 괜찮으니까 신중하게 생각해야 합니다.

대출금이 벌써 40만 엔이다. 이제는 싱글맘이 파트타임 알바로
갚을 수 있는 액수가 아니다. 지금까지 친절하게 대해 줬지만 미나
미는 처음부터 나를 성매매 쪽에 팔아넘길 꿍꿍이였는지도 모른다.
개인 사채업이라는 불법 사업을 하는 사람이 순수하게 친절한

마음으로 돈을 빌려줄 리가 없다. 한 가족처럼 세심하게 신경을 써 주는 답장에 어느새 굳게 믿어 버렸고 대출 빚은 감당할 수 없을 만큼 커져 버렸다.

40만 엔이라는 숫자가 갑자기 엄청난 액수로 눈앞을 턱 가로막 는 느낌이었다.

하지만 첨부해 준 구인 목록에 적힌 수입에는 깜짝 놀라지 않을 수 없었다.

하루에 3~8만 엔.

하루 10만 엔이라고 적힌 고급점도 있었다.

머릿속에서 멋대로 계산이 시작되었다. 하루 5만 엔이면 8일 만 에, 10만 엔이면 4일 만에. 주말에만 나간다고 해도 40만 엔은 금 세 갚을 수 있다. 오히려 성매매 일을 하는 것 말고는 대출금을 갚 을 방법이 없다는 생각까지 들기 시작했다.

그런 생각을 하는 나 자신이 섬뜩하게 느껴졌다.

하지만 이제 곧 크리스마스도 다가온다.

올해는 아야나가 원하는 선물을 사 줄 수 있을까.

이번 달 임대료가 빠져나가자 통장 잔고는 2만 엔 이하로 떨어 져 버렸다.

편의점 알바 시급은 월말까지 근무 시간을 계산해 매달 25일에 나오기 때문에 그때까지 아직 열흘이나 남았다. 최근에 부쩍 인상

된 전기 요금은 23일에 자동 이체된다. 가스비는 이체일이 27일이라서 그나마 다행이지만, 본체 분할 납부를 포함한 스마트폰 요금까지 계산하면 이제 식비로 쓸 돈은 겨우 800엔밖에 남지 않았다.

편의점을 나서면서 머릿속으로 계산해 보았다.

800엔을 열흘로 나누면 80엔이다. 하루 80엔으로 먹고살려면 콩나물, 두부, 달걀 같은 값싼 재료를 활용하고 고기는 닭고기로 한정할 수밖에 없다. 가장 저렴한 할인 판매점에 간다면 식빵 한 봉지를 67엔에 살 수 있다. 아야나가 좋아하는 파스타는 500그램에 93엔, 우동은 다섯 봉지에 99엔, 콩나물은 1엔이다.

그렇게 하루하루 식비는 어떻게든 꾸려갈 수 있겠지만, 압도적으로 현금 수입이 부족하다. 이대로 가다가는 갑작스러운 지출이 생길 때마다 계속 미나미에게서 돈을 빌리지 않으면 안 될 것이다.

편의점 일을 쉬는 날이라서 오늘은 아무것도 할 게 없었다. 다음 주에도 근무 시간이 적게 잡혀서 쉬는 날이 많다. 그 사이에 뭔가 단기 일자리라도 찾아보기로 했다.

아야나를 어딘가에 맡길 수만 있다면 조금 더 수입이 많아질 터였다.

집에 있으면 점점 더 우울해져서 요즘에는 마음을 다독이기 위해 근처 공원에 나가 산책을 하곤 했다. 학교 수업이 끝난 뒤에는 아이들로 북적거리는 이 공원도 점심때쯤에는 한산하다. 나는 벤치에 자리를 잡고 스마트폰 구인 사이트에서 아이를 돌봐 주는 시설을 갖춘 회사는 없는지 검색해 보았다.

심료내과 의사 선생님이 말했던 대로 지방의 요양원은 입주로 일하고 근무 시간 동안 아이도 맡아 주는 곳이 꽤 눈에 띄었다.

실은 고등학교 졸업 직후에 요양원에서 잠시 일한 경험이 있었다. 철벅하게 똥이 묻은 기저귀를 갈아 주고 치매 환자의 뜻하지 않은 행동에 대응하는 등, 간호 도우미 일은 육체적인 것은 물론이고 정신적으로도 무척 힘든 일이었다. 게다가 아직 어린 나이였던 나는 요양원의 할아버지 환자나 남자 직원에게 성추행의 가장 좋은 먹잇감이 되곤 했다.

"여기는 너 같은 어린애가 일할 만한 데가 아니야. 간호 도우미는 나처럼 체력으로 승부하는 사람이 아니고서는 할 수 없는 육체노동이지. 그런 나도 이제 허리에 무리가 와서 그만 때려치울까 하고 있어. 너도 얼른 다른 일자리 찾아봐."

씨름 선수처럼 퉁퉁한 선배 간호 도우미의 충고에 나는 일주일 만에 일을 그만둘 수밖에 없었다. 그래서 요양원 일은 그야말로 막판에 몰렸을 때 찾아갈 곳이라고 생각하고 있었다.

지방에서 입주로 일한다면 수입 면에서는 훨씬 나을지도 모르지만, 아야나를 전학시키지 않으면 안 된다. 나도 아직 신경증이 완전히 낫지 않아서 환경과 업무 내용이 크게 달라지는 것을 견뎌낼 자신이 없었다.

재택으로 가능한 일자리는 없을까.

가내 부업처럼 집 안에서 조금씩 하는 일이라면 편의점 알바 이외에 귀중한 부수입이 된다. 구인 앱에서 '주말에 재택으로 가능한 일'을 검색해 보니 의외로 꽤 많은 데가 올라와 있었다.

발매 전 게임을 플레이해 잘못된 점을 찾아낸다. 8시간에 8,500엔. 무경험자도 가능. 연수 과정 있음.

그런 구인 광고가 눈에 띄었다. 이런 거라면 재택으로 할 수 있을 것이다. 게임이라고는 거의 해본 적도 없지만 일단 이름과 나이, 메일 주소를 입력해 신청 버튼을 눌렀다.

그러자 즉각 새 메시지가 표시되었다.

3건 이상 접수해야 좋은 결과가 나옵니다!

간단히 접수할 수 있으니까 한 군데보다 여러 곳에 접수하는 게 채용 가능성이 높다는 팁이었다. 스마트폰을 스크롤해서 다른 구인 정보도 검색해 보았다.

완전 재택근무+고수입. PC 대여해 줌. 경력이 쌓이면 전망 좋음. 시급 1,300엔~. 집안일 및 육아와 병행 가능.

그리고 너는 속고 있다

이건 데이터를 입력하는 업무였다. 완전 재택근무라는 게 매력적이었다.

하지만 거기에는 '주로 엑셀, 워드, 파워포인트 업무'라고 적혀 있었다. 엑셀과 워드는 어떻게든 해낼 수 있지만 파워포인트는 자신이 없었다. 포기할까 하다가 밑져야 본전이라는 생각에 접수 신청으로 추가했다.

미용 관련 용품 모니터 모집! 인기 브랜드 공짜 체험! 조사 한 건당 1,000엔 (실적 보상제). 화장품과 건강식품 등의 재택 워크.

화장품이나 건강식품을 테스트해 보고 그걸 모니터하는 일인 것 같았다. '수입도 생기고 모니터도 할 수 있어서 너무 좋아요'라는 댓글도 있었다. 약간 미심쩍은 느낌이 들었지만 그것도 추가해 세 건을 한꺼번에 송신했다.

저희 회사에 관심을 갖고 응해 주셔서 고맙습니다. 아래와 같이 면접을 진행해 주세요.

내친김에 무심코 신청했는데 자동 응답으로 설정되었는지 곧바로 면접 안내가 들어왔다.

그 내용을 읽어 보고 가벼운 기분으로 신청할 일이 아니었다고 후회했다.

왜냐하면 대부분 낮시간에 면접을 보기 때문에 거기에 참석하려면 편의점 알바를 빼지 않으면 안 된다. 게다가 교통비는 자비 부담이라 불합격일 경우에는 지하철 비용만 허비하게 된다. 깊이 생각해 보지 않은 채 신청한 회사 쪽은 면접에 참석하지 못한다는 메시지를 보내지 않으면 안 되었다.

다시 한번 진지하게 찾아보자고 다른 구인 사이트에서 '재택근무 주말 한정 파트타임 알바 도쿄 23구'라고 검색해 보았다.

온라인 가정 교사, 동영상 편집, 사원 모집 원고 작성과 데이터 입력 등, 어떤 식으로든 전문 기술과 경험이 필요한 일이 대부분이었지만, 이따금 재택근무가 가능한 전화 오퍼레이터와 텔레마케팅 업무가 올라와 있었다. 시급도 나쁘지 않고, 이거라면 지금까지의 경험을 살릴 수 있다. 빈 시간에 업무가 가능하다면 나름대로 괜찮은 부수입이 될 것 같았다.

하지만 심료내과 의사 선생님이 콜센터 일에 복귀하는 건 아직 이르다고 주의를 주었던 게 생각났다. 아닌 게 아니라 지금 무리하게 콜센터 일을 시작했다가는 다시 그 고통스러운 증세가 되살아날지도 모른다.

문득 기척을 느끼고 스마트폰에서 고개를 들자 쓰레기 수집장 위에 앉은 까마귀와 눈이 마주쳤다. 지그시 나를 응시하고 있어서 한순간 나를 노리는 건가 하고 흠칫했지만 까마귀는 금세 검은 날개를 펼치고 저 멀리 날아가 버렸다.

파트타임 한 달 급료를 성매매로 단 3일 만에 벌 수 있다!

마음을 다잡고 그밖에 다른 고수입의 구인 광고는 없는지 인터넷 사이트를 서핑하다 보니 어느새 성매매 구인 사이트가 줄줄이 나왔다.

주말이나 야간, 빈 시간을 이용해 단기간에 고수입을 올릴 수 있어서 주부나 대학생의 부업으로 최적이다. 평범한 외모라면 하루 3.5만 엔, 그 이상일 경우에는 하루 5만 엔을 확실히 벌 수 있다고 한다. 단 며칠 만에 파트타임 월급만큼 벌 수 있다는 것이다.

그런 소개 기사에 시선을 빼앗겼다.

성매매에도 여러 가지가 있어서 '소프랜드'라는 본격적인 업소에서부터 옷을 벗지 않고 마사지만 해주는 곳까지, 그 서비스 내용도 보수도 천차만별이었다. 그리고 최근에는 고객의 집이나 호텔로 아가씨를 보내 주는 출장 접대, 이른바 '딜리버리 헬스'라는 게 주류인 모양이었다. 업소에서 시간이 나는 사람을 호출해 주기 때문에 파트타임처럼 자유롭게 일할 수 있는 게 매력이라고 한다.

성매매 전용 구인 앱도 있어서 망설이면서도 일단 스마트폰에 다운로드해 두었다. 이 업계가 수입이 높은 건 틀림이 없는지 연수입 1천만 엔이라는 인기 아가씨도 드물지 않다고 한다.

역시 이런 곳에서 일하는 수밖에 없는 것일까. 만일 그럴 거라면 나쁜 업소에 걸려들지 않도록 반드시 자기와 상의하라고 했던 미나미의 말이 생각났다.

미나미 씨, 성매매 쪽에서 일하면 정말로 그렇게 수입이 많아요?

그런 메시지를 송신해 버리고 말았다.

내가 아는 고급 딜리버리 헬스점에서는 하루 10만 엔은 너끈히 벌 수 있어요. 하지만 내 대출금을 갚기 위해서라면 굳이 그런 일은 하지 않아도 돼요.

하루에 10만 엔을 번다면 단 4일 만에 미나미에게서 빌린 돈을 갚을 수 있다. 몇 년이 걸려도 갚지 못할 40만 엔을 단 4일 만에, 라고 생각하면 아무래도 마음이 흔들렸다.

그런 일을 한다면 어떤 곳이 좋을까요?

절대 추천은 못 하지만, 정말로 일하겠다면 반드시 부유층이 많이 찾는 우량 업소를 선택하세요. 그런 업소는 고객도 친절하고 스태프도 성실하니까요. 반대로 싸구려 업소는 부랑인도 찾아오고 폭력이나 도난 사건도

드물지 않아요. 야쿠자 같은 폭력 조직에서 운영하는 업소도 많으니까 조심해야 합니다.

업소를 선택하는 데 실패하면 큰일을 당할 수 있다는 것이다.

주말에 잠깐씩 일하는 것도 가능할까요?

평일에는 편의점 알바 일이 있다. 주말에는 아야나가 집에 있어서 장시간 혼자 둘 수는 없다.

자택 대기를 허용하는 업소가 있어서 지명이 들어오면 자택으로 차량을 보내 주기도 해요. 별도 요금을 내면 자녀를 돌봐 주는 서비스도 있더라고요.

아야나 혼자 집을 지키지 않아도 된다면 가장 큰 문제가 해결된다. 얘기를 들어 볼수록 그런 곳에서 일하는 수밖에 없을 듯한 마음이 들었다.

하지만 좋은 일만 있는 건 아니죠. 성병이나 임신 리스크도 있고, 자칫하면 지인들에게 알려지거나 신상이 공개될 우려도 있어요. 또 너무 쉽게 큰돈을 벌다 보니 호스트에게 빠져 돈을 갖다 바치거나 명품을 마구 사들이는 등 금전 감각이 이상해지는 경우도 많아요.

호스트에게 빠져 돈을 갖다 바친다는 건 있을 수도 없고 명품 따위에도 전혀 관심이 없다. 그런 것보다 아야나에게 좋은 걸 먹이고 원하는 것들을 사 주고 싶을 뿐이다.

나도 그런 우량 업소에서 일할 수 있을까요? 홈페이지에 나온 여자들이 하나같이 너무 예뻐서 깜짝 놀랐어요.

성매매 홈페이지에는 젊고 아름다운 여자들이 줄줄이 올라와 있었다. 연예인과 비교해도 손색이 없을 만한 미모의 소유자들이었다. 프로필에는 명문대학 여대생, 전직 승무원, 게다가 화보 패션모델이라고 밝힌 여자도 있었다.

물론 아무나 채용하지는 않죠. 특히 고급점은 열 명 중 아홉은 면접에서 떨어지니까 다카요 씨도 어려울 수 있어요.

"엄마, 밥 아직 안 됐어?"
흠칫 놀라서 돌아보니 아야나가 내 얼굴을 올려다보고 있었다.
"앗, 미안해. 엄마가 잠깐 딴생각을 하느라 멍해져 있었네. 지금 얼른 차려 줄게."
딜리버리 헬스점 같은 곳에 나가도 될지 말지 생각하다 보니 요리하는 손이 멈춰 있었다.

"에이, 나 배고프단 말이야."

아야나가 입을 툭 내밀었다.

"그보다 아야나, 엄마가 어쩌면 토요일 일요일에 새로 일할 데가 생길지도 몰라. 그러면 아야나는 방과 후 돌봄 교실에 가면 좋겠는데, 어때, 괜찮을까?"

딜리버리 헬스점에서 일하기로 결정한 건 아니지만, 그렇게 됐을 때를 대비해 아야나의 의사를 확인해 보고 싶었다.

"난 가기 싫은데……."

이전에도 돌봄 교실에 보내려고 했지만 가지 않겠다고 떼를 써서 애를 먹은 적이 있었다.

"역시 안 되겠지?"

아야나가 돌봄 교실에 가기 싫다면 얘기는 거기서 끝이다. 역시 재택근무가 가능한 다른 주말 일거리를 찾아보는 수밖에 없다.

"엄마, 닌텐도 스위치 사주면 돼. 그런 데 가지 않아도 나 혼자 집에서 게임도 하고 공부도 할게."

아직 아야나에게는 게임기를 사 준 적이 없었다. 물론 교육적인 의미도 있었지만, 게임기 본체와 소프트는 몇만 엔씩이나 되기 때문에 도저히 사 줄 여유가 없었던 것이다. 하지만 초등학생이라도 다른 아이들은 대부분 게임기가 있다면서 아야나는 몇 달 전부터 집요하게 사 달라고 조르고 있었다.

"그건 아직 좀 이른데? 게임기는 시력에 안 좋으니까 조금 더 크면 엄마가 꼭 사 줄게."

"조금 더, 라는 게 언제야? 크리스마스 때는 사 줄 거야?"

아야나가 눈빛을 반짝이며 물었다.

"글쎄 크리스마스 때는 어떨까? 그건 엄마가 아니라 산타 할아버지가 정하시는 거잖아."

"그러면 이다음 내 생일 때는?"

다음 달에 아야나의 생일이 돌아온다. 일곱 살 생일에 좋아하는 캐릭터 필통을 사 줬을 때는 엄청 좋아했다. 하지만 이번에는 그렇게 간단한 선물로는 넘어가지 않을 것 같다.

"우리 집이 가난해서 게임기를 못 사 주는 거네."

아야나가 못내 아쉽다는 듯이 중얼거렸다.

"아빠 없이 엄마 혼자 벌고 있으니까 조금 가난한 것도 있지. 하지만 엄마가 새 직장을 구하는 중이니까 괜찮아."

몸을 낮춰 앉은 채 아야나의 눈을 들여다보며 말했다.

"좋아. 스위치 게임기 사 주면 엄마 회사 나갈 때 나는 돌봄 교실에 다닐게."

작은 머리를 쓰다듬어 주자 아야나는 기쁜 듯이 빙그레 웃었다.

"근데 엄마, 오늘 학교 음악실에서 친구들하고 노래 배웠어, 음악 시간에."

저녁을 차리면서 등으로 아야나의 얘기를 들었다.

"와아, 그랬어?"

"리오가 나가서 피아노 쳤어. 리오는 양손으로 피아노 칠 수 있어. 진짜 대단하지?"

리오는 근처 단독 주택에 사는 같은 반 친구였다. 집이 가까워서 1학년 때부터 등하교를 함께 할 만큼 사이가 좋았다.

"응, 진짜 대단하네."

"리오네 집에는 이만큼 큰 피아노가 있고, 피아노 레슨도 받으러 다닌대. 나도 레슨 받으면 두 손으로 피아노 칠 수 있을까?"

음악에 관심을 갖는 건 좋은 일이지만 아야나에게 피아노 레슨을 받게 해줄 만한 돈이라고는 없었다.

"피아노 배우는 건 어려워. 엄마도 어렸을 때 잠깐 배운 적이 있는데 두 손으로 쳐야 하고 게다가 발도 써야 되거든."

오른쪽 발꿈치를 바닥에 댄 채 발끝을 위아래로 두어 번 움직였다.

"그치? 어렵구나."

딱하기는 했지만 피아노에 대한 관심은 이 정도로 끝났으면 했다. 게임기라면 그나마 괜찮지만 피아노를 사 달라고 조르면 어떻게 해볼 수가 없다.

"엄마, 리오는 다음 달부터 학원에도 다닐 거래. 나도 리오하고 학원에 다니고 싶어."

7

"점장 히루타라고 합니다."

미나미가 소개해 준 딜리버리 헬스점이었다. 시나가와의 맨션에 자리한 사무실로 찾아가자 양복 차림의 중년 남자가 맞아 주었다.

"누마지리 다카요예요. 잘 부탁드립니다."

"미나미 씨 소개로 오신 분이라고 했지요? 자, 들어오세요."

현관에서 무릎을 꿇은 채 구두를 반듯하게 맞춰 놓은 다음에 옆에 있는 슬리퍼로 갈아 신었다. 이런 곳의 면접은 용모나 성격은 물론 예의범절도 빈틈없이 지켜보니까 특히 주의해야 한다는 미나미의 충고가 있었다.

"여기 앉아요."

히루타가 검은색 소파를 손바닥으로 가리키며 말했다. 딜리버

그리고 너는 속고 있다

리 헬스점이라는 곳은 면접관으로 누가 나올까, 하고 내심 궁금했는데 히루타는 어디서나 흔히 볼 수 있는 수더분한 샐러리맨 같은 느낌이었다.

"운전면허증, 잠깐 복사해도 되겠지요?"

가방 속에서 운전면허증을 꺼내 주자 히루타는 그것을 들고 안쪽 방으로 사라졌다. 자리를 바꾸듯이 수수한 차림의 중년 여성이 종이컵에 든 차를 쟁반에 받쳐 들고 나타났다.

"고맙습니다."

머리를 숙이자 중년 여성도 미소를 지으며 인사를 건네 주었다. 잡다한 가운데서도 사무실 안은 일반 회사와 다름없는 온화한 공기가 흐르고 있었다.

이윽고 히루타가 돌아와 운전면허증을 테이블에 내려놓았다.

"이런 곳은 처음이에요?"

"네, 처음입니다. 저처럼 경험 없는 사람도 괜찮을까요?"

"그럼요, 경험이 없는 건 전혀 문제가 안 돼요. 오히려 고객은 경험 없는 사람을 더 반기니까요."

그건 미나미도 얘기했었다.

"대출금을 갚으려고 이 일에 뛰어들었다던데요."

"네."

"미나미 씨에게 얼마나 빌렸어요?"

히루타는 부숭부숭한 눈을 가늘게 뜨면서 그렇게 물었다.

"40만 엔입니다."

"다른 데서 빌린 건 없고?"

나는 말없이 고개를 끄덕였다.

"틀림없지요?"

히루타의 눈이 날카롭게 빛났다.

"그러면 우선 급여 얘기부터 해야겠군요. 우리 업소는 70분 코스가 3만 엔, 그리고 가장 긴 3시간 코스는 10만 엔이에요. 고객을 만났을 때 전액을 받게 되는데 그걸 여기 사무실에 일단 입금한 뒤에 그날 결산 때 아가씨 몫을 다시 돌려줄 거예요. 그때의 퍼센티지를 반환 비율이라고 하는데 누마지리 씨는 아직 경험이 없으니까 처음 반환 비율은 50%예요."

반환 비율이 50퍼센트라면 40만 엔을 채우기 위해서는 얼마나 걸릴까. 이런저런 경우를 머릿속에서 급히 계산해 보고 있었다.

"그다음은 지명료라는 게 있어요. 고객이 누마지리 씨를 지명해 줬을 경우, 지명료 3천 엔 전액이 누마지리 씨에게 돌아갑니다. 그밖에 고객에게서 교통비를 받기도 하는데 그건 모두 사무실 경비로 들어갑니다."

히루타가 상세히 설명해 줬지만 뭐가 뭔지 얼른 머릿속에 들어오지 않았다.

"어쨌든 이 일은 일종의 개인 사업 같은 것이라서 고객이 많이 붙지 않으면 좀 어려워져요."

그리고 너는 속고 있다

짐짓 얼굴을 찌푸리면서 히루타는 말했다.

"그건 무슨 말씀이신지……."

샐러리맨 집안에서 자랐고 파견 사원과 파트타임 알바밖에는 해본 적이 없었기 때문에 개인 사업이라는 말을 들어도 선뜻 감이 잡히지 않았다.

"회사원이나 파트타임은 일정한 월급이나 시급이 정해져 있어서 일단 출근하면 수입이 제로가 되는 일은 없죠. 하지만 여기는 백 퍼센트 보합제라서 신입이라도 고객이 한 명도 붙지 않으면 수입이 전혀 없다는 얘기예요."

이 면접에 합격하더라도 수입이 없어서 40만 엔을 갚기 어려울 수도 있다는 건가.

"누마지리 씨는 홈페이지에 얼굴 공개하는 거, 가능합니까?"

"낮에 다른 직장 동료들도 있고, 아이가 다니는 학교 엄마들도 있어서 얼굴을 공개하는 건 좀……."

"홈페이지에 얼굴이 실려야 지명될 확률이 높지만, 뭐, 괜찮아요. 우리 사무실 소속 아가씨들도 대부분 얼굴 공개를 원하지 않으니까 그건 그리 큰 문제는 아니에요."

그런 쪽에 대한 얘기는 미나미에게서도 미리 조언을 들었다. 얼굴 공개가 필수조건이라면 이 일은 할 수 없다고 생각했다.

"그렇게 되면 프로필을 어떻게 쓰느냐가 중요해지겠지요. 명문 대학의 현역 여대생이라든가 비서, 대기업 접수처에서 일한 경험

등을 적어 두면 고객의 호응이 단번에 높아지거든요. 누마지리 씨
는 그런 다른 경력이나 직장 경험, 혹은 특별한 어필 포인트가 있
습니까?"

나는 말없이 고개를 가로저었다.

"그래요……. 뭐, 처음에는 우리 사무실에서 프리 고객을 붙여
드릴 테니까 걱정할 거 없어요."

특정한 아가씨를 지명하지 않는 고객을 이쪽 업계에서는 '프리
고객'이라고 한다. 그런 고객은 사무실 스태프가 추천해 주는 아가
씨를 만나게 된다. 즉 신입이 인기를 얻느냐 마느냐는 전화를 받은
사무실 스태프에게 달려 있는 것이다.

"신입이라고 하면 고객들이 반색을 하기 때문에 처음 일정 기간
의 만남이 큰 기회가 됩니다. 시일이 지나면 다시 새 아가씨가 들
어오니까 아무튼 그전에 만난 고객들에게 최선을 다해서 다음에
지명이 들어오게 해두면 수입은 안정적으로 거둘 수 있죠. 이 일을
오래 하는 건 용모나 과거 경험이 아니라 결국 그런 단골 고객을
최대한 많이 확보하는 아가씨들이에요."

"어떻게 하면 단골 고객이 많아질까요?"

"그건 글쎄……."

히루타는 입을 ㅅ자로 꾹 다물고 고개를 갸웃한 채 생각에 잠겼다.

"한마디로 설명하기는 어렵지만, 함께 있으면 마음이 편하다,
위로가 된다, 라는 점인 것 같아요. 그런 자연스러운 매력이 있는

아가씨에게 단골이 많습니다."

단순히 아름답다거나 젊다고 해서 좋은 것도 아닌 모양이다.

"그런데 누마지리 씨, 미용실에는 언제 다녀왔죠?"

저절로 손이 머리로 올라갔다. 신경증에 시달린 데다 빚에 내몰리는 하루하루를 보내다 보니 벌써 반년 넘게 미용실에는 간 적이 없었다.

"못 간 지 오래됐어요."

작은 소리로 대답했지만 얼굴이 화끈거릴 만큼 창피했다.

"일을 시작한다면 언제부터 가능해요?"

"언제든 가능하지만, 낮에는 다른 일을 하고 있어서 우선 토요일과 일요일에만 해주셨으면 좋겠어요. 아, 그리고 이 사무실은 아이를 돌봐 주는 서비스도 있다고 하던데……."

"딸이라고 했지요? 지금 몇 살이에요?"

"초등학교 2학년이에요."

이제 곧 아야나의 생일이 다가온다. 크리스마스에는 장화에 담긴 과자 세트를 선물했지만 그리 달가워하지 않는 눈치였다.

"그렇다면 괜찮겠군요. 하지만 돌봐 준다고 해도 정식 어린이집은 아니니까요. 조금 전 여직원 같은 우리 사무실 스태프가 누마지리 씨가 일하는 동안만 봐줄 거예요. 심야 시간에는 아이를 맡아 주기가 어렵고, 토요일과 일요일 낮 시간이라면 사무실에 항상 스태프가 있으니까 가능합니다."

실은 그게 가장 걱정스러운 점이었는데 그렇게나마 돌봐 준다면 다행이다. 지금까지 어떤 일자리를 찾아봐도 아야나를 집에 혼자 남겨 두어야 하는 게 걸려서 번번이 포기했던 것이다.

"자, 그러면 보디 체크를 해볼까요?"

히루타가 자리에서 일어나더니 소파 뒤쪽에 있는 커튼을 닫았다.

무슨 말인지 알아듣지 못한 채 소파에 앉아 멍하니 히루타를 올려다보았다.

"일단 자리에서 일어나세요."

"죄송하지만, 보디 체크라는 게 뭐예요?"

"누마지리 씨가 옷을 벗어 주시면 전신을 체크하는 거예요. 우리는 고급점이라서 험한 흉터나 타투가 있다면 채용할 수 없으니까요."

"지, 지금 여기서 옷을 벗으라고요?"

미나미는 그런 체크를 한다는 얘기는 해주지 않았다.

"물론입니다. 지금 여기서 옷을 벗어 주셔야 살펴볼 수 있죠."

히루타가 고개를 끄덕이며 말했다.

나는 주위를 둘러보았다. 커튼을 닫았기 때문에 다른 사람이 쳐다볼 일은 없겠지만, 부숭부숭한 눈의 중년 남자가 코앞에서 나를 빤히 쳐다보고 있었다.

"그럼 부탁드립니다."

일단 딜리버리 헬스점에서 일하기로 마음먹었다면 앞으로 수많은 남자 앞에서 벌거숭이가 되어야 한다. 순진한 여고생도 아니고, 언제까지나 머뭇거리고 있을 수는 없었다.

히루타의 시선이 따갑게 느껴졌지만, 뒤로 돌아서서 원피스 호크를 풀었다. 어깨에서 원피스가 스르륵 바닥에 떨어지자 나는 위아래 속옷과 팬티스타킹뿐인 모습이 되었다.

"팬티스타킹도 벗어 주세요."

허리를 숙여 팬티스타킹을 벗고 양손으로 위아래를 가리면서 히루타 앞에 섰다.

"참고로, 채용이 결정되면 속옷은 새것으로 구입하세요. 가능하면 레이스 달린 검은색이나 빨간색 등의 섹시한 것으로, 그리고 가터벨트까지 해주면 고객의 호응이 좋아질 테니까요."

점점 더 얼굴이 뜨거워졌다.

히루타에게 벌거숭이나 다름없는 모습을 내보인 것보다 해진 속옷을 입었다는 게 더 창피했다. 이 속옷은 벌써 몇 년 전에 이바라키의 슈퍼에서 구입한 것이었다.

"이제 속옷도 벗어 주세요."

얼음 같은 눈빛으로 히루타가 말했다. 이런 다 해진 속옷이라도 처음 만난 남자 앞에서 벗는 건 어려운 일이었다.

"누마지리 씨, 지금 여기서 벗지 않는다면 몸을 보여 주지 못할 뭔가 다른 이유가 있는 것으로 간주해서 채용해드릴 수가 없어요. 더구나 남 앞에서 옷을 못 벗어서는 이 일은 못 하겠지요."

이제는 마음을 정하는 수밖에 없다.

뒤로 돌아서서 브래지어 호크를 풀었다. 브래지어를 내려놓고 이번에는 몸을 반쯤 숙이면서 팬티를 벗었다. 착착 접어 브래지어 위에 올려놓고 두 손으로 가슴 쪽과 아래쪽을 가리면서 다시 한번 히루타에게로 몸을 돌렸다.

히루타는 살갗에 입김이 느껴질 정도로 가까이 다가오더니 등 뒤로 돌아가기도 하고 허리를 숙여 살펴보기도 하면서 온몸을 샅샅이 체크했다.

"제왕절개 흔적이 보이면 난처한데, 아무래도 그런 건 없는 것 같군요."

그런 것까지 체크하는가.

"피부가 상당히 아름다운 편이에요. 몸매도 좋고, 이 정도면 문제없겠어요."

"정말요?"

남편과 별거한 뒤로 남자에게 맨살을 내보인 적은 없었다. 그보다 이런 식으로 칭찬을 받은 일 자체가 난생처음이었다. 부스스한 머리와 해어진 속옷 때문에 죽을 만큼 창피했던 참이라서 히루타의 그 말에 저절로 흐뭇한 마음이 들었다.

"실례가 많았습니다. 이제 옷을 입어도 돼요."

히루타가 뒤돌아서 있는 동안에 서둘러 옷을 주워 입었다.

"예명은 어떻게 할까요? 이런 곳에서는 본명은 밝힐 수 없으니

　　　　　　그리고 너는 속고 있다

까 예명이라는 걸 지어야 하는데."

"그럼 저는 합격한 건가요?"

"네, 누마지리 씨만 괜찮다면 지금부터라도 우리 사무실 소속으로 일해 주세요."

열 명 중 아홉 명은 채용되지 않는다는 얘기를 들었기 때문에 오늘 당장 이 자리에서 그런 결정이 내려질 줄은 생각도 못 했다.

"누마지리 씨는 피부가 하얗고 고우니까 미유키(美雪)라는 이름은 어떨까요?"

"죄송하지만 저는 아직 이 일을 할지 말지 결정을 못 했어요. 면접에서 떨어질 거라고 생각했던 참이라서……."

히루타의 설명을 듣고 납득할 만한 점도 있었지만 듣고 나니 거꾸로 걱정스러운 것도 많아졌다. 애초에 어떤 서비스를 해줘야 하는지, 가장 중요한 것을 전혀 모르고 있었다.

"구체적인 건 여성 스태프가 자세히 설명해 줄 거예요. 그런 절차를 거친 다음에 판단해도 괜찮아요. 다만 홈페이지를 준비해야 하니까 우선 예명부터 정해 두는 게 좋아요. 미유키라는 이름, 괜찮겠죠? 그게 아니면 원하는 이름이 있습니까?"

이미 여기서 일하기로 결정이 난 듯한 말투였다. 미나미에게 우선 면접만 보겠다고 말했었는데 그게 제대로 전달되지 않았는지도 모른다.

"아, 그렇다면 제 예명은 '미나미(未奈美)'라고 할게요. 이곳에 소개해 준 미나미 씨의 이름을 따서."

왜 그런지 순간적으로 그런 생각이 떠올랐다.

"미안하지만 우리 사무실에 이미 미나미라는 아가씨가 있어요. 그 미나미는 아름다운 파도라는 뜻의 미나미(美波)지만, 발음이 같으면 혼란스러우니까 그건 예명으로 쓸 수 없겠네요."

히루타가 허공에 손끝으로 '미나미美波'라는 한자를 적어 보이면서 말했다.

"그렇군요……."

가볍게 한숨을 내쉬다가 다시 한 가지 생각이 머릿속에 떠올랐다.

"그 미나미 씨라는 분은 몇 살쯤 된 아가씨예요?"

혹시 그 미나미가 개인 사채업으로 내게 돈을 빌려준 '미나미'인 건 아닐까.

"미나미 씨, 잠깐 이쪽으로 올래요?"

히루타가 사무실 안쪽을 향해 목소리를 높였다.

"네, 무슨 일이세요?"

의아한 표정으로 다가온 사람은 조금 전에 차를 내온 중년 여성이었다.

"여기까지가 기본적인 접객 과정이야. 하지만 꼭 이렇게 해야 한다는 규칙이 있는 건 아니니까 그다음은 고객과의 대화에 따라 임기응변으로 대하면 될 거야."

미나미와 같이 사무실을 나와 가까운 러브호텔에 들어왔다. 둘 다 옷을 벗은 채 실제 교육을 받았다. 내가 상상했던 것보다 훨씬 더 노골적이고 난생처음 해보는 서비스 같은 것도 포함되어 있었다.

"내가 할 수 있을까요?"

너덜너덜한 브래지어를 다시 걸치면서 물었다. 나는 도저히 하기 어려운 일이라고 실감했기 때문이다.

"일단 익숙해지면 괜찮아져. 게다가 서툴더라도 오히려 그게 순진하게 보여서 더 좋아할 수도 있어. 그보다 신입이라고 하면 괴상한 체위를 요구하는 손님이 더러 있어. 그걸 어떻게 기분 나쁘지 않게 따돌리느냐가 처음에는 좀 어렵지."

사무실 스태프 미나미는 이목구비가 또렷해서 젊은 시절에는 상당히 미인이었을 것이다. 수더분한 말투에 처음 만났는데도 호감이 갔다. 이런 사람이라면 단골 고객이 많았을지도 모른다.

"미나미 씨도 현역으로 일하세요?"

이제는 눈가와 목의 주름이 눈에 띄는 게 40대쯤으로 보였다. 뱃살도 두드러지고, 아무래도 현역 아가씨로 일하기는 어려운 모습이었다.

"이 나이에 현역은 아니지. 진즉에 관뒀어. 사무직으로 여태 붙어 있는 거야. 이렇게 새로 온 아가씨를 교육하는 것도 내 담당이야. 어쩌다 남자가 교육해 주는 데도 있지만 아무래도 성추행 비슷한 게 될 수 있잖아."

히루타에게 똑같은 실제 강습을 받아야 했다면, 이라고 생각하니 등이 오싹했다.

"그래도 이따금 예전 단골에게서 지명이 들어오기도 하고, 진짜 바쁠 때는 나도 손님을 받고 있어."

미나미는 자랑스러운 듯 미소를 지었다. 그 이름 때문에 개인 사채업자 미나미와 관계가 있는지도 모른다고 생각했지만 역시 그 미나미와는 전혀 다른 사람이었다.

"아직 여기서 일할지 말지, 결심을 못 했어요. 정말 나 같은 사람도 일할 수 있을까요?"

미나미는 슬쩍 몸을 뒤로 물리면서 내 온몸을 훑어보았다.

"글쎄 어떨지 모르겠네? 여대생이라고 우기는 건 좀 어렵겠고……."

미나미는 눈을 가느스름하게 뜨고 웃으면서 말을 이어갔다.

"미모는 빠지지 않는 편이지만, 중요한 건 멘탈이야."

"어떤 멘탈이면 이런 일에 적응할 수 있죠?"

"알기 쉽게 말하면, 섹스를 좋아하는 성향이라고 할까? 그런 쪽으로 저항감이 없으면 나름대로 즐기면서 일할 수 있어. 이쪽 업계에 여대생이 많아진 것도 옛날과는 다르게 요즘에는 인터넷 등에 온갖 성에 관한 정보가 넘쳐나고 자유분방한 세상이라서 그런가봐. 반대로 그런 쪽으로는 질색을 하는 사람은 아무래도 적응하기가 힘들지."

그리고 너는 속고 있다

나는 어떨까. 애초에 성적인 경험이 너무 적어서 어떻게도 판단을 내릴 수 없었다.

"그나저나 다카요 씨는 아직 독신이야?"

왼손 약지의 반지는 생활비가 모자라 한참 전에 팔아 버렸다.

"결혼했죠. 아이도 하나 있고. 근데 남편과 별거 중이에요."

"그렇구나. 남편이 어떤 사람이었는데?"

"어떻게 설명해야 좋을지 모르겠네요."

고개를 갸웃한 채 생각해 보았다. 항상 그렇지만 남편에 대해 적확하게 설명하기가 어려웠다.

"굳이 말하면, 무슨 생각을 하는지 모르겠는 사람이에요. 평소에는 다정하게 굴다가도 갑자기 벌컥 화를 내면서 폭력을 휘두르고, 솔직히 두 번 다시 그 사람과는 엮이고 싶지 않아요."

남편은 사소한 일에 성격이 표변하곤 했다. 고함을 지르며 폭력을 휘두른 뒤에는 무릎을 꿇고 엉엉 울면서 빌었던 적도 있었다. 그런 그를 만나고 싶지 않은 것은 폭력을 휘두를까 봐 두려운 것도 있었지만, 그 종잡을 수 없는 성격을 마주하면 나도 모르게 휘말려 들 것 같았기 때문이다.

"폭력을 휘두르는 남자라니, 진짜 최악이지. 나도 남편과 헤어졌지만 역시 가정 폭력 때문이었어. 여자는 어떤 남자와 결혼하느냐에 따라 인생이 완전히 달라진다니까."

"정말 그렇죠?"

우리는 동시에 큰 한숨을 내쉬었다.

"고등학교에서 돈에 대해 가르쳐 주는 수업을 한다던데 그 참에 남자 선택하는 법도 가르쳐 줬으면 좋겠더라. 나쁜 남자와 결혼하면 여자 인생, 완전 꽝이잖아."

미나미가 농담처럼 말했지만, 정말 맞는 말이라고 고개가 끄덕여졌다.

"이혼은 안 하는 거야?"

"이혼해 달라고 하면 무슨 일을 당할지, 생각만 해도 끔찍해요. 딸아이와 몰래 도망치듯이 나와서 지금 사는 집 주소도 알려 주지 않았어요."

한숨을 섞어 말하자 미나미는 진지한 표정으로 내 얼굴을 쳐다보았다.

"그렇다면 변호사에게 찾아가는 게 좋아. 나도 이혼할 때 엄청 힘들었는데 변호사한테 의뢰했더니 그야말로 깔끔하게 처리해 줬어. 아, 내가 그 변호사 소개해 줄까? 일단 상담이라도 받아 봐."

그런 건 아직 생각해 본 적이 없었다. 비용도 겁이 났다.

하지만 변호사가 나선다면 폭력을 휘두를 일도 없을 것이고 남편을 만나지 않고 헤어질 수 있을지도 모른다.

"미나미 씨, 소개해 주세요. 어떤 변호사예요?"

8

면접에 합격한 모양이던데요?

야마노테선 지하철을 타고 가는 중에 개인 사채업자 미나미의
메시지가 들어왔다.

네, 합격은 했지만 아직 일해야 할지 말지 결심을 못 했어요.

성매매 말고는 빚을 갚을 방법이 없는지도 모른다는 생각에 면
접을 봤지만, 사무실에서 만난 미나미의 조언을 듣고 이혼에 대해
다시 진지하게 고민하게 되었다. 이혼만 할 수 있다면 한부모 가정
수당이 나오기 때문에 굳이 그런 데서 일하지 않아도 되지 않을까.

알았어요. 근데 이번 달 상환 기일이 다가오네요. 잘 부탁해요.

딜리버리 헬스점의 미나미가 소개해 준 변호사 사무실은 신주
쿠역에서 도보로 10분 거리였다.

접수처 내선 전화로 찾아온 것을 알리자 직원이 나와서 안내해
주었다. 검은 가죽 소파에 앉자마자 정장 차림의 여자가 쟁반을 들
고 나타나 내 앞과 맞은편에 받침 접시에 얹힌 찻잔을 공손히 차려
냈다. 그 여자와 자리를 바꾸듯이 회색 양복에 빨간 넥타이를 맨
남자가 나왔다. 나는 급히 자리에서 일어나 머리를 숙였다.

"누마지리 다카요라고 합니다."

"변호사 요시오카입니다. 얘기는 사사키 씨에게서 들었어요.
자, 앉으세요."

사사키는 미나미의 성씨였다. 요시오카 변호사에게는 그녀가
딜리버리 헬스점에서 일하고 있다는 것은 비밀로 하기로 했다.

"이혼 문제라고 하셨지요?"

요시오카가 앉은 소파의 등 뒤에는 큼직한 책장에 육법전서를
비롯해 두툼한 책들이 꽂혀 있었다.

"네, 실은 가정 폭력을 피해 몰래 도쿄로 나왔어요. 남편에게 우
리 주소가 알려지면 안 됩니다. 그래도 이혼이 가능할까요?"

당연히 주민등록도 옮기지 않았다. 아야나를 초등학교에 입학
시킬 때 그게 문제가 될까 봐 걱정했는데 가정 폭력에 시달리는 사

　　　　　　　　　　그리고 너는 속고 있다

례가 많기 때문인지 이전의 주민등록 그대로 입학할 수 있었다.

"이혼 신청서와 그밖에 필요한 서류의 송부처는 여기 변호사 사무실로 할 수 있으니까 남편에게 현재 집 주소가 알려질 일은 없습니다. 가정 법원에도 비밀로 해달라고 신청하면 주소를 알리지 않은 채 이혼 교섭을 하는 건 충분히 가능해요."

요시오카는 약간 신경질적으로 은테 안경을 오른쪽 중지로 연신 밀어 올리면서 설명해 주었다.

"어떻게든 남편과 얼굴 마주하는 일 없이 이혼했으면 좋겠어요."

너무 염치없는 소리만 한다고 나무라지는 않을까. 조마조마한 심정으로 요시오카의 표정을 살폈다.

"그렇군요. 남편에게서 가정 폭력을 당했을 때의 심리적인 상처가 아직 치유되지 않았다는 말씀이네요."

"폭력도 무섭지만, 남편이 종잡을 수 없는 사람인 데다 말솜씨가 교묘해서 일단 만나서 얘기하기 시작하면 그쪽이 원하는 대로 휘말릴 것 같아서 무서워요."

"이혼 조정은 기본적으로 양쪽이 얼굴을 마주하고 상의해야 하지만, 사정에 따라서는 우리가 대신 진행할 수도 있습니다."

그 말을 듣고 갑자기 눈앞이 환해지는 듯한 기분이었다.

"만일 남편이 이혼하지 않겠다고 주장하면 어떻게 되나요?"

"그럴 경우에는 이혼소송에 들어갑니다. 참고로 남편에게서 가정 폭력을 당했을 때, 병원에는 갔었어요?"

"아뇨, 병원까지는……."

남편에게 맞고 멍이 든 적은 있지만, 골절처럼 병원에 갈 정도로 크게 다친 적은 없었다.

"가정 폭력을 당했다면 백 퍼센트 소송을 통해 이혼이 가능합니다. 하지만 반드시 폭력을 증명할 만한 것이 있어야 해요. 병원 진단서를 첨부하는 게 가장 유리하지만, 가정 폭력으로 고민하던 시절의 일기장이라든가 누군가에게 그런 얘기를 상의하는 메일을 보냈다든가 하는 것도 좋아요. 어때요, 그런 게 있습니까?"

남편을 피해 아야나와 도쿄에 나와 살기 시작한 게 벌써 2년 전이다. 일기를 쓰는 습관도 없었고, 당시 누군가에게 남편의 폭력에 대해 메일로 상의한 적도 없었다.

"그런 게 없으면 이혼은 어렵다는 말씀인가요?"

"그건 일단 이혼 절차를 시작해 보지 않고서는 누구도 알 수 없습니다. 하지만 소송에 들어가면 비용도 적지 않게 들어요. 그래서 특별한 사정이 없는 한, 소송으로 재판까지 받는 경우는 사실 그리 많지 않아요."

확실히 이긴다는 보장이 없다면 큰 비용을 감수해 가며 소송을 해봤자 서로 간에 좋을 게 없기 때문에 대부분 서로 협의해서 결론을 내린다는 얘기였다.

"특별한 사정이라면 어떤 경우인가요?"

"소송까지 가는 경우는 대부분 아이의 친권 문제를 놓고 다툴

그리고 너는 속고 있다

때예요."

요시오카는 찻잔을 들어 한 모금 마시더니 나한테도 손짓으로 차를 권했다.

"저는 딸의 친권은 절대로 양보할 수 없어요."

"친권에 관해서라면 압도적으로 어머니 쪽에 주어지는 일이 많아요. 그래서 웬만큼 중대한 사안이 아닌 한, 그건 괜찮을 겁니다. 다만 어머니가 양육을 방기했다든가 범죄 행위에 가담했다든가 공서양속에 현저히 반하는 행위를 했다면 얘기가 크게 달라지죠."

딜리버리 헬스점에서 일하는 건 공서양속에 반하는 일일까. 하지만 변호사를 소개해 준 미나미 일도 있어서 섣부르게 그런 걸 물어볼 수는 없었다.

"다카요 씨는 현재 어떤 일을 하시지요?"

"지금은 편의점에서 파트타임 알바로 일하고 있어요."

"딸이 하나 있다고 얘기를 들었는데, 이혼을 한다면 남편에게 양육비를 청구해야 합니다. 그리고 가정 폭력을 당했다면 그 위자료도 청구할 수 있어요."

요시오카는 덤덤한 어조로 말했다.

"남편은 지금 일정한 직업이 없을 거예요. 그런 사람이라도 양육비를 청구할 수 있나요?"

"청구는 가능합니다. 그리고 양육비를 지급해 주지 않으면 법원에 신청해 이행 권고나 이행 명령을 해달라고 할 수 있어요. 다만 그게 법적인 강제력이 있는 건 아닙니다. 애초에 남편에게 지불할 능력이 없는 경우에는 어떻게도 할 수 없다는 게 맹점이죠."

그렇다면 별로 기대할 수 없을 것이다. 그보다는 한부모 가정의 수당을 받는 게 훨씬 더 현실적이다.

"이혼이 결정될 때까지 얼마나 걸릴까요?"

"협의를 통해 남편이 순순히 동의해 준다면 이혼 신청서만 제출하면 되니까 내일이라도 이혼은 가능합니다. 하지만 친권이나 위자료, 그리고 재산 분할 등으로 다투게 되면 최악의 경우에는 소송으로 재판까지 가게 되기 때문에 1년 이상 걸리는 경우도 있어요."

요시오카는 미간에 주름을 잡으며 그렇게 말했다.

"최대한 빨리 이혼했으면 좋겠는데……."

"그러시다면 위자료나 양육비에서 어느 정도 타협하는 게 필요하겠군요."

"양육비는 못 받아도 어쩔 수 없겠죠. 아, 그런데 변호 비용은 얼마나 들까요?"

"서로 얘기해서 합의가 된다면 비용은 거의 안 들어요. 이미 2년째 별거 중이라고 하셨고, 중간에서 변호사가 얘기하면 간단히 도장을 찍어 줄지도 모르죠."

그렇게 되기만 한다면 얼마나 좋을까.

"꼭 그렇게 될 수 있게 잘 부탁드립니다. 딸아이를 위해서도 하루빨리 정리해야 돼요."

그리고 너는 속고 있다

"따님 일도 그렇고, 이 일이 잘 정리된다면 누마지리 씨도 행복한 새 출발이 가능할 겁니다. 아직 20대의 젊은 분이니 얼마든지 인생을 새로 꾸려 나갈 수 있어요."

그런 건 생각도 못 했지만, 아닌 게 아니라 이혼이 성립된다면 법률적으로 다른 누군가와 결혼하는 것도 가능하다. 지난 몇 년 동안 내내 짙은 먹구름에 휩싸였던 내 인생이 크게 달라질지 모른다는 기대감을 처음으로 가져 볼 수 있었다.

"변호사님, 남편에게 연락 좀 해주실 수 있을까요?"

딜리버리 헬스점 점장이 일할지 말지 알려 달라고 하던데요. 결정했어요?

미나미에게서 그런 메시지가 들어왔다. 어떻게 답장해야 할까. 알바 일을 하러 편의점으로 향하는 동안 나는 내내 고민했다.

한 번이라도 성매매 일을 시작하면 분명 인생에 중요한 뭔가를 잃을 것이다. 편의점에서 장시간 일하는 것도 멍청한 짓처럼 여겨질 것이다. 내가 아닌 다른 사람이 되어 돈에 대한 감각도, 가치관이며 사고방식 자체도 뿌리째 흔들릴 것이다.

중학교 앞을 지나가다가 운동장 쪽을 바라보니 체육복 차림의 아이들이 축구를 하고 있었다. 이제 몇 년 뒤에는 아야나도 이 중학교에 다니게 될 터였다.

아야나를 위해 좀 더 돈을 벌지 않으면 안 된다. 지금은 초등학생이라서 교육비가 그리 많이 들지는 않지만 중학교 고등학교와 대학교까지, 앞으로의 일을 생각하면 암담하기만 하다.

희박하나마 남편이 이혼에 동의해 줄지 모른다는 기대감도 남아 있었다. 혹시라도 양육비나 위자료를 내 준다면 문제는 단숨에 해결된다. 그렇게까지 잘 풀리지는 않더라도 한부모 가정 수당을 받을 수만 있다면 그나마 살림을 꾸려가기가 수월해진다.

하지만 남편이 이혼에 응해 주지 않는다면 생각지 못한 변호사 비용까지 들게 된다. 과연 얼마나 내야 할까. 여차하면 변호사 비용을 벌기 위해 성매매에 나서야 하는 기묘한 상황에 빠질 수도 있다.

미나미 씨, 죄송하지만 점장에게 조금만 더 기다려 달라고 전해 주세요.

아직은 그쪽 일을 할지 말지 섣불리 결정할 수 없다. 결국 남편이 이혼에 대해 어떤 생각을 갖고 있느냐에 따라 달라지게 된다. 요시오카 변호사가 최대한 빨리 남편에게 연락해 의향을 물어보겠다고 했으니까 오늘 오후에라도 전화로 상황을 알아보기로 마음먹었다.

그때 스마트폰이 부르르 진동했다.

누마지리 다카요 씨, 지난번 면접에 참여한 텔레마케팅 회사에서 갑작스러운 결원이 생겨 급히 채용하겠다는 메일이 왔습니다. 혹시 이미 다른 회사에 채용이 결정되었다면 연락 바랍니다.

내내 아무 소식이 없어서 포기했는데 인재 파견 업체에서 채용 통지를 보내준 것이다. 게다가 원하는 시간에 재택근무가 가능하다고 한다.

연락 감사드립니다. 저는 이번 주부터라도 일할 수 있습니다.

무사히 이 회사 일을 받는다면 딜리버리 헬스점 같은 데는 나가지 않아도 된다. 번거로워도 계속 면접을 보기를 잘했다고 가슴을 쓸어내렸다.

업무 내용은 온라인으로 교육을 받으시면 됩니다. 자택으로 노트북과 자료를 보내겠습니다.

어제는 눈이 희끗희끗 흩뿌리고 바람이 차가웠는데 오늘은 날이 풀려 햇살에 따스한 기운이 감돌았다. 내 인생도 최악의 시기를 지나 오늘 날씨처럼 슬슬 풀리려나, 하고 하늘에 떠 있는 솜사탕 같은 구름을 우러러보았다.
그 순간, 스마트폰의 전화벨이 울렸다. 낯선 번호여서 잠시 망설였지만 텔레마케팅 회사와 관련된 연락인지도 모른다는 생각에 통화 버튼을 터치했다.

"여보세요."

그 목소리를 듣자마자 머릿속에 눈 폭풍이 휘몰아치고 단숨에 온몸이 얼어붙었다.

"누마지리 다카요 씨 휴대폰이죠?"

2년 만에 듣는 남편 목소리였다. 어떻게 대꾸해야 할지 알 수 없어서 스마트폰을 귀에 댄 채 멍하니 멈춰 서 버렸다.

"여보세요, 다카요? 내 얘기 듣고 있어?"

당장 끊어야 한다고 생각하면서도 공포심에 입이 제멋대로 반응해 버렸다.

"듣고 있어."

"다카요, 갑자기 아야나를 데리고 자취를 감추더니 이번에는 변호사를 통해 이혼을 하고 싶다고? 아니, 이건 너무 심하잖아."

"어, 어떻게 내 번호를 알았어?"

"우연히 알게 됐어. 다카요도 이래저래 힘든 것 같아서 나도 일단 상황을 지켜보고 있었어. 근데 변호사를 통해 이혼을 요구해? 그렇다면 나도 가만있을 수 없어."

"혹시 내 주소도 알고 있어?"

"물론 다 알지."

휴대 전화 번호뿐만 아니라 주소까지 들켜 버렸다. 극히 한정

된 몇몇 사람에게밖에 알려 준 적이 없는데 대체 어떻게 알아낸 것일까.

"다카요, 변호사까지 쓰는 걸 보니 상당히 여유가 있는 모양이지?"

"편의점 알바로 아야나와 둘이 겨우겨우 살고 있어. 빚까지 지고, 지금 여유가 있겠어?"

"정말이야? 나 모르게 성매매 같은 거 하고 다니는 거 아냐?"

내가 딜리버리 헬스점의 면접을 봤다는 것은 알 리가 없다. 그렇게 생각하면서도 남편이 전부터 촉이 좋은 사람이었기 때문에 괜히 가슴이 뜨끔했다.

"그런 거 안 해. 그보다 제발 부탁이야, 이혼해 줘."

용기를 내서 그렇게 말해 보았다. 벌컥 화를 내며 고함을 칠까 봐 나도 모르게 스마트폰을 부르쥐었다.

"다카요, 그렇게 이혼이 하고 싶어?"

뜻밖에도 애절한 목소리가 들려왔다.

"제발 부탁할게. 이혼해 줘."

떨리는 목소리로 다시 한번 말했지만 잠시 아무 소리도 들리지 않았다.

진짜로 화가 난 것일까. 화가 나면 남편은 순식간에 표변하기 때문에 그 침묵이 두려웠다.

"뭐, 조건에 따라서는 이혼해 줄 수도 있어. 나도 기어코 다카요와 함께 살겠다는 건 아니니까."

뜻밖의 말이 돌아왔다.

"조건이라니, 어떤 조건?"

"친권. 나한테 아야나의 친권을 주면 이혼해 줄 수도 있어."

"그건 안 돼. 아야나는 내가 키워야지. 소송을 해도 웬만한 일이 아니고서는 친권은 엄마 쪽에 주어진다고 변호사도 얘기했어."

아야나는 절대로 남편에게 내줄 수 없다.

"그건 경제적으로 자립할 수 있는 경우지. 넌 지금 겨우 입에 풀칠이나 하는 상황이잖아. 그런 환경에서 아야나를 제대로 키울 수나 있겠어? 아직 초등학생이니까 지금은 그나마 버티겠지만, 대학까지 간다고 생각하면 교육비가 상상 이상으로 많이 들어. 하긴 양육비라도 두둑하게 받는다면 좋겠지. 너, 그거 바라고 이혼하자는 거야?"

경제적인 것을 생각하면 대꾸할 말이 없었다. 이제 곧 히나마쓰리[5]가 다가오는데 아야나는 아직 색종이로 접은 히나 인형밖에는 본 적이 없었다.

"아니, 양육비는 됐어. 이혼만 해주면 한부모 가정 수당이 나오니까 그걸로 꾸려갈 수 있어."

남편의 양육비 따위, 애초에 기대도 하지 않았다. 이혼에만 응해주면 아야나가 18세가 될 때까지 수당을 받을 수 있다.

---

5 3월 3일에 어린 딸아이의 건강한 성장을 기원하는 명절 행사. 제단에 떡, 감주, 복숭아꽃 등을 올리고 전통 옷을 차려입은 작은 히나 인형들을 진열한다.

"그래? 나와 이혼하는 게 너한테는 이익이라는 거잖아. 뭐, 그렇다면 변호사를 써서라도 이혼하려는 것도 이해는 된다."

"돈만의 문제가 아니야. 그렇게 되면 나도 아야나도 당신의 가정 폭력에서 벗어날 수 있어."

"잠깐, 가정 폭력이라니 그런 남 듣기 사나운 얘기를 하면 안 되지. 그때 딱 한 번 손이 닿았을 뿐이잖아. 그 정도 싸움이라면 어떤 부부든 하기 마련이야. 당신 변호사한테도 말했지만, 그건 절대로 가정 폭력 따위가 아니니까 그리 알아."

가정 폭력은 없었다고 시치미를 뗄 생각인 것이다. 그때 곧장 병원에 가서 진단서를 받아 두지 않은 게 너무도 후회스러웠다.

"나를 가정 폭력이나 휘두르는 사람으로 취급한다면 나도 한마디 해야겠어. 다카요가 아야나 버릇을 가르친다면서 학대한 게 훨씬 더 큰 문제 아냐?"

이런 식으로 되받아치는 데는 어떻게 해볼 수가 없다. 가정 폭력도 버릇 들이기도 학대도, 당한 쪽에서 어떻게 생각하느냐에 따라 사실 자체가 달라지는 것이다.

"당신이야말로 이상한 얘기를 하네? 나는 아야나를 학대한 적이 없어."

"아니, 다카요는 항상 그렇게 얘기하지만, 예전부터 신경이 날카로워지면 딴사람처럼 날뛰었어."

"거짓말하지 마!"

나도 모르게 목소리가 커졌다.

"나는 한 번도 아이를 학대한 적이 없어!"

한창 바쁜 참에 아야나가 꾸물거리거나 부루퉁한 얼굴로 떼를 쓰면 큰소리로 나무라거나 손이 올라갈 뻔한 적은 있었다. 하지만 그런 정도는 이 세상 대부분의 엄마들이 똑같을 터였다.

"아무튼 이혼해 줘."

"친권을 나한테 넘기면 이혼하겠다니까? 아니면 소송으로 명명 백백하게 판정을 받아 볼까?"

"소송을 하면 돈도 많이 들어. 당신도 변호사 비용 때문에 힘들어질 거라고."

요시오카 변호사에게서 얻어들은 지식으로 나는 죽을 둥 살 둥 대꾸해 보았다.

"그거야 나도 알지. 다카요가 변호사를 내세우는 바람에 나도 나름대로 알아봤거든. 근데 우리 좀 냉정하게 생각해 보자. 무엇보다 아야나를 최우선으로 생각해야 하는 거 아냐? 경제적인 것도 그렇고, 엄마가 지저분한 일을 하고 다니면 아야나의 교육상 아주 큰 문제가 돼."

마치 내가 이미 성매매라도 하고 있다는 듯이 일방적으로 몰아붙였다.

물론 그런 데서 일한다면 아야나에게 좋을 리가 없다. 혹시 학교에 알려지기라도 하면 엄청난 따돌림을 당할 것이다.

"당신은 지금 어디서 일하길래 그런 말을 해? 언니한테 가상 화폐를 권했다고 하던데?"

남편의 말투에서는 어딘지 여유가 느껴졌다. 어쩌면 일 쪽은 잘 풀리고 있는지도 모른다.

"가상 화폐? 아, 그런 일도 잠깐 했었지."

"뭔가 사기 치고 다니는 거 아니야?"

"그보다 아야나는 어때? 잘 지내지?"

마치 내 말을 못 들은 것처럼 금세 딴소리를 꺼냈다.

"당신이 상관할 일이 아니야."

"그건 아니지. 어찌됐건 나는 아야나의 친아버지야."

남편이 아야나에게 접근하는 건 어떻게든 막아야 한다. 이 악귀 같은 인간이 얼씬거리면 아야나까지 불행해져 버린다.

"다카요, 우리 가족 셋이서 다시 도란도란 사는 것도 나쁘지 않잖아. 나는 친권을 받는 것보다 그게 가장 바람직한 해결책이라고 생각해."

그 말을 듣자 온몸에 소름이 끼쳤다. 남편과 한 지붕 아래서 살다니, 상상하는 것만으로도 정신이 나가 버릴 것 같았다.

"이혼해 줘."

"다카요, 가끔은 아야나하고 셋이서 밥이라도 먹자, 응?"

"제발 이혼해 줘."

"이거야, 도무지 말이 안 통하네. 근데 내 얘기 명심해. 당신은 나한테 말도 없이 아야나를 데리고 사라졌어. 내가 마음만 먹으면 당신을 유괴범으로 고소할 수도 있단 말이야."

"부탁이야, 이혼해 줘."

"외국에서는 엄마가 아이를 데리고 나가 버리면 당장 유괴 사건이 돼. 그게 얼마나 중대한 범죄인지 알기나 해?"

"이혼해 줘."

"다카요, 내가 당신하고 똑같이 아야나를 데리고 사라져 버리면 어떻게 할 건데?"

피식피식 웃는 소리가 들려왔다. 이 사람이라면 정말 그렇게 할 수도 있다는 생각에 등이 써늘해졌다.

"그때는 당신 죽이고 나도 죽을 거야."

그리고 너는 속고 있다

9

"남편이 이혼에 동의했다고요?"

평소에는 냉정한 태도를 보이던 요시오카 변호사의 목소리가 커졌다.

안절부절 도저히 가만있을 수 없어서 나는 남편 문제를 상의하기 위해 신주쿠 변호사 사무실로 달려갔다. 오늘도 내 앞에는 받침접시에 올린 찻잔이 놓여 있었다.

"아뇨, 순순히 동의해 줄 리가 없어요. 남편이 갑작스럽게 나한테 전화를 걸어 왔는데, 자기한테 친권을 양보한다면 이혼해 주겠다는 거예요."

요시오카는 오늘도 회색 양복에 빨간 넥타이를 매고 있었다.

"연락처가 알려진 건가요? 이거, 위험하군요. 앞으로 그런 일이 없도록 해야겠어요. 우리 변호사 사무실 명의로 접근과 전화 연락을 금한다는 경고 문서를 보내기로 하죠. 그래도 멈추지 않으면 법원에 신청해 정식으로 접근 금지 명령을 받도록 하겠습니다."

나는 긴 한숨을 내쉬며 가슴을 쓸어내렸다. 역시 법률 전문가에게 상의하기를 잘했다고 생각했다.

"하지만 어떻게 다카요 씨의 연락처를 알아냈을까요?"

"저도 모르겠어요. 어쩌면 사설탐정을 썼을 수도 있어요. 남편은 예전부터 수상한 지인들이 많았어요."

"실제로 그런 곳의 힘을 빌린 거라면 상당히 힘겨운 상대가 되겠군요. 우리도 단단히 준비하고 시작해야겠네요."

나는 힘없이 고개를 끄덕일 수밖에 없었다.

"다카요 씨는 따님의 친권을 양보할 의향은 없는 것이지요?"

"물론이에요."

"이혼에 대한 의지도 변함이 없으시고?"

"꼭 이혼해야 돼요. 그보다 한동안 남편이 폭력을 썼지만, 벌써 2년이 지난 일이라서 이제 분명한 증거는 찾기 어려울 것 같아요. 그런 경우에는 이혼을 인정해 주지 않나요?"

요시오카는 차를 한 모금 마시더니 잠시 뭔가 생각하고 있었다.

"가정 폭력 외에도 남편의 불륜이나 정신적인 학대, 언어폭력 등도 이혼 사유가 됩니다. 하지만 그것도 명백한 증거가 없으면 소송에서 이기기가 어려워요."

그리고 너는 속고 있다

남편은 여자들에게 인기가 있는 편이라서 분명 바람을 피운 적도 있을 것이다. 물론 증거라고 할 만한 것은 하나도 없었다.

"그러면 역시 이혼은 불가능할까요?"

"이대로 별거를 지속하면 이혼이 인정되기도 합니다. 그런 경우의 별거 기간은 5년에서 10년 정도예요. 하지만 그때도 친권에 관해서는 협의가 이루어져야 합니다."

남편도 이혼 자체는 괜찮다는 식으로 말했다. 이혼만 한다면 한부모 가정 수당은 받을 수 있다.

"이혼 신청서는 친권이 어느 쪽으로 가는지를 기재하지 않으면 접수해 주지 않아요."

요시오카가 미간에 주름을 잡고 팔짱을 끼며 말을 이어갔다.

"우선 끈기 있게 협의를 해나가는 수밖에 없겠네요."

"잘 부탁드립니다."

그나마 그 협의를 변호사에게 맡길 수 있다는 건 다행이었다. 내가 직접 대치하는 상황이라면 아예 대화조차 어려울 것이다.

"혹시 엄마가 안정적인 수입이 없을 때는 친권을 인정해 주지 않는 건가요?"

"이혼 협의에서 서로 다투게 되었을 때, 어느 쪽에 친권을 주는 게 자녀에게 보다 나은 양육 환경인지, 가정 법원에서 결정하게 됩니다. 어머니가 안정적인 수입이 없더라도 그것만으로 친권을 인정받지 못하는 일은 없어요. 남편에게서 양육비를 받을 수 있다면 경제적인 문제는 해결되니까요."

현실에서는 남편에게 양육비를 못 받는 경우가 많기 때문에 이혼 가정의 엄마들이 고통을 겪고 있다. 하지만 그런 얘기를 지금 요시오카 변호사에게 해봤자 해결될 일도 아니었다.

"이를테면 엄마가 술집이나 성매매 업소에서 일한다면 그게 아이의 양육 환경에 좋지 않다는 판단의 근거가 되기도 하나요?"

"범죄에 관련된 일이라면 문제지만, 단순히 직업을 두고 양육 환경에 좋지 않다고 판단하는 경우는 없습니다. 참고로 말씀드리면, 여성 쪽에서 바람을 피웠어도 그걸 이유로 친권이 박탈되지는 않아요. 양육 환경이라는 건 청결하고 영양 잡힌 식사가 주어진다, 규칙적인 생활이 가능하다, 라는 점 등이 포인트니까요."

마음속으로 휴우 안도의 한숨을 토해 냈다.

"하지만 어머니가 양육에 심히 태만했거나 아이를 학대한 경우에는 친권을 인정받을 수 없게 됩니다."

"바쁘신데 죄송합니다. 기업 대상 고객 관리 시스템을 제공하는 주식회사 CKS의 누마지리라고 합니다. 귀사의 코스트 삭감에 효과적인 정보를 전하기 위해 전화 드렸습니다. 고객 관리 시스템 담당자 분과 통화할 수 있을까요?"

텔레마케팅 업무는 눈 깜짝할 사이에 시작되었다.

채용 통지를 받자마자 집에 노트북과 헤드셋, 두툼한 매뉴얼이

그리고 너는 속고 있다

든 택배 박스가 도착했다. 그 노트북을 연결해 온라인으로 한 시간 남짓 연수를 받은 다음에 즉각 통화 목록에 실린 고객에게 전화를 걸어야 했다.

"네, 그러십니까. 그러면 차후에 연락드릴 테니 담당자 성함과 통화 가능한 시간대를 여쭤 봐도 될까요?"

구인 정보에 전화 오퍼레이터라고 적혀 있었기 때문에 고객에게서 걸려 오는 전화를 받는 일이라고 생각했는데 이건 내 쪽에서 전화해 영업 담당자와 약속을 잡는 일이었다.

두툼한 매뉴얼에는 응대 방법이 차트와 함께 상세히 적혀 있었다. '담당자가 부재일 경우' '전화를 담당자에게 연결해 주지 않을 경우' 그리고 '담당자와 연결되었을 경우' 등, 각각의 상황에 맞는 적절한 대사가 준비되어 있었다.

"상담에 응해 주셔서 감사합니다. 주식회사 CKS의 누마지리라고 합니다. 저희 고객 관리 시스템은 클라우드를 활용하고 있어서 실제로 이 시스템을 도입한 기업의 코스트가 30% 이상 삭감된 실적이 있습니다. 참고로, 귀사는 현재 사용하는 고객 관리 시스템이 있습니까?"

전문적인 영업용 토크가 필요한 것도 아니고 집에서 빈 시간에만 일할 수 있어서 아야나를 어딘가에 맡기지 않아도 된다는 점이 좋았다. 게다가 헤드셋이 고성능이라서 아야나가 옆에서 뛰어놀아도 수화기 너머 상대의 귀에 들어갈 염려가 없었다.

하긴 그토록 원하던 게임기를 드디어 사 줬더니 아야나는 아까부터 일심불란하게 컨트롤러를 조종하고 있었다. 교육적으로는 그리 바람직하지 않겠지만 혼자 조용히 놀아 주는 게 다행이었다.

"감사합니다. 그러면 다음 주 월요일에 저희 회사 담당자가 찾아뵙도록 하겠습니다. 시간은 한 시간 정도로 예상됩니다."

시급은 1,000엔이고, 실제로 약속이 잡히면 다시 1,000엔의 인센티브가 주어진다. 이 일이 순조롭게 풀린다면 편의점 알바는 관두고 이쪽에 집중하자고 생각했다.

"아, 그거 말씀이십니까……. 잠시만 기다려 주십시오."

집에서 나 혼자 통화하는 거라서 뭔가 잘 모르는 게 있어도 문의할 상사가 없었다. 두툼한 매뉴얼을 넘겨 가며 가까스로 한 건의 약속을 따내고, 즉시 목록에 실린 그다음 번호로 전화를 걸었다.

"바쁘신데 죄송합니다. 고객 관리 시스템을 제공하는 주식회사 CKS의 누마지리라고……."

"됐어요."

이번에는 인사말이 끝나기도 전에 상대가 전화를 끊어 버렸다.

끈기 있게 전화를 걸다 보면 약속을 따낼 수 있겠지만, 수없이 일방적으로 전화가 툭툭 끊기는 건 역시 정신적으로 힘겨웠다.

"세일즈 사절이에요."

"에이, 시끄러워 죽겠네."

"다시는 전화하지 마세요."

그리고 너는 속고 있다

역시 스팸 전화로 남들에게 폐를 끼치는 건가. 클레임 전화 응대 때는 왜 내가 이런 욕을 얻어먹어야 하느냐는 울분이 쌓였다. 하지만 제대로 설명하기도 전에 일방적으로 전화가 끊기는 것도 충격이 상당해서 그게 켜켜이 쌓여 가는 느낌이었다.

"바쁘신데 죄송합니다. 고객 관리 시스템을 제공하는 주식회사 CKS의 누마지리라고 합니다……."

이런 업무를 잘하는 요령은 감정을 깡그리 지워 버리는 것이다.

상대방이 전화를 끊거나 불만을 쏟아내면 나도 인간이기 때문에 마음에 상처를 입는다. 하지만 인간이 아니라 전화를 거는 기계라고 생각하면 되는 것이다. 기계이기 때문에 어떤 말에도 일희일비하지 않는다. 그렇게 마음먹으면 견디지 못할 것도 없다. 클레임 전화 응대를 하면서 배운 것이었다.

나는 기계다.

전화를 거는 기계다.

오로지 전화만 거는 기계다…….

"엄마, 괜찮아?"

문득 정신을 차려 보니 아야나가 걱정스러운 눈빛으로 나를 올려다보고 있었다.

"응? 아, 괜찮아, 잠깐 뭔가 생각하고 있었어."

"그래? 난 또 엄마가 아픈 줄 알고 깜짝 놀랐어."

"아프다니, 그런 거 아냐. 새로 일을 시작해서 좀 피곤한 것뿐이야."

하지만 그런 내 말을 끝까지 듣지도 않고 아야나는 얼굴을 돌리고 다시 게임에 몰두했다.

그때 스마트폰이 울리고 화면에 요시오카 변호사의 이름이 떴다.

"다카요 씨, 남편 쪽에서 친권을 양보해 주지 않는 한, 절대로 이혼하지 않겠다고 합니다. 직접 만나서 설득도 해봤는데 전혀 먹히지 않아서 일이 좀 어려워질 것 같군요."

"아, 네……."

변호사와 얘기하면 남편의 태도도 바뀔 거라고 기대했는데 그리 쉽게 풀리지는 않을 모양이다.

"오히려 다카요 씨가 일방적으로 아이를 데려간 것에 대해 소송을 걸겠다고 합니다."

"폭력 남편 주제에 그건 말이 안 되죠."

아야나에게 등을 돌린 채 나는 스마트폰을 귀에 바짝 댔다.

"예전에는 이혼 문제로 다투다가 한쪽 부모가 아이를 데려가도 별문제가 되지 않았어요. 하지만 우리나라도 '헤이그 국제아동탈취협약'에 가입한 뒤로는 가정 법원에서도 그 경위 등을 중시하게 되었죠. 가정 폭력이 인정된다면 아이를 데려왔어도 별문제가 없지만, 역시 폭력의 명백한 증거가 없으니 난처하군요."

"남편이 폭력을 휘두른 건 사실이에요. 변호사님, 내 말을 믿어주세요."

그리고 너는 속고 있다

일이 점점 꼬이는 것 같아서 숨이 턱 막히는 느낌이었다.

"물론 저는 누마지리 씨의 말을 믿지만, 증거를 제출하지 않으면 재판에서는 통하지 않아요. 만일 남편이 소송을 걸었을 경우, 다카요 씨가 아이를 데려온 방식에 문제가 있다면 미성년자 유괴로 형사책임을 질 수도 있습니다."

"어떻게 그럴 수가, 오히려 내가 교도소에 간다는 거예요?"

지난번 통화 때, 남편이 그런 얘기를 했던 게 생각났다.

"실제로 형사 사건이 되지는 않겠지만 이혼 조정에 들어갔을 때 친권 다툼에서 불리해질 수 있어요. 그렇게 되기 전에 일단 부부간에 진지하게 얘기를 나눠 보시는 게 어떨까요?"

"이혼을 포기하라는 말씀이에요?"

"물론 이혼이 전혀 불가능한 건 아니에요. 하지만 남편 쪽에서 친권 포기는 절대 안 된다고 너무 강경하게 나오니까……."

"저도 친권을 포기할 생각이 없어요."

"실은 남편이 다시 셋이서 함께 살기를 희망하고 있어요. 그것에 대해 다카요 씨는 어떻게 생각하십니까?"

"그럴 수 없어요."

설령 앞으로 폭력을 휘두르는 일이 없더라도 그런 남자와 함께 산다는 건 이제 불가능에 가깝다.

"참고로 말씀드리면, 남편 쪽에서는 아내를 때린 적이 없다고 주장하고 있어요."

"아뇨, 남편이 폭력을 휘두른 건 틀림없는 사실이에요."

"그렇습니까. 아무래도 이건 평행선이 될 수밖에 없군요."

전화 너머에서 한숨을 내쉬는 소리가 들렸다. 계속 평행선이 이어진다면 결국 소송에 들어가는 수밖에 없는 것일까.

"이건 확인차 물어보는 것인데요, 혹시 다카요 씨가 따님을 학대한 적이 있습니까?"

"엄마가 해준 스파게티가 최고야."

케첩으로 입 주위가 불그죽죽해진 채 아야나가 환하게 웃으면서 말했다. 하루하루 고통스러운 일의 연속이지만 그래도 아야나의 그 웃음을 보면 잠시나마 치유되는 느낌이다.

"아야나가 맛있게 먹으니까 엄마도 너무 좋아."

나도 포크를 들고 스파게티를 입에 몰아넣었다. 가끔은 화이트 파스타로 메뉴를 바꿔 보고 싶지만, 아야나의 웃는 얼굴에는 번번이 져 주게 된다.

"다음에 또 해줄 거지?"

아야나는 내 보물이다.

남편에게 친권을 건네 주는 일은 결코 있을 수 없다.

본가의 아버지와 엄마를 그렇게 만들어 버린 것처럼 아야나도 남편에게서 떼어 놓지 않으면 지옥까지 질질 끌려가고 말 것이다. 하지만 그자가 이 집 주소를 알아내 버렸다. 남편이 하는 짓은 항

그리고 너는 속고 있다

상 내 예상을 뛰어넘는다. 어쩌면 내가 집에 없는 사이에 아야나를 데려가 버릴지도 모른다. 생각하면 할수록 무서웠다.

"엄마, 언제?"

"응? 아, 언제든 좋아."

"그럼 다음 주 월요일."

"알았으니까 입이나 씻고 와."

"네에."

아야나가 길게 늘어지는 대답을 하면서 욕실로 갔다.

요시오카 변호사와 상담한 뒤로 일주일이 지났다. 그의 경고가 효과가 있었는지 그 뒤로 남편에게서 전화는 오지 않았다.

딜리버리 헬스점에 못 나간다고 연락해도 되지요? 그리고 다음 주 월요일이 대출금 상환일이에요.

미나미에게서 그런 메시지가 왔지만 텔레마케팅 일을 시작했기 때문에 이번 달에는 어떻게든 입금할 수 있을 터였다.

그때 스마트폰이 부르르 울렸다.

화면을 보니 낯선 번호가 표시되었다. 불길한 예감이 들었지만 업무 관련 전화인지도 모른다는 생각에 통화 버튼을 터치했다.

"여보세요, 누마지리 다카요 씨?"

간사이 사투리의 남자 목소리가 들려왔다.

"네, 그렇습니다."

"애 아빠는 집에 계시고?"

댓바람에 몇십 년 사귄 지인처럼 친근한 말투였다.

"남편과는 별거 중인데요."

"애 아빠, 지금 어디 있는지 몰라요?"

"저는 모르죠. 실례지만 누구세요?"

욕실에서 돌아온 아야나는 텔레비전을 켜 놓고 깔깔깔 웃어 가며 보고 있었다. 나는 주방 쪽으로 나가서 스마트폰에서 흘러나오는 목소리에 귀를 바짝 세웠다.

"나요? 나는 쓰지모토라는 사람이오. 그 집 애 아빠한테 된통 당한 사람인데 그것에 관해서 아무 얘기도 못 들었어요?"

"오래전부터 따로 살아서 얼굴도 본 적이 없어요."

"참말이여? 거짓말하면 재미없는데?"

"정말이에요."

나를 알지도 못하면서 왜 이렇게 친한 척하는 건가. 하지만 어딘지 야쿠자 같은 분위기가 느껴져서 단호하게 전화를 끊어 버리기가 두려웠다.

"애 아빠하고 최근에 만났잖아. 그자가 딸아이를 곧 만난다면서 신이 나서 어쩔 줄 모르던데?"

"지난번에 불쑥 전화가 와서 한 차례 통화만 했을 뿐이에요. 몇 년째 남편과는 만난 적이 없습니다."

그리고 너는 속고 있다

"진짜로 안 만났어? 오랜만에 도쿄에서 부인을 찾아 다정하게 지내는 줄 알았는데, 아니었어?"

"지난번 전화로 딱 한 번 얘기하고는 그걸로 끝이에요. 실은 남편과는 이혼할 생각이라서 변호사와 상담 중이에요."

난생처음 전화한 쓰지모토에게 나도 모르게 이혼 얘기를 털어놓을 만큼 나는 그들의 옥신각신에 휘말리고 싶지 않았다.

"그보다 내 전화번호는 어떻게 알았어요?"

"그야 애 아빠가 알려 줬지, 당연히."

"왜 남편이 그쪽에 내 전화번호를 알려 주죠?"

"그런 건 아무려나 상관없고, 아무튼 나는 엄청나게 큰 수익이 떨어진다고 애 아빠가 썰을 푸는 바람에 몇백만 엔을 주고 가상 화폐를 샀단 말이야. 처음에는 쭉쭉 올라서 좋아했더니만 지난주쯤부터 급락해 버려서 진짜 큰일 났어. 대체 어떻게 된 건지 그 집 애 아빠에게 좀 물어봐야겠는데 도통 전화를 안 받더라고."

쓰지모토가 일방적으로 주워섬겼다.

남편이 가상 화폐로 이 사람에게 사기를 친 것일까. 아니면 이 사람이 일방적으로 몰아붙이는 것뿐인가. 무엇이 진실인지는 모르지만 애먼 나와 아야나까지 그런 일에 휘말려들 이유는 없다.

"그 집 애 아빠를 믿고 내내 꿍쳐 뒀던 자금을 털어 넣었단 말이지. 투자는 자기 책임이라지만 내가 지금 책임을 질 수가 없는 형편이야. 이봐요, 부인, 참말로 애 아빠 어디 있는지 몰라?"

"정말로 몰라요."

도쿄까지 도망쳐 나왔는데 내가 왜 또 남편 때문에 이렇게 시달려야 하는가. 정말로 악귀 같은 인간이다.

"딱 잡아떼는데 실제로는 그 옆에 있는 거 아녀? 시끌시끌 얘기 소리가 들리는데?"

"우리 집에는 없어요. 딸아이가 텔레비전을 보는 것뿐이에요."

"오, 애는 분명 거기 있구먼?"

쓰지모토의 그 말에 심장이 불길하게 뛰었다.

"딸아이는 남편과 아무 관계도 없어요."

"그건 말이 안 되지. 부인은 남편과 이혼해 버리면 남인지도 모르지만 애는 그래도 친자식이잖아."

"내 딸에게 무슨 짓이든 했다가는 경찰을 부를 거예요."

"아이구, 부인, 무슨 그런 섭섭한 말씀을. 지금 경찰을 부르고 싶은 건 나야. 이봐요, 그렇다면 댁의 남편 찾는 거라도 도와주쇼. 애 아빠한테 연락이 오면 그 즉시 이 번호로 연락 좀 해줘."

"알았습니다. 혹시 전화가 오면 연락드릴게요."

요시오카 변호사가 경고를 했기 때문에 남편이 나한테 전화하는 일은 없을 터였다. 그래서 쓰지모토라는 사람에게 연락할 일도 없다.

"부인, 사람 하나 살리는 셈 치고 꼭 연락해야 돼. 알았지?"

그리고 너는 속고 있다

10

새로 시작한 텔레마케팅 일, 쓰지모토에게서 걸려온 전화, 미나미에게 갚아야 할 대출금, 거기에 남편과의 이혼 얘기는 벽에 부딪치는 등, 한꺼번에 쏟아진 힘겨운 문제들로 나는 멘탈에 이상이 나타나고 말았다.

"그래서 무리하면 안 된다고 말씀드렸죠. 신경증이 재발했는지도 모르겠어요."

오랜만에 심료내과에 갔더니 붉은 테 안경을 쓴 의사 선생님은 가볍게 한숨을 내쉬었다.

"전화로 간사이 사투리를 듣기만 하면 공황 상태가 되네요."

"다카요 씨, 위쪽을 보세요."

의사 선생님은 내 눈 밑의 살을 당겨 눈꺼풀 안쪽을 지그시 들여다보았다.

"구체적으로 어떤 증세가 나타나죠?"

"업무 전화를 걸려고 하면 속이 울렁울렁하고 머리가 깨질 것처럼 아파요. 근데 다른 보통 전화를 할 때는 평소와 다른 게 없어요."

눈꺼풀이 뒤집힌 채 나는 대답했다.

"요즘에도 그 야쿠자 같은 아저씨가 자주 전화해요?"

"일주일에 두세 번씩은 괴롭히네요."

날마다 전화하는 것도 힘들지만, 걸려올지 말지 계속 신경을 쓰는 것도 정신적으로 피폐해지는 일이었다. 지난번 회사에서 클레임 처리 업무를 하던 때와 똑같았다.

"잠은 잘 자요?"

"아뇨, 거의 뜬눈으로 지샐 때가 많아요."

의사 선생님은 내 뺨에서 손을 거두고 진료 기록 카드에 볼펜을 내달렸다.

"지난번과 거의 비슷하군요. 다카요 씨는 전화에 관한 불안 장애이기 때문에 새로 시작한 텔레마케팅 일도 그리 좋지 않아요. 게다가 그 야쿠자 같은 사람의 전화가 결정타가 된 것 같군요. 우선 급하게 생각하지 말고 찬찬히 치료에 전념하도록 하죠. 일주일 치약을 드릴 테니까 잘 챙겨 드세요."

"언제쯤 일에 복귀할 수 있을까요?"

"우선 텔레마케팅 일은 그만두시는 게 좋아요."

그리고 너는 속고 있다

의사 선생님이 단호하게 말했다.

하지만 텔레마케팅 일을 못 하면 미나미에게 빌린 돈을 갚을 수 없다. 게다가 이 병원에 다닐 돈도 없어져 버린다.

"근데 따님은 건강하게 지내나요?"

"네, 별문제는 없는 것 같아요."

"최근에 따님이 번거롭게 느껴지는 일은 없었어요?"

괜히 가슴이 뜨끔했다. 남편에게서 아야나의 버릇을 들인다면서 학대했다는 얘기를 들은 뒤부터 내내 그게 머릿속에 걸려 있었다.

"전혀 없다고 하면 거짓말이겠죠. 일에 쫓기고 멘탈도 약해졌을 때는 어떤 엄마라도 아이에게 큰소리를 내거나 손을 대는 일이 있잖아요."

"다카요 씨, 아이에게 손을 댄 적이 있어요?"

의사 선생님이 눈이 둥그레져서 물었다.

"아, 아뇨, 그런 적 없어요."

"나는 아직 애가 없어서 어떤지 잘 모르지만, 어쨌든 아이에게 손을 대는 건 좋지 않아요."

의사 선생님이 타이르듯이 말했다.

"그밖에 다른 걱정되는 일은?"

"남편과 이혼 문제가 안 풀리는 것도 병의 원인 중 하나일 거예요."

"아, 남편에게서 가정 폭력을 당했었다고 했지요?"

"그렇습니다."

의사 선생님은 카운슬러 같은 존재여서 사생활에 대한 것까지 나는 시시콜콜 모든 것을 털어놓았다.

"가정 폭력을 당한 여성은 후유증이 나타나는 경우가 있어요. 그때의 기억이 플래시백처럼 되살아나거나 거꾸로 다시 떠올리기도 싫어서 기억이 통째로 사라지기도 하죠. 그런 일은 없었나요?"

"가정 폭력이 원인인지는 모르지만 이따금 멍하니 정신을 놓을 때가 있어요."

의사 선생님은 아름다운 얼굴을 찌푸리며 나를 가만히 쳐다보았다.

"간사이 사투리를 쓰는 사람의 전화도 안 좋았지만, 애초에 전화를 활용하는 일을 시작한 게 다카요 씨한테는 너무 일렀어요. 통합실조증 음성 증세가 보입니다. 피해망상 경향도 있으니까 역시 한동안 텔레마케팅 일은 쉬고 상태를 지켜보는 게 좋겠어요."

집에 돌아와 보니 학교를 마치고 집에 와 있어야 할 아야나가 보이지 않았다.

"아야나?"

현관문이 잠기지 않은 걸 보면 근처에서 놀고 있는지도 모른다. 불안한 마음을 억누르며 집에서 5분 거리의 작은 공원으로 급히 달려갔다.

그리고 너는 속고 있다

하지만 공원에 아야나는 물론이고 아이들이라고는 한 명도 없었다.

최근에 이래저래 바빠서 아야나를 제대로 지켜보지 못했기 때문에 방과 후 아야나의 행동 패턴이 어떤지 생각나지 않았다. 친구 집에서 게임이라도 하는 걸까. 아니면 다른 공원으로 놀러 간 건가.

거기서 다시 5분쯤 떨어진 널찍한 공원은 3층 미끄럼틀도 있고 놀이기구가 다양해서 아이들에게 인기가 있었다. 숨을 헉헉거리며 달려가 보니 아이들 서너 명이 미끄럼틀에서 놀고 있었다.

하지만 아야나의 모습은 보이지 않았다.

그네 쪽을 살펴보니 아야나와 친한 리오가 큰 호를 그리며 날고 있었다.

"리오, 아야나 못 봤니?"

목소리를 알아들은 리오가 발끝으로 브레이크를 밟으며 그네에서 뛰어내렸다.

"방금 전까지 여기 있었는데 아빠가 왔다면서 갔어요."

온몸의 핏기가 빠져나가는 느낌이었다.

"아빠? 그래서 어느 쪽으로 갔어?"

"차를 타고 가서 어디로 갔는지는 몰라요."

남편은 우리 주소를 알고 있다고 했었다. 하지만 요시오카 변호사가 경고 문서를 보냈기 때문에 집 근처에는 얼씬도 못 할 것이라고 생각했었다.

요시오카 변호사에게 전화해서 상의해 보자.

그렇게 생각한 순간, 깜빡 잊고 스마트폰을 안 가져온 것을 알았다.

발길을 돌려 다시 집을 향해 전속력으로 뛰었다.

어쩌면 요시오카 변호사보다 우선 경찰에 신고해야 할지도 모른다. 하지만 스마트폰의 통화 기록에 며칠 전에 걸어온 남편의 번호가 남아 있다는 게 생각났다. 요시오카 변호사나 경찰에 연락하기 전에 남편에게 직접 전화해 보자……

그렇게 생각하니 마음이 조금 가라앉아서 달리는 것을 멈추고 생각을 정리했다.

남편은 왜 하필 지금 아야나를 데리러 왔을까.

쓰지모토가 끈질기게 찾고 있는 것을 보면 아마도 남편이 뭔가 큰 사고를 쳤기 때문인지도 모른다. 그렇다면 변호사의 경고도 무시한 채 이곳까지 온 것은 아야나를 데려가려는 것보다 한참 동안 못 만날 것에 대비해 잠깐 보러 온 게 아닐까. 그동안 온갖 폐를 끼쳐 왔지만 남편이 아야나를 사랑하는 것만은 틀림이 없다.

집에 돌아와 현관문을 열자 텔레비전 소리가 들려왔다.

"아야나!"

아무 일도 없었던 것처럼 아야나는 아이스크림을 핥으며 텔레비전 앞에서 웃고 있었다. 덮치듯이 달려가 그 작은 몸을 꽉 끌어

안았다.

"엄마, 왜 그래, 아프잖아!"

비명 같은 딸의 목소리에 퍼뜩 정신을 차리고 팔의 힘을 풀면서 찬찬히 얼굴을 살펴보았다.

"아야나, 아빠 만났어?"

"응, 아빠가 아이스크림 사 줬어."

의기양양하게 초콜릿 맛의 아이스크림을 내보였다.

"무섭지 않았어?"

"아니, 좋았어."

"앞으로는 아빠가 와도 따라가면 안 돼."

"응? 왜?"

어떻게 설명해야 좋을까. 순간적으로 딸에게 얘기해 줄 마땅한 이유가 떠오르지 않았다. 그러자 아야나가 먼저 말했다.

"아빠는 엄마랑 아야나랑 셋이서 같이 살았으면 좋겠대."

미나미 씨, 몸이 안 좋아져서 텔레마케팅 일을 중단하게 됐어요. 이번 달 상환도 조금만 더 기다려 주세요.

편의점 알바 시급은 임대료와 생활비로 다 써 버려서 지난달에도 대출금 이자를 내지 못했다. 거기에 심료내과 치료비도 만만치 않게 들었고, 전기와 가스 요금까지 이체되면 이번 달에도 미나미에게 돈을 갚기는 어려울 것 같았다.

오늘은 편의점 알바는 쉬는 날이라서 아야나를 학교에 보내고 온종일 집 안에 틀어박혀 있었다. 전기세를 아끼려고 텔레비전 콘센트도 뽑아 두고 두툼한 이불로 난방비도 최대한 절약했다. 하지만 하릴없이 누워만 있으려니 정말로 환자가 된 것 같아 더욱더 우울해졌다.

텔레마케팅 일은 심료내과 의사 선생님의 조언이 아니더라도 회사 쪽에서 해고 통지가 날아왔다.

"아니, 애 아빠는 언제 또 온다고 했냐고!"

"실은 날마다 만나는 거 아녀?"

"부인, 나한테 시방 시치미를 뚝 떼는 거 같은데?"

또 하나의 골칫거리인 쓰지모토의 전화는 시간을 가리지 않고 걸려 왔다.

아예 남편이 쓰지모토와 어디선가 덜컥 마주치기를 간절히 빌었다. 그걸로 남편은 뭔가 큰일을 당할지 모르지만, 그래도 이쪽으로 끈질기게 전화하는 일은 없어질 것이다.

이번 달은 괜찮지만 다음 달에도 연체되면 곤란해요. 아무래도 근본적인 해결책을 찾는 게 좋겠어요.

그리고 너는 속고 있다

여태까지 친절하던 미나미도 언제까지고 사정을 봐주지는 않을 것이다.

그건 성매매 일을 하라는 말씀인가요?

하지만 왜 그런지 그때부터 미나미의 답장이 뚝 끊겼다.

분명 딜리버리 헬스점 일을 하라고 강요해서 단번에 대출금을 회수할 거라고 생각했다. 그런데 오히려 소식이 끊겨서 이제는 불안감을 넘어 신기하기까지 했다.

미나미의 메시지가 도착한 것은 그로부터 사흘이 지난 뒤였다.

다카요 씨, 한참 연락 못 해서 미안해요. 몸은 좀 어때요? 이대로는 대출금이 점점 불어나고 그만큼 상환은 힘들어져요. 하지만 딜리버리 헬스점 일은 정신적으로 버티기도 어렵고 지금 그 몸 상태로는 무리예요. 그래서 제안을 하나 할게요. 나하고 같이 일해 보는 건 어때요? 원하는 시간에만 하면 되니까 어린애가 있어도 괜찮아요. 잘하면 딜리버리 헬스점보다 수익이 더 좋을 겁니다.

이건 대체 무슨 얘기일까. 미나미와 함께 개인 사채업을 하자는 건가.

제가 그런 일을 할 수 있을까요? 지금 너무 쪼들리는 상황이라서 뭐든 가릴 처지는 아니지만…… 좀 더 자세히 알려 주세요.

미나미는 불법 사채업을 하고 있지만, 지금까지 지켜본 바로는 꼭 나쁘기만 한 것은 아니었다. 무엇보다 내가 실제로 큰 도움을 받았고, 빌려주는 쪽도 빌리는 쪽도 서로 간에 수요가 있기 때문에 성립되는 일이다. 게다가 반쯤 환자인 내 처지에 일할 수 있다는 것만으로도 감사하지 않으면 안 된다.

내가 이래저래 좀 바쁘군요. 오늘 저녁에 직접 집으로 갈 테니까 그때 자세히 얘기하죠.

미나미와는 지금까지 메시지를 주고받았을 뿐 전화로 얘기해 본 적도 없었다.

일부러 저희 집까지 오신다고요?

대체 미나미는 어떤 사람이고 나이는 몇 살인가. 그걸 알게 된다는 것만으로도 저녁 만남이 기대가 되었다.

물론이죠, 집 주소도 아니까요. 저녁 9시쯤이 될 텐데 어때요, 괜찮겠어요?

그리고 너는 속고 있다

저녁 식사를 마치고 주방에서 설거지를 하는데 스마트폰 착신음이 울렸다.

"애 아빠는 오늘도 연락 없었어?"

또다시 쓰지모토의 전화였다. 아예 수신 거부로 설정할까 했지만, 어설피 자극했다가 더 큰 봉변을 당할까 봐 그러지도 못하고 있었다.

"오늘도 연락 없었어요."

"이 사람이 대체 어떻게 된 거야. 부인, 정말로 어디 있는지 몰라?"

처음에는 협박이라고 생각했는데 그 친근한 말투는 쓰지모토의 버릇 같은 것이고 실제로 그도 무척 난감한 상황이라는 게 점차 느껴졌다. 하지만 처음부터 끝까지 나에 대한 배려는 전혀 없다는 게 화가 났다.

"이미 이혼하기로 결심한 사람이라서 저와는 아무 관계가 없다니까요. 더 이상 저한테 전화하지 말아 주세요."

요시오카 변호사와 남편 사이에 이혼 얘기가 계속 진행 중이다. 친권을 고집하고 있어서 그리 쉽게 이혼이 성립되지는 않겠지만 나도 모르게 그런 말이 튀어나왔다.

"아니, 그렇게 섭섭한 말씀을 하시면 안 되지. 내가 몇 번이고 애 아빠 휴대폰으로 전화를 해봤는데 도무지 연결이 안 되니 이쪽으로 연락할 수밖에 없잖아. 아무래도 휴대폰을 어디에 내버린 모양이야. 아니면 내 번호는 수신 거부를 해놨던가."

"제발 그만 좀 하세요. 자꾸 전화를 하셔서 제가 노이로제에 걸렸어요."

"참말이여?"

"정말이에요. 병원에도 다니고, 최근에 그것 때문에 일도 그만뒀어요."

내친김에 치료비까지 받아내고 싶을 정도였다.

"내가 전화 좀 했다고 부인이 왜 노이로제에 걸려? 뭐든 남의 탓으로 돌리는 건 안 좋은 버릇이여."

어쩌면 이렇게 대화가 통하지 않을까.

"애 아빠가 딸내미 만나러 오지 않았어?"

"남편은 딸아이하고 벌써 2년 넘게 만난 적이 없어요. 그 사람은 아이한테 별로 관심도 없다니까요."

남편이 아야나를 만나러 왔던 일은 쓰지모토에게는 당연히 비밀로 했다.

"그건 진짜 거짓말이여. 전에 만났을 때도 딸내미가 예쁘다고 나한테 사진까지 보여 줬어. 그런 딸아이를 부인이 데리고 나갔다면서 애를 못 봐서 너무 괴롭다고 했다니까."

그런 얘기를 듣자 남편이 또 내가 없는 사이에 집에 찾아와 이번에야말로 아야나를 끌고 갈 것 같아 가슴이 두근거려 견딜 수가 없었다.

"어쨌든 앞으로 저한테 전화하지 마세요."

그리고 너는 속고 있다

쓰지모토의 전화가 끝나지 않는 한, 어떤 약을 먹어도 내 병은 낫지 않는다.

"그런 섭섭한 소리 하지 말라니까? 어떻게든 애 아빠를 찾아야지, 안 그러면 내가 모든 책임을 뒤집어써야 돼."

"어쨌든 저와는 관계없어요."

"부인, 지금 거기에 애 아빠 있는 거 아녀?"

"몇 번이나 말씀드렸지만 저희 집에 그런 사람은 없어요."

"아니, 내 생각에는 한참 전부터 거기에 몰래 숨어 있는 거 같은데?"

"글쎄 여기 없다니까요."

"참말이여? 이봐요, 부인, 나도 지금 죽을 지경이야. 내일까지 돈을 준비하지 못하면 내 목이 날아간다고."

"그런 얘기를 하셔도 저는 어떻게도 해드릴 수가 없어요."

"그럼 이렇게 합시다. 내가 지금 그쪽으로 갈 테니까 부인이 나한테 돈 좀 빌려줘."

어처구니가 없었다. 내가 왜 이 사람에게 돈을 빌려줘야 하는가.

"제발 이러지 마세요. 저는 모르는 일이에요!"

일방적으로 전화를 끊고 그 참에 전원까지 꺼 버렸다. 이제 아무리 전화해도 연결되지 않는다. 하지만 이 정도로 그 끈질긴 아저씨가 포기해 줄 것 같지 않았다.

전원이 끊긴 스마트폰을 멍하니 보고 있자니 슬금슬금 무서운 생각이 덮쳐들었다.

쓰지모토가 격분해서 부하들을 몰고 정말로 집에 쳐들어오는 건 아닐까.

무서운 상상을 애써 가슴속에 몰아넣고 벽시계를 보니 오후 6시를 가리키고 있었다.

"네, 지금 우에노 공원은 그야말로 벚꽃이 한창입니다. 내일부터 날씨가 흐려진다는 기상청 예보에 따라 오늘 밤에 마지막 벚꽃놀이를 즐기기 위해 인파가 몰려들고 있습니다. 작년에는 코로나로 벚꽃 철에도 외출을 삼가야 했지만 올해는 모두가 웃는 얼굴로 마지막 벚꽃을 만끽하고 있습니다."

텔레비전 뉴스와 함께 현관 벨이 울렸다.

벽시계를 보니 저녁 8시였다. 택배일까. 미나미는 9시 약속인데 벌써 도착한 건가. 어쩌면 미나미의 일정이 변경되었는지도 모른다. 급히 스마트폰 메시지를 확인해 보려고 했지만 쓰지모토에게 질려서 전원을 꺼 뒀던 게 이제야 생각났다.

"엄마, 누군가 왔어."

아야나의 재촉에 현관으로 나가자 문 너머에서 말소리가 들렸다. 한두 명이 아닌 것 같았다. 머뭇머뭇 도어 스코프로 현관문 밖을 살펴보니 남자들 얼굴이 보였다. 어두워서 잘 보이지는 않았지만 미나미인 듯한 여자는 없었다.

그리고 너는 속고 있다

분명 쓰지모토가 폭력배들과 함께 몰려온 것이다.

여태까지 전화 통화만 했었기 때문에 쓰지모토의 얼굴은 알지 못한다. 그 아저씨만으로도 무서운데 폭력배들까지 데려왔다니, 대체 무슨 끔찍한 일이 벌어지려는가. 심장이 터질 듯이 마구 뛰고 숨이 제대로 쉬어지지 않았다.

"엄마, 왜 그래? 밖에 누구야?"

뒤를 돌아보니 아야나가 따라와 눈을 비비며 서 있었다. 그 어깨를 껴안고 급히 안쪽으로 도망쳤다. 그러는 동안에도 벨소리가 울리고 게다가 문을 쾅쾅 내리치는 소리까지 들렸다.

"엄마, 무서워."

심상치 않은 기척에 아야나가 내 허리를 잡고 매달렸다. 겁에 질린 아이를 품에 안은 채 나는 한껏 숨을 죽였다.

다시 벨소리가 울렸다.

하지만 아무도 없는 척하기에는 전등 불빛이 환한 데다 텔레비전 소리도 흘러나온다. 숨어 봤자 결국 들키고 말 것이다.

"엄마, 어떡해?"

경찰에 신고하고 싶었지만, 밖에 누가 와 있는지 확인하지 않고서는 왜 신고했는지 얘기할 수도 없다.

"괜찮아. 엄마가 가서 확인해 볼 테니까 아야나는 여기 테이블 뒤에 숨어 있어."

이 아이만은 어떻게든 지켜 주어야 한다.

"무슨 일이 있어도 절대로 나오면 안 돼. 알았지?"

눈물이 글썽한 얼굴로 아야나가 고개를 끄덕였다. 작은 몸을 웅크리고 테이블 뒤로 들어가는 것을 확인한 뒤에 나는 자리에서 일어섰다.

현관 앞에 정말로 쓰지모토가 와 있을까. 어쩌면 미나미가 일찍 도착했는지도 모른다. 아니면 전혀 다른 사람인가.

다시 도어 스코프로 문 앞을 살펴보다가 나는 흠칫 놀라서 숨을 삼켰다. 그 순간, 밖에서 문을 쾅쾅 치다 못해 마구 흔들기까지 했다. 이대로 가다가는 문이 떨어져 나갈 것이다.

무슨 일이 있어도 아야나만은 지킬 것이다.

정신없이 주방으로 달려가 싱크대 문짝 스탠드에 꽂힌 칼을 꺼냈다. 칼 손잡이를 손바닥으로 움켜쥐었다.

칼날을 앞쪽으로 겨눠 등 뒤에 감춘 채 현관문의 체인을 풀었다.

그리고 천천히 현관문을 밀었다.

속이는 사람

1

안녕하세요? 무담보 당일 대출 가능합니다. 조건 듣고 취소하셔도 돼요.
선입금 없어요. 첫 회 대출 1만 엔~10만 엔. DM으로 연락 주세요. 여성 대환
영. #개인 사채업 #급전 필요해요 #당일 대출 (스가누마 다카코)

아침 첫 업무로 SNS에 영업용 글을 올렸다.

빗방울이 창문을 때리는 소리가 들렸다. 장마철의 푹푹 찌는 하
루가 될 것 같다. 비가 걷히는 건 다음 주말쯤이 될 거라고 텔레비
전 기상 캐스터가 한 손에 우산을 든 채 전해 주고 있었다.

'스가누마'는 사채 영업을 할 때 사용하는 내 가짜 이름 중 하나다.

회사 느낌을 풍기는 핸들네임을 쓰면 비즈니스라는 차가운 인
상을 주게 될까 봐 주위에 흔한 개인 성씨를 선택했다. 하지만 모

든 고객에게 제각기 다른 가명을 쓰다 보면 나도 혼란스럽기 때문에 스가누마, 다누마, 오누마 등의 누마가 붙는 성씨를 돌려 가면서 쓰고 아래 이름은 그때그때 기분에 따라 생각나는 대로 붙였다.

군이 '선입금 없어요'라고 강조한 것은 급전을 대출해 준다면서 보증금만 받아먹고 자취를 감춰 버리는 사기가 횡행하고 있기 때문이다. '여성 대환영'이라는 건 '쇼트타임' 같은 성적인 관계를 요구하는 찌질한 인간이 아니라는 것, 그리고 끈질긴 추심 따위는 없다는 것을 은근슬쩍 내비치기 위한 문구다.

인근에서 가장 저렴한 이 오피스텔에는 작은 텔레비전 말고는 필요 최저한의 물건밖에 없다. 책상 위 작은 액자에는 아야나와 함께 낚시를 하러 갔을 때의 옛날 사진이 들어 있다. 낚싯대를 한 손에 들고 아야나가 방글방글 웃고 있다. 하지만 그 뒤에 자신이 낚아 올린 물고기를 보고 가엾다면서 울음을 터뜨렸던 게 생각났다.

메시지를 입력하고 연락을 기다리는 이 순간은 낚싯줄을 드리우고 기다릴 때와 아주 흡사하다. 텔레비전에서 마침 '오늘의 운세'를 하고 있었다. 물병자리 운세는 '그럭저럭 괜찮은 날'이라고 나왔다.

업무용 휴대 전화가 부르르 진동했다.

이번 달 신용 카드 결제가 급해요. 2만 엔쯤 빌려주실 수 있어요? (히토미)

그리고 너는 속고 있다

낚시로 말하면 오늘 처음 걸린 '중짜'라고나 할까.

고객과 메시지를 주고받을 때는 이 업무용 휴대 전화를 사용한다. 이른바 '대포폰'이라는 것으로, 통신사와의 계약자는 나와 일절 아무 관계도 없는 생판 타인이다. 그래서 혹시라도 이 휴대 전화 명의인을 경찰이 조사한다고 해도 내가 잡혀갈 일은 없다.

신용 카드를 연체하면 곤란하죠. 이자는 1만 엔당 월 900엔인데, 괜찮겠어요?

연리가 아니라 월리로 설명한다, 라는 게 가장 중요한 요령이다.

1만 엔의 한 달 9% 이자는 900엔이지만, 연리로 환산하면 108%다. 원금을 뛰어넘는 액수인 것이다. 그래도 대부업에서 법적으로 인정되는 109.5%를 넘지 않도록 아슬아슬한 선에 맞춘 금리다. 참고로 은행이나 소비자 금융 쪽은 출자법에 따라 상한 금리가 연 20%로 정해져 있다.

네, 좋아요. 오늘 안으로 입금해 주셔야 하는데, 가능해요?

개인 사채업은 시간과의 싸움이다.

즉시 심사에 들어가 대출해 줄지 말지 결정해야 한다. 등록된 대부업체에서 거절당하고 막판에야 찾아오는 경우가 대부분이기 때문에 어물어물했다가는 다른 사채업자에게로 떠나 버린다.

운전면허증이나 사원증 등 얼굴 사진이 있는 신분증명서와 히토미 씨 본인이 나란히 찍힌 스마트폰 셀프 사진을 첨부 파일로 보내 주세요.

잠시 뒤 히토미의 사진 파일이 도착했다.

엔터테인먼트 계열 대학의 학생증을 본인 얼굴 옆에 대고 찍은 사진이다. 생년월일을 계산해 보니 나이는 아직 19세였다. 순진한 느낌의 얼굴이지만 반짝이는 금발 머리가 인상적이다.

돈은 어디에 쓸 예정이에요?

카드 쓴 거, 갚아야 해요.

신용 카드는 심사가 엄격해서 비정규직이나 알바는 통과되기 어렵다. 은행 쪽이 가장 엄격하고 카드 회사, 교통 카드 등의 순으로 심사가 느슨해진다. 기준이 가장 허술한 유통사 쪽은 파트타임이나 알바라도 세대주에게 안정적 수입만 있으면 통과된다.

편의점 포인트 카드인 줄 알고 가입했는데 그걸로 쇼핑도 할 수 있더라고요. 쇼핑을 많이 할수록 포인트도 쌓이지만, 어느 틈엔가 다달이 결제할 수 없을 만큼 커져 버렸어요.

일부 유통사 카드는 처음부터 리볼빙 결제로 설정되어 있다. 리볼빙 결제와 할부 결제를 똑같은 것이라고 착각하는 사람이 많지만, 완전히 다른 시스템이다. 리볼빙 결제에는 수수료라는 명목으로 대부업체 못지않은 이자가 붙고, 게다가 결제 때는 원금보다 이자를 우선한다. 포인트 다섯 배라느니 캐시백이라느니, 그럴싸한 서비스로 저도 모르게 더 많은 물건을 사들이게 되는 것이다.

돈은 몇 시까지 입금하면 되지요?

리볼빙 결제는 아무리 많이 써도 다달이 결제금이 일정하다는 점이 카드사의 책략이다. 다달이 갚을 수 있으니 괜찮다고 생각하고 쓰다 보면 이용률이 불어나 더 많은 쇼핑이 가능해진다.

오전 중으로 부탁드릴게요. 오늘 안에 납입하지 않으면 더 이상 대출을 못 받아요. 최악의 경우에는 일괄 결제해야 되니까 아무튼 최대한 빨리 부탁드려요.

마음만 먹는다면 카드사에서는 언제든지 히토미의 알바비를 압류하고 집에 찾아가 강제 집행도 할 수 있다.

리볼빙 결제의 원금은 얼마예요? 그리고 다른 금융 기관이나 카드사에서 대출받은 것은 없어요?

대출 신청이 들어와도 아무에게나 돈을 빌려줄 수는 없다. 낚시에서도 복어처럼 독이 있는 물고기나 크기가 너무 작은 것은 다시 방생하듯이 수입이 불안정한 대학생이나 싱글맘에의 대출은 일반 금융 기관이라면 되도록 피하려고 한다.

30만 엔이 조금 넘어요. 다른 금융 기관이나 카드사에서 대출받은 건 없어요.

대학생이 알바비로 상환하기에는 힘겨운 금액이다. 일반 금융 기관이라면 심사에 통과될 수 없겠지만, 사채업자가 똑같이 했다가는 장사가 되지 않는다.

상환일은 며칠로 할까요?
25일에 알바비 들어오니까 그때로 할게요.

보내 온 학생증의 얼굴 사진을 다시금 살펴보았다. 금발 머리에 우선 시선이 가지만, 찬찬히 들여다보니 꽤 매력적인 얼굴이었다. 나이가 차면 상당한 미인이 될지도 모른다.

그리고 너는 속고 있다

오케이. 오늘 중으로 2만 엔 입금해드릴게요. 은행 계좌 번호 알려 주세요.

편의점에서 히토미의 계좌에 2만 엔을 이체해 준 뒤, 잡지 코너에서 잠시 선 채로 책장을 넘기는 참에 호주머니의 휴대 전화가 부르르 진동했다.

접대로 긴자 클럽에 왔는데 돈이 떨어졌어요. 월급날 갚을 테니 30만 엔 대출 바랍니다.

개인 사채업은 휴대 전화만 있으면 하루 스물네 시간 어디서든 일할 수 있다.

당일 대출도 가능하지만, 첫 회 이용 한도액은 10만 엔입니다. 다만 심사에 통과하면 그 이상도 대출해드립니다. 현재 직장은 어떤 곳입니까?
데이토 에이전시 영업부에서 근무 중입니다. 직함은 영업부장.

즉시 메시지가 들어왔다. 답장이 빠른 것은 상대가 돈이 급하다는 증거다. 데이토 에이전시는 유명한 광고 대리점으로, 도쿄증권 프라임 상장 기업이기 때문에 여신상으로는 문제가 없다. 이 고객은 낚시로 말하면 오랜만의 대물이라서 절대 놓치면 안 된다는 생각에 마음이 설렜다.

운전면허증과 함께 촬영한 본인의 얼굴 사진, 그리고 회사 명함을 스마트폰으로 찍어서 보내 주세요.

곧바로 답장이 왔다.

사진 파일 보냈어요. 이거면 될까요?
오카다 다케시 1981년 6월 7일생
가나가와현 사가미하라시 미도리구 △△△
깜빡 잊고 신용 카드 결제가 연체되어서 현재 카드 사용이 안 됩니다. 아내에게 들키면 안 되니까 자택 쪽으로는 연락하지 마세요.

그 메시지에는 양복 차림의 남자 사진이 첨부되어 있었다.

이마가 넓고 코가 큼직한 남자가 한 손에 운전면허증을 들고 찍혀 있었다. 생년월일을 보면 현재 나이는 마흔두 살이다.

신용 카드 결제가 몇 차례 연체되면 대기업 부장이라도 블랙리스트에 오른다. 참고로 그런 리스트에 오르지 않더라도 실은 경찰이나 자위대 등의 공무원도 개인 사채업의 단골 고객이다.

회사 명함 사진도 첨부되어 있었다. 상장 기업의 부장답게 심플한 흰색 디자인이었다.

명함에 적힌 전화번호를 스마트폰에 터치해 귀에 대자 호출음이 들려왔다. 시계는 오전 9시 30분을 가리키고 있었다.

그리고 너는 속고 있다

"네, 데이토 에이전시 영업부입니다."

젊은 여성이 명함에 적힌 대로 회사 이름을 밝히며 전화를 받았다.

"신일본생명의 스가누마라고 합니다. 오카다 다케시 씨 계십니까?"

대기업 생명 보험 회사 이름을 슬쩍 빌려 쓴 것이다.

"오카다 부장님은 아직 출근하지 않으셨습니다. 오시는 대로 전화 드리라고 할까요?"

실제 재적하는지 확인하는 전화는 소비자 금융 같은 등록 대부 업체에서도 하고 있다. 하지만 고객의 비밀을 지켜 줘야 하기 때문에 자기 금융 기관명을 밝힐 수는 없다. 이름을 대지 않는 수상쩍은 전화를 직장이나 자택으로 걸기 때문에 그 전화 자체가 문제가 된 적도 있었다. 하지만 개인 사채업은 애초에 불법이라서 법규에 얽매일 일도 없다.

"몇 시쯤에 출근하실까요?"

"10시 전에는 나오실 거예요."

전화 드리라고 하겠다는 여직원에게 고맙다고 말하고 통화를 끝냈다. 이어서 인터넷으로 '오카다 다케시'라는 이름을 검색해 보았다.

이 사람이 과거에 대출금을 떼어먹고 사라진 '먹튀' 경력이 있다면 그 정보가 인터넷에 올라와 있을 것이다. 개인 사채업자들이 주로 들락거리는 SNS와 게시판을 모두 다 살펴봤지만 먹튀 목록에 '오카다 다케시'라는 이름은 없었다.

하지만 신규 고객에게 댓바람에 30만 엔을 내주는 건 리스크가 너무 크다.

여신 심사를 해본 결과 20만 엔까지 대출 가능합니다.

20만 엔? 그러면 다른 데를 알아봐야겠네요.

어떤 사람에게 얼마를 대출해 줄지 판단하는 것이 가장 어렵다. 일반 회사라면 내규에 따라 상사에게 상의도 할 수 있다. 하지만 개인 사채업은 모든 것을 스스로 판단하고 그 리스크와 리턴도 스스로 책임져야 한다.

명함을 다시 한번 살펴보았다.

최근에는 소액 대출을 원하는 고객이 줄을 잇는 바람에 수고에 비해 수익이 영 신통치 않았다. 오랜만에 낚아 올린 대물을 이대로 놓쳐 버릴 것인가.

알겠습니다. 30만 엔 입금해드릴게요. 오카다 씨의 계좌 번호를 알려 주세요.

자택 주소가 사가미하라인 것도 판단 재료의 하나였다. 나는 도쿄에 거주 중이다. 혹시 홋카이도나 규슈 사람이라면 먹튀를 당해도 추심을 위해 찾아 나서기에는 교통비 때문에 손해가 막심하다. 하지만 사가미하라라면 근교라서 직접 추심을 하기도 수월해진다. 게다가 데이토 에이전시는 도쿄 소재 회사라서 거리상으로 더할 나위 없는 조건이다.

고마워요. 요쓰바 은행 진보초지점, 계좌 번호는……

"요즘 '소프트 사채업'이라는 전문 용어가 생겼을 만큼 대학생이며 주부들까지 이걸 부업으로 하고 있어. 샐러리맨이 정년퇴직하고 그 퇴직금으로 소프트 사채업을 시작해서 노후 자금을 비축한다는 얘기까지 나올 정도야."

이 패밀리 레스토랑의 인기 디저트 '완숙 망고 파르페'를 한입 가득 떠넣으면서 사부님이 말했다. 나를 사채업계로 이끌어준 사람이다. 그래서 눈앞의 이 아줌마를 사부님이라고 부르며 극진히 모시고 있다.

"오늘도 스카프가 정말 멋지네요. 그거, 에르메스죠?"

화려한 명품 브랜드 스카프에 검정 샤넬 선글라스를 쓴 사부님은 역시 범상치 않은 분위기가 짙게 감돌았다.

"오, 알아보네? 이 업계에서는 겉모습이 중요하거든. 누마지리도 그런 싸구려 옷만 입지 말고 무리를 해서라도 명품 브랜드로 바꿔 봐."

사부님이 내 옷을 가리키며 말했다. 그녀는 내게 자신의 본명은
가르쳐 준 적이 없다.

"죄송하지만 사부님께 대출받은 거 갚기도 바빠서 명품 사 입을
여유 같은 건 없네요."

그녀에게서 몇 번에 걸쳐 돈을 빌렸던 게 도저히 갚을 방도가 없
을 만큼 커졌다. 결국 나는 울면서 통사정을 할 수밖에 없었다. 사
부님은 사채업계는 물론이고 암흑계에도 짱짱한 인맥이 있는 사
람이라서 분명 험한 꼴을 당할 거라고 각오를 했었다. 그런데 그
절박한 상황에 사부님에게서 '그렇다면 나하고 같이 일해 보는 건
어때요?'라는 뜻밖의 제안이 들어왔다. 그렇게 나는 이 업계에 발
을 들였다.

사부님은 운영 자금으로 다시 수백만 엔을 대출해 주었고, 나는
그걸 밑천으로 개인 사채업을 시작했다. 그리고 대출금 상환과 업
무 보고를 겸해 한 달에 한 번씩 이 패밀리 레스토랑에서 사부님을
마주하고 있다.

"사부님은 어떻게 그런 큰돈을 벌었어요?"

소프트 사채업이라고 하면 듣기에는 그럴싸하지만 실태는 불법
고리 사채다. 처음에는 내가 이런 일을 할 수 있으리라고는 생각
도 못 했다. 하지만 막상 시작하고 보니 금융 프리랜서 같은 일이
었다. 시간도 업무도 심사 기준도 모두 개인의 재량에 따라 운영할

그리고 너는 속고 있다

수 있다는 게 가장 큰 매력이다.

"내가 옛날에 사채업으로 재미 좀 봤던 거, 얘기했던가?"

"아뇨, 처음 듣는데요."

여름 방학이 시작되어 패밀리 레스토랑은 아이를 데리고 나온 사람들로 북적거렸다. 남자애들이 진지한 표정으로 게임기를 조종하는 옆에서 엄마들은 수다 삼매경에 빠져 있었다.

"옛날에는 소규모 사채 회사라도 죄다 대박을 터뜨렸어. 내가 전무였는데 그래도 연봉 1억 엔은 받았으니까."

"1억 엔요?"

나도 모르게 큰 소리가 튀어나왔다.

"최고로 많이 받았을 때가 아마 3억 엔이었을 거야. 대규모 사채 회사 사장은 10억 엔을 가볍게 번다는 소문이 파다했어. 게다가 세금을 한 푼도 안 내잖아."

사부님은 그때가 그립다는 듯이 먼눈을 하고 말했다.

스스로 불법을 실토하는 꼴이기 때문에 사채업자는 세무 신고를 하지 않는다. 애초에 30%의 법인세도 내지 않는다. 만일 1억 엔으로 확정 신고를 한다면 당시의 최고 세율인 50퍼센트 소득세율이 적용되는 데다 주민세 15퍼센트도 징수해 간다.

"지금 누마지리 같은 정도의 직원이라도 연봉 수천만 엔은 받았어. 돌이켜 보면 그때가 사채업의 전성기였지."

"어떻게 그런 엄청난 수익을 내죠?"

하긴 사채업자가 주인공으로 등장하는 드라마나 애니메이션을 보면 화려한 정장을 차려입고 카바레에서 돔 페리뇽 샴페인을 터뜨리는 장면이 자주 나온다. 하지만 현재 내 수입은 흔한 여성 사무직이나 회사원 월급이 될까 말까 하는 정도다.

"그때만 해도 사채업에 대해 다들 알지도 못했고 경쟁자도 거의 없었거든. 게다가 회사 같은 조직이라서 고객의 신용 정보를 공유할 수 있었어. 그러니 먹튀를 당하는 일이 요즘과는 비교도 할 수 없을 만큼 적었어."

금융 기관에서 대출을 받거나 신용 카드를 만들면 본인이 알지 못하는 곳에서 개인 신용 정보를 체크하게 된다. JICC나 CIC 등의 신용 정보 회사 블랙리스트에 등록되면 그걸로 끝, 더 이상 금융 기관에서 돈을 빌리는 건 불가능하다. 여타의 금융 기관에서 대출받은 것도 온라인으로 낱낱이 조사하기 때문에 각 금융 기관은 얼마까지 대출해 줘도 사고가 나지 않을지 쉽게 판단을 내릴 수 있다.

"정식 금융 기관에서 대출이 정지된 블랙리스트 인간들이 사채 쪽으로 몰려오는 거야. 하지만 그런 자들에게 마구잡이로 돈을 빌려줬다가는 눈 깜짝할 사이에 금고가 바닥나 버려."

"그러면 당시에는 사채업 회사끼리 신용 정보를 주고받았다는 건가요?"

"그렇지. 그룹 내에서 그 정보를 바탕으로 연체 이력이 있는 고객에게는 돈을 빌려주지 않아. 하지만 블랙리스트에 올랐더라도 꼬박꼬박 갚을 만한 고객에게는 과감하게 큰돈을 빌려줬어."

"그렇게 배짱 좋게 사업하던 사채업자들은 요즘 어떻게 지내고 있죠?"

나는 '우지 말차 백옥 파르페'를 먹으면서 그렇게 물어보았다.

"가혹한 추심이 사회 문제로 떠오르면서 법이 엄격해졌어. 사채업의 리스크가 부쩍 높아진 거야. 더 이상 돈 갚으라고 재촉을 할 수가 없어. 폭력 조직이나 의형제 기업은 물론이고, 반사회적인 세력이 아닌 사채업자도 벌칙이 너무 엄하니까 수지 타산이 안 맞게 된 거야."

사부님은 가벼운 한숨을 내쉬었다. 이제는 나도 몸담고 있는 사채업계에 그런 역사가 있는 줄은 몰랐다.

"이제 사채업은 개인이 운영하는 시대야. 하지만 너무 심하게 추심을 하면 개인이라도 경찰의 주목을 받아 잡혀가기 십상이야. 그러니 말랑말랑하게 어르고 달래는 소프트 사채업자들이 우글거리지."

인터넷 게시판이나 SNS를 이용해 돈을 굴리는 개인 사채업자들 얘기다.

"소프트 사채업은 밑천 몇십만 엔만 있으면 누구라도 시작할 수 있잖아. 은행 예금 이자라고 해봤자 겨우 눈곱만큼 나오지만, 개인 간에 돈을 빌려주고 이자를 받으면 그 천 배, 아니 만 배쯤은 들어오니까."

사부님은 사르르 녹아들 듯한 완숙 망고를 입에 넣고 환하게 웃었다.

"그건 그렇죠."

이런 높은 금리로 돈을 빌릴 사람이 있을까, 하고 조마조마했는데 실제로 해보니 그런 절박한 다중 채무자들의 대출 신청이 끊이지 않았다.

"예전에는 다중 채무자 리스트를 입수하는 게 보통 일이 아니었어. 그런데 요즘에는 인터넷이나 SNS로 간단하게 고객을 모집할 수 있어. 개인 사채업은 범위를 확장해 나가면 성매매보다 훨씬 더 수입이 짭짤한 거야."

"당장 밑천이 없는 사람이라도 사부님 같은 전주錢主에게 대출을 받아 시작할 수 있으니까요."

사부님은 내게 했던 것처럼 다중 채무자들에게 소프트 사채업을 제안하고 자금과 노하우까지 제공해주는 두목 같은 존재였다.

"그래도 개인 사채업은 불법이잖아요. 아차하면 잡혀간다고 생각하면 밤에 잠이 안 올 때가 있어요. 정말 괜찮을까요?"

"에이, 잡혀가게 운영하면 안 되지. 무식하게 10억 엔씩 벌었다가 출자법 위반으로 체포된 사람도 있어."

사부님은 흰 크림이 얹힌 망고를 한 숟가락 입에 넣었다.

"그러면 어쩌지요? 누마지리는 드문 성씨라서 뉴스에라도 나오면 진짜 큰일인데? 내가 잡혀가면 우리 딸아이는 학교에서 왕따를 당할 수도 있어요."

내가 교도소에 들어가는 것도 문제지만 딸아이를 범죄자의 아이로 만들 수는 없다.

"그렇다고 울먹거릴 것까지는 없잖아. 넌 참 재미있는 아이야."

깔깔 웃으면서 사부님이 내 얼굴을 가리켰다. 난처할 때의 내 리액션이 재미있는지 사부님은 이따금 그렇게 웃음보를 터뜨리곤 했다.

"체포되는 자들은 개인 사채업을 빙자해 성폭행을 저지르거나 사기를 쳐서 부당하게 금품을 가로채는 놈들이야. 그러니까 걱정할 거 없어. 가끔 간을 떼겠다느니 성매매 업소에 처넣겠다느니 협박을 하고 폭력을 휘두르는 멍청이들이 있거든. 그런 놈들이 잡혀가는 거야."

"심하게 독촉하는 것만 조심하면 잡혀갈 걱정은 없는 거네요."

그나마 마음이 놓여서 나는 가슴을 쓸어내렸다.

"뭐, 불법인 건 확실하니까 경찰이 본격적으로 단속에 나서면 그야 어떻게 될지 모르지. 근데 요즘 경찰이 그렇게 한가하지를 않아. 그러니까 소프트 사채업은 피해자를 만들지 않는 게 가장 중요해."

"그건 무슨 말씀이에요?"

"고객이 경찰에 찌르지만 않으면 잡혀갈 걱정은 없다는 얘기야. 옛날 사채업자는 지독하게 추심을 했지만, 요즘 소프트 사채업은 돈 때문에 어쩔 줄 모르는 사람들을 친구처럼 가족처럼 대해 주는

게 요령이야. 돈을 갚겠다는 의지만 보이면 웬만한 연체는 눈감아
주고 개인사도 잘 들어 주면서 고객과 말랑말랑한 관계를 만들어
가는 거지. 이래저래 친절하게 상담을 해주니까 카운슬링이라고
하는 사람도 있잖아. 가족 같은 심정으로 대해 주면 고객은 자신이
피해자라는 생각보다 오히려 마음 편히 언제든 손 벌릴 수 있는 내
편이라고 착각하거든."

집에 들어오면 창문을 활짝 열고 실내에 고인 열기를 빼낸 뒤에
에어컨을 켠다. 얼마 전부터 에어컨이 고장났는지 한참이 지나도
시원해지지 않아서 땀을 줄줄 흘렸지만 새 것을 살 마음은 나지 않
았다.
차가운 보리차를 마시고 한숨 돌린 후 연체 고객들에게 독촉 메
시지를 보낸다. 앉아 주고 서서 받는다, 라는 속담도 있지만 상환
날짜가 닥쳐 오면 태도가 돌변하는 고객이 적지 않다.

쓰지모토 씨, 이번 달에 입금된 게 없네요. 무슨 일 있었습니까? 우선 전화
부탁드립니다.

몇 달째 상환하지 않는 고객에게는 일단 SNS 등으로 메시지를
보낸다. 그래도 반응이 없을 경우에는 휴대 전화 번호로 직접 통화
를 한다. 참고로 대부업법에 따르면 평일 오후 9시부터 오전 8시

그리고 너는 속고 있다

사이에는 채권자의 자택 방문은 물론이고 전화를 하거나 팩스를 보내서도 안 된다. 하지만 개인 사채업은 어디까지나 개인과 개인 사이의 일이기 때문에 그런 법 조항은 애초에 지키지도 않는다.

"미안하게 됐네. 다음 주 초까지만 기다려 줘."

곧바로 쓰지모토에게서 전화가 왔다.

"무슨 일이시죠? 저한테는 얘기하셔도 돼요."

쓰지모토는 묘한 인연으로 얽히게 된 사람이다. 한때는 나를 심하게 괴롭혔지만 내가 개인 사채업을 시작하자마자 첫 번째 고객이 되어 주었다. 지금까지 여러 번 돈을 빌려 갔고, 갚지 못하고 끙끙대다가도 신기하게 막판에는 입금을 해주었기 때문에 이제는 중요한 단골 고객 중 한 명이 되었다.

"아니, 스마트폰이 망가져서 새로 구입했는데 할부가 안 된다네? 그러니 어떻게 해, 한꺼번에 현금 내고 샀지. 그 바람에 당장 거지가 됐어. 다음 주 초에는 돈 들어올 데가 있으니까 그때까지만 사정 좀 봐줘."

보통 스마트폰 본체는 할부로 구입해서 통신비와 함께 다달이 조금씩 갚아 나가면 된다. 하지만 신용 정보사 블랙리스트에 오른 사람은 할부를 이용할 수 없어서 전액 현금으로 구입하는 수밖에 없다.

"답답하셨겠네요. 그러면 다음 주 초에 다시 연락드릴게요."

총 10만 엔을 빌려줬는데 기간이 길어져 지금까지 입금한 이자

속이는 사람

만으로도 이미 10만 엔 넘게 회수했다. 혹시 쓰지모토가 어딘가로 날라 버려도 전체적으로 따지면 손해는 아니라서 다행이다.

미야구치 씨, 자택에도 전보를 보냈지만 이렇게 계속 연락을 안 받으면 우리도 생각이 있습니다.

전화나 SNS를 무시하는 고객이라도 내 쪽에서 자택 주소를 쥐고 있기 때문에 전보나 편지로 독촉하는 방법도 있다. 옛날 사채업자들은 그런 고객에게 분뇨나 동물 사체를 우편으로 보냈다고 한다. 하지만 대출금 회수의 중요 포인트는 그런 무지막지한 위협이 아니라 날마다 끈덕지게 연락하는 것이라고 사부님이 알려 주었다.

미야구치는 한 달 내내 나의 거듭된 독촉을 무시해 왔다. 얼마 전까지 호스트바에서 일했던 자인데 아예 대놓고 뻔뻔스러운 데가 있다. 그런 미야구치를 어떻게 어르고 달래서 대출금을 회수해야 할지, 여간 골치 아픈 게 아니다.

가나자와 씨, 몇 번이나 전화했는데 안 받으시네요. 이렇게 되면 직장으로 전화할 수밖에 없어요. 이 메시지 보는 대로 꼭 연락 바랍니다.

상대가 전원을 꺼 버리면 내 독촉 메시지는 차단된다. 하지만 언제까지고 스마트폰을 안 쓸 수는 없기 때문에 일단 메시지를 보내

두면 반드시 본인의 눈에 들어가게 된다. 라인 메시지는 수신 확인 표시가 뜨기 때문에 깜빡 잊고 못 봤다는 변명은 통하지 않는다.

가나자와는 전화로 얘기해 본 바로는 마음이 여린 듯한 남자였다. 삼십 대에 독신, 회사에 다닌다고 해서 상당한 금액을 대출해 주고 말았다. 혹시라도 회수가 안 되면 이자는 물론 원금 분까지 통째로 큰 손해가 난다.

가나자와 씨, 몇 번이나 전화했는데 안 받으시네요. 이렇게 되면 직장으로

전화할 수밖에 없어요. 이 메시지 보는 대로 꼭 연락 바랍니다.

무시한다고 생각하면 화도 나지만 이렇게 '복붙'으로 계속 똑같은 메시지를 보낼 수도 있다. 복붙이라도 다시 독촉 메시지가 왔다는 사실이 상대에게 확실하게 대미지를 입힌다. 공격은 수비보다 강하다는 말처럼 나는 언제든 내가 원할 때 몇 번이고 메시지를 보내 다그칠 수 있지만 상대는 그저 당하면서 견딜 수밖에 없다.

물론 상대가 마음만 먹는다면 내 번호를 수신 거부로 설정해 버릴 수 있다. 하지만 그것도 대응 방법을 강구해 두었다.

이대로 계속 연락이 안 되면 회사로 전화할 거예요. 괜찮겠어요?

샐러리맨 대상 고금리 사채가 큰 사회문제로 떠오른 이전 세대

때부터 직장에 연락하겠다는 말은 추심의 가장 유효한 수단이다.

근무 시간에 회사로 전화하면 꼼짝없이 본인이 받을 수밖에 없다. 거기에 상사와 동료에게 빚쟁이라는 걸 폭로하겠다고 한마디 슬쩍 내비치면 결국 가불을 해서라도 대출금을 갚게 된다. 다만 이건 대부업법 위반이기 때문에 우선은 회사에 전화하겠다고 위협하는 것부터 차근차근 몰아가야 한다.

그때 휴대 전화가 부르르 울렸다. 가나자와가 보낸 메시지였다.

대출금에 관해 상의할 게 있으니 잠깐 시간 좀 내 주실 수 있어요?

그리고 너는 속고 있다

2

초등학생 아이가 다쳐서 병원비로 급하게 돈이 필요해요. 여기는 금리가 낮다고 들었어요. 3만 엔만 빌려주실 수 있을까요? (호노카)

편의점에서 사 온 샌드위치를 공원 벤치에 앉아서 먹고 있는데 그런 메시지가 들어왔다. 올여름은 더위가 극심하지만 오늘은 그나마 기온이 좀 떨어져서 뺨에 닿는 바람이 상쾌했다.

하늘 높이 동그란 흰 구름이 덜렁 떠 있고 거대한 상수리나무 너머로 고급 맨션이 보였다. 해안가를 마주한 이 근처는 이른바 '파워커플'이라는 젊은 고소득 전문직 맞벌이 부부들에게 인기 있는 지역이라서 대부분 1억 엔이 넘는 맨션이 즐비했다.

저런, 다친 데는 좀 나았어요? 3만 엔이면 월 이자 2,700엔. 한 달 뒤부터 상환이에요. 그 조건으로 괜찮다면 즉시 입금해드릴게요.

모래사장에서 다섯 살과 세 살쯤의 남자애와 여자애가 놀고 있었다. 오빠와 여동생인 것 같았다. 장난감 삽으로 모래를 푸는 아이들 옆에서 큼직한 선글라스를 낀 엄마가 스마트폰을 들여다보고 있었다.

다른 곳과 비교하면 금리가 낮은 편이네요. 꼭 대출해 주세요.
운전면허증이나 여타 신분을 증명할 만한 사진 딸린 ID와 본인의 상반신이 보이는 셀프 사진을 보내 주세요. 심사 통과되면 당일 이체해드려요.

샌드위치를 덥석 베어 먹고 캔 홍차를 마셨다.
모래사장에서 여자애가 우는 소리가 들렸다. 오빠 쪽이 뭔가 심술을 부렸는지 선글라스를 쓴 엄마가 여동생을 달래 주면서 남자애를 꾸짖고 있었다.
이윽고 호노카라는 여자의 셀프 사진 파일이 들어왔다. 첨부된 프로필을 보니 스물다섯 살, 도쿄 스미타구에서 살고 있었다.

호노카 씨는 현재 어떤 일을 하세요?

저쪽에서 큼직한 모자를 쓴 여자와 양산을 든 여자가 공원 안으로 들어왔다. 둘 다 외제 유모차를 밀면서 재미있는 얘기를 주고받는지 하하 웃고 있었다.

파견 업체 소개로 사무직 일을 했어요. 근데 파견 기간이 끝나서 다음 취업 때까지 당분간 수입이 없어요. 그래도 대출받을 수 있나요?

수입이 없다면 돈을 빌려주지 않는 게 대부업의 철칙이다.

실례지만, 싱글맘이에요?
네, 한부모 가정이에요. 게다가 헤어진 남편의 빚 일부를 떠맡는 바람에 신용 불량자가 됐어요.

그럴 거라고 짐작하고 물어봤는데 제대로 짚었다.

나도 젊은 시절에 빚에 허덕이며 살았어요. 그때의 힘든 경험을 극복하고 지금은 이렇게 개인 사채업을 하고 있죠. 수입이 없으면 대출해드리지 않는 게 원칙이지만, 한부모 가정이 얼마나 힘든지 나도 뼈저리게 아니까 어떻게든 도와드리고 싶군요.

모래사장에서 아직도 여자애가 앙앙 울고 있었다. 유모차를 밀던 두 엄마는 그대로 공원을 가로질러 시야 밖으로 사라졌다.

정말요? 여기저기 알아봤지만 다들 거절해서 어쩔 줄 모르던 참이에요. 꼭 갚아드릴 테니까 잘 부탁드려요. 돈이 없으면 아픈 아이를 병원에 데려갈 수 없어요.

휴대 전화를 다시 들여다보니 그런 메시지가 들어와 있었다.

아이가 다니는 학교, 학년과 반, 그리고 담임 선생님 이름을 보내 주세요.

열쇠로 현관문을 열고 컴컴한 집 안의 벽을 더듬어 불을 켰다.

창문을 활짝 열어젖혀 열기를 빼내고 에어컨 스위치를 누른 뒤, 전기 포트에 물을 받았다. 오늘은 싱글맘 호노카와 메시지를 주고 받은 탓인지 그날의 기억이 다시 떠오르고 말았다.

오늘처럼 일을 마치고 밤늦게 돌아온 날이었다. 평소 같으면 불이 환하게 켜져 있어야 할 집 안이 캄캄해서 불길한 예감이 들었다. 서둘러 현관문을 열고 스위치를 누르자 아야나는 보이지 않고 테이블에 메모 한 장이 남겨져 있었다.

'아야나는 내가 책임지고 키울게.'

그렇게 적혀 있었다.

그리고 너는 속고 있다

설마 내가 집에 없는 사이에 아야나를 데리고 떠나 버릴 줄은 몰랐다.

곧바로 휴대 전화로 연락해 봤지만 연결이 되지 않았다. 나중에야 알았지만 연결이 안 된 게 아니라 그때 이미 번호를 바꿔버린 것이었다.

"딸아이가 유괴됐어요. 수색을 부탁드립니다."

곧바로 관할 경찰서로 뛰어갔다.

"수색원 불수리 신고서를 냈는데요?"

귀에 익숙하지 않은 경찰의 그 말에 고개를 갸웃거릴 수밖에 없었다.

특별한 사정이 있어서 가출할 때 가족들이 찾는 것을 원치 않을 경우, 경찰에 '수색원 불수리 신고서'를 미리 제출한다. 그러면 경찰은 찾아 주지 않을 뿐만 아니라 수색원 신고조차 받아 주지 않는다는 것을 그때 처음으로 알았다.

용의주도하게 경찰에 그런 신고까지 하고 나가 버렸기 때문에 친척은 물론이고 지인들, 아야나의 친구 집까지 찾아다녔지만 어디로 갔는지 알아낼 방도가 없었다.

그날부터 마음속에 큼직한 구멍이 뻥 뚫려 버렸다.

아야나는 내 인생의 보람이었다. 지금까지 변변한 삶을 살지 못했지만 아무리 힘들 때라도 아야나를 위해서라고 생각하면 견뎌낼 수 있었다. 아야나가 없다면 대체 무엇을 버팀목 삼아 살아가야

속이는 사람

한단 말인가. 한동안 아무것도 할 마음이 나지 않아 못 마시는 술에 빠져 지낸 적도 있었다.

하지만 시간이 지나면서 조금씩 생각이 변해 갔다.

지금까지 아야나에게 큰 애정을 기울였지만 내가 과연 아야나에게 좋은 부모라고 할 수 있을까. 감정에 휘둘려 화를 내거나 추한 모습을 내보인 적도 있었다. 게다가 빚에 쫓겨 꼼짝달싹하지 못하는 상황에서는 아야나를 행복하게 해줄 수도 없다.

전기 포트가 삐이익 소리를 냈다.

싱크대 아래 칸에서 미리 사 둔 컵라면을 꺼내 뚜껑을 뜯고 끓인 물을 부었다. 김이 폴폴 나면서 시야가 흐려져 나는 몇 번이나 눈을 깜박였다.

지금쯤 아야나는 뭘 하고 있을까.

조용한 집안이 너무도 쓸쓸해서 리모컨으로 텔레비전을 켰다. 남자 아이돌이 팀을 나눠 환성을 지르며 게임을 하고 있었다. 채널을 바꾸려다가 이 프로그램을 아야나가 재미있게 보던 게 생각났다.

벽시계로 3분이 지난 것을 확인하고 컵라면 뚜껑을 열고 나무젓가락으로 가볍게 휘저어 면을 후루룩 빨아들였다.

아야나가 보고 싶었다.

텔레비전에서는 변함없이 아이돌의 수다와 웃음소리가 울렸다. 지금 이 순간, 아야나도 똑같이 이 방송을 보고 있을까.

그리고 너는 속고 있다

"싱글맘에게는 웬만하면 마음 놓고 돈을 빌려줄 수 있어. 남자는 여차하면 가정도 회사도 버리고 행방을 감춰 버리지만 싱글맘은 도망치려고 해도 아이 학교 문제가 걸려서 안 되거든."

사부님의 오늘 디저트는 '호화 샤인 머스캣 파르페'였다. 파르페 유리그릇에 가득 담긴 에메랄드빛 머스캣 위에 하얀 휘핑크림이 똬리를 틀고 있었다.

"그건 그렇죠. 아이를 언제까지고 학교에 안 보낼 수도 없고, 전학도 간단한 일이 아니니까요."

싱글맘에게 주로 대출을 해주게 된 것은 그런 사부님의 조언이 있었기 때문이다.

"게다가 엄마가 젊고 아름답다면 먹튀를 당할 일도 없지. 그 호노카라는 엄마는 예쁜 편이야?"

"여기 사진 있어요."

휴대 전화에 보관해 둔 호노카의 셀프 사진을 사부님에게 보여주었다.

"오, 괜찮네, 어려 보이기도 하고, 이 정도면 아주 좋아."

사부님은 사채업 외에도 딜리버리 헬스점 몇 군데를 갖고 있다. 돈을 빌려 간 싱글맘이 원금과 이자를 갚지 못하더라도 사부님의 헬스점에 보내면 금세 회수할 수 있다.

"그래서 호노카에게 얼마나 빌려줬어?"

휴대 전화를 돌려주면서 사부님이 물었다.

"3만 엔이에요."

"아이는 몇 살이고?"

사부님은 에메랄드빛 샤인 머스캣을 스푼으로 떠올려 입을 크게 벌리고 넙죽 먹었다.

"딸은 초등학교 4학년, 아들은 아직 1학년이라고 하네요."

호노카의 정보를 알려 주고 나는 빨대로 아이스초코를 마셨다.

"애가 둘이야? 진짜 힘들겠다. 한부모 가정 수당은 받고 있어?"

"받고 있죠. 근데 아이가 둘이라 그걸로는 부족해서 새 직장을 찾고 있는데 쉽지 않다고 하더라고요."

"헤어진 남편은 어떻게, 양육비라도 좀 대주나?"

"아예 소식도 없다던데요."

이혼했다고 아버지의 의무가 없어지는 건 아니다. 아이가 성인이 되는 18세까지 다달이 양육비를 지급해야 하지만, 지속적으로 보내 주는 아버지는 20퍼센트 정도뿐이고 60퍼센트의 싱글맘은 한 번도 양육비를 받은 적이 없다는 통계도 나와 있다.

"대출금이 얼마까지 올라가면 호노카를 헬스점에 소개하지요?"

아무리 빚이 많아도 성매매에 저항감을 가지는 사람이 많다. 그래서 다급하게 몰아붙이기보다는 빚이 눈덩이처럼 불어나 결국 스스로 포기할 때까지 최대한 조심스럽게 기다려야 한다.

"소액 대출로 이자 조금씩 받아 봤자 별 볼 일 없으니까 50만 엔까지는 계속 빌려주는 게 좋아."

그리고 너는 속고 있다

그런 쪽의 판단을 내리는 게 매번 어렵다.

50만 엔까지 대출해 주는 거야 간단하지만 그다음에 호노카가 성매매 일을 해준다는 보장은 없다. 그 단계에서 일이 어그러지면 싱글맘에게 50만 엔이나 되는 돈을 회수하기란 보통 힘든 게 아니다. 자칫하면 몇 년씩 걸릴 것이다.

"아, 누마지리도 딸을 찾고 있다고 했지?"

예전에 사부님에게 아야나에 대해 상의한 적이 있었다.

"요즘도 시간 나는 대로 알아보는데 전혀 행방을 알 수가 없네요."

"내 지인 중에 실력 좋은 탐정이 있어. 어떤 행방불명자도 자기가 나서면 다 찾아낸다고 장담을 하더라고."

"정말요? 그렇다면 한 번 만나 봐야겠네요."

"근데 수고비가 만만치 않아."

사부님이 손끝으로 동그라미를 그려 보였다.

"얼마나 드는데요?"

사부님이 얘기해 준 수고비는 내가 준비할 수 있을 만한 액수가 아니었다.

생각다 못해 아야나가 예전에 다니던 어린이집에 가 보기로 했다. 그때 담임 선생님에게 문의해 볼 생각이었다. 하지만 어렵사리 찾아갔는데 그 선생님은 출산 휴가 중이었다. 완전히 헛걸음이 되고 말았다.

맥 빠진 기분으로 어린이집 문을 나서는데 호주머니의 휴대 전화가 울렸다. 확인해 보니 한 달째 이자를 못 낸 쓰지모토에게서 온 것이었다.

"누마지리 씨, 이자 포함해 대출금 전액을 입금했으니까 확인해 봐. 그동안 고마웠네. 급할 때 또 부탁할 테니까 잘 봐줘."

내내 연체되었기 때문에 이번만은 떼일지도 모른다고 생각했었다.

"정말요? 고맙습니다. 근데 어디서 10만 엔씩이나 마련하셨어요?"

"경마에서 완전 대박을 터뜨렸어. 요즘 영 시원찮았는데 내 감이 이제야 돌아왔다니까."

지금까지 쓰지모토가 어떻게 근근이 돈을 갚아 왔는지, 그 수수께끼가 드디어 풀렸다. 이 사람은 도박 때문에 빚을 지고 그 도박으로 빚도 갚았던 것이다. 참고로 이때다, 하는 큰 승부 때는 자기만의 독특한 감이 발동한다고 자랑했다.

"만마권이 당첨된 거예요?"

"만이 아냐, 10만이라고. 게다가 한꺼번에 1만 엔어치를 사들인 마권이 딱 맞아떨어졌어."

100엔이 1만 엔이 되는 만마권의 10배, 게다가 1만 엔어치나 샀다면 1천만 엔의 큰돈이 손에 들어왔다는 얘기다.

"와아, 굉장하네요."

"앞으로는 내가 누마지리 씨한테 돈을 꾸는 게 아니라 되레 내가 꿔 주게 될지도 모르겠네?"

위를 올려다보니 아득히 파란 하늘에 가을의 고요한 구름이 비스듬히 흐르고 있었다.

역을 향해 가는 길에 중학교가 있었다. 테니스 코트에서 힘껏 공을 치는 여중생의 모습이 눈에 띄었다. 지금도 테니스를 하는 학생들을 보면 적잖이 마음이 복잡해진다. 바로 십여 년 전에는 나도 아무 생각 없이 공을 쫓아 내달렸다. 하지만 내 인생의 좌절은 그 테니스부 시절에 이미 시작되었던 게 아닌가 하는 생각이 들었다.

퍼뜩 정신을 차리고 보니 새 메시지가 들어와 있었다.

이번 달 이자를 입금했어요. 다음 달에는 원금도 갚을 수 있게 열심히 일할게요. (호노카)

호노카에게는 3만 엔을 빌려줬지만 실업 중인 처지라서 일단 이자만 갚게 해주었다. 실은 그것도 사부님에게 배운 작전이었다.

역을 향해 긴 언덕길을 내려갔다. 자전거를 탄 중학생이 소리도 없이 빠른 속도로 옆을 휙 스쳐 가는 바람에 흠칫 놀랐다. 길을 걸으면서 휴대폰을 들여다보는 건 역시 위험하다. 그러거나 말거나 엄지손가락 하나로 호노카에게 답장을 입력했다.

고마워요. 한부모 가정 지원 제도가 있어서 의료비는 사실상 무료라는 거 알고 있나요? 구청 육아지원과에 가서 상의하면 친절하게 알려준대요.

싱글맘에게 우선적으로 대출을 해주기 때문에 한부모 가정에게 주어지는 다양한 복지 제도에도 빠삭해졌다.

그런 게 있어요? 아무도 안 알려 줘서 여태 몰랐네요.

기초생활수급자나 한부모 가정에는 수당이나 보조금처럼 다양한 제도가 있지만, 행정 기관에서는 그걸 적극적으로 홍보해 주지 않는다.

눈치 볼 거 없이 힘들 때는 찾아가 상의하세요. 그리고 한부모 가정을 위해 무료로 식료품을 제공해 주는 NPO법인 링크도 첨부해 둘 테니까 참고하세요.

주 고객인 싱글맘에게 도움이 될 만한 정보를 이런 식으로 상세히 제공해 준다. 그런 메시지를 몇 번이고 보내 주면 차츰 신뢰감이 쌓여 가는 것이다.

정말 고맙습니다. 시간 나는 대로 구청에 가 볼게요.

그리고 너는 속고 있다

그런 답장이 들어왔지만 호노카가 실제로 구청에 찾아갈지 어떨지는 알 수 없다. 새 직장도 구해야 하고 아이도 돌봐야 하는 싱글맘이 평일 낮 시간에 일부러 구청에 찾아간다는 게 말처럼 쉽지 않은 것이다. 설령 가더라도 수속 절차가 여간 번거로운 게 아니다. 제도의 혜택을 받는다는 게 그리 간단한 일은 아닌 것이다.

우선 이번 달 생활비가 부족하지 않나요? 필요하면 좀 더 빌려드릴게요.

호노카에게 대출을 좀 더 많이 해주지 않으면 안 된다.

친절한 말씀, 정말 고맙습니다. 의료비 혜택을 받으면 그때 갚기로 하고 3만 엔만 더 빌려주시면 좋겠어요.

3

"바쁘실 텐데 이렇게 나오시라고 해서 죄송합니다. 잠깐 저하고 가실 데가 있어요."

가나자와가 대출금 상환에 관해 상의할 게 있으니 만나자고 해서 오후 2시에 약속 장소인 하치 동상 앞으로 갔다. 가나자와는 회사에서 근무하다 나왔는지 회색 양복에 파란 넥타이를 매고 있었다.

"어디로 가는데요?"

"가 보시면 알아요."

가나자와는 완만한 비탈길을 앞장서서 걸어갔다. 계절은 완전히 가을로 접어들었지만 햇살이 강해서 이마에 땀이 났다.

"어디, 먼 곳이에요?"

그리고 너는 속고 있다

"아뇨, 조금만 더 가면 돼요."

가나자와는 돌아보지도 않고 언덕길을 쭉쭉 올라갔다.

언덕길 끝에 도착하자 스마트폰을 확인하더니 골목길의 성매매 업소 옆에 지하로 이어지는 계단을 가리켰다.

"여기예요."

그렇게 말하고는 빠른 걸음으로 계단을 내려갔다.

급히 뒤따라가자 지하 1층 바가 보였다. 낮 시간에는 커피점으로 운영하는지 안으로 들어가자 클래식 음악이 흘렀다. 카운터 석에서 펀치 파마의 남자가 혼자 커피를 마시고 있었다.

가나자와는 안쪽 테이블로 들어가 그곳에 있던 감색 정장 차림의 남자에게 인사를 건넸다. 그리고 나를 향해 그쪽으로 오라고 손을 흔들었다.

"이분이 나 대신 대출금에 대해 상담해 주시기로 했어요."

의아해하는 내 시선을 피하며 가나자와가 말했다. 검은 테 안경을 쓴 정장 차림의 남자가 앉은 채로 슬쩍 인사를 건넸다.

"지금 뭐하는 겁니까?"

가나자와와 검은 테 안경의 남자를 번갈아 보며 물었다.

"불법 추심 때문에 가나자와 씨가 너무 힘들어하더라고. 그래서 내가 중재를 좀 해볼까 하고 기다렸어."

가나자와 대신 검은 테 안경의 남자가 나서서 대꾸했다.

"당신, 선량한 시민이 법을 잘 모른다는 약점을 파고들어 악질적인 사채업을 한다던데?"

이 사람은 무슨 일을 하는 사람일까. 겉모습은 금융권 종사자나 변호사처럼 보였다.

"악질적인 거 아니에요."

"뭐, 일단 앉으셔."

남자는 손바닥을 내밀며 내게 의자를 권했다. 가나자와가 대각선 맞은편에 자리를 잡았기 때문에 나는 테이블을 사이에 두고 두 남자와 대치하는 모양새가 되었다.

"대출금을 대신 청산해 주시려는 건가요?"

차분하게 말하려고 했는데 살짝 떨리는 목소리가 나오고 말았다.

"가나자와 씨가 대출받은 돈이 얼마나 되지?"

남자가 태블릿을 꺼내 들고 물었다.

"30만 엔이에요."

"그건 이자를 포함한 현재의 채무 총액이잖아. 이자 빼고 원금만 얼마야? 그리고 지금까지 가나자와 씨가 이체한 돈이 얼마나 되는지, 전부 얘기해 봐."

나도 모르게 숨을 헉 삼켰다. 이 사람은 아마추어가 아니다. 금융에 관련된 일을 해왔거나 아니면 진짜 변호사인지도 모른다.

"그런 걸 왜 얘기해야 하죠? 가나자와 씨, 이게 어떻게 된 거예요?"

"그쪽이 잘못했죠. 지금까지 불법으로 고리의 이자를 뜯어갔잖아요. 이분들이 내 대출금을 말소해 줄 수 있다고 해서 내가 부탁드렸어요."

실컷 빌려 쓰고 이제 와서 무슨 소리인가, 하고 가나자와를 노려보았다. 그리고 검은 테 안경 남자에게로 시선을 돌렸다. 분명 대출금을 말소해 주는 조건으로 보수를 받기로 했을 것이다.

"가나자와 씨는 원금을 이미 다 갚았을 뿐만 아니라 상당한 액수를 초과 입금했다고 하던데? 당신, 그 초과 입금 분을 지금 돌려주셔야겠어."

"그게 무슨 소리예요? 돈을 빌려 쓰더니 갚기는커녕 오히려 나한테 돈을 내라니."

어이가 없어서 자리를 박차고 일어서려고 했다. 하지만 뒤쪽에서 억센 힘이 어깨를 잡아 눌렀다.

"말귀를 못 알아들으시네."

뒤를 돌아보니 조금 전 카운터 석에 앉아 있던 펀치 파마의 남자가 서 있었다.

"고리 사채업은 명백한 법률 위반이야. 지금이라두 신고하면 당신, 잡혀간다고."

펀치 파마의 남자가 실실 웃으면서 말했다. 그 으스스한 웃음이 큰 소리로 협박하는 것보다 더 무서웠다. 카운터 안에는 검은 조끼를 입은 점원이 있었다. 하지만 코앞에서의 소란 따위 들리지 않는다는 듯이 태연하게 유리잔을 닦고 있었다.

"그래도 초과 입금이라니, 그건 말이 안 되는……."

옛날부터 사채업자는 야쿠자와 떼려야 뗄 수 없는 관계라고 들었다.

안전하게 운영하기 위해 야쿠자에게 신변 보호라는 명목으로 돈을 쥐어 주는 업자도 있고, 야쿠자가 직접 사채업을 하기도 했다. 무심코 야쿠자의 고객을 가로챘다가 반죽음이 되도록 얻어맞았다는 무서운 얘기도 들은 적이 있다.

하지만 개인 사채업은 인터넷으로 고객을 모집하는 것이라서 야쿠자 따위에 신경 쓸 필요가 없었다. 야쿠자를 이런 식으로 맞닥뜨린 것은 난생처음이었다.

"사람을 아주 만만하게 봤네. 그게 초과 입금이 아니라고? 다시는 이 바닥에 얼씬도 못 하게 해줄까?"

펀치 파마의 남자가 테이블을 내리치며 을러댔다. 문이 철컥 잠기는 소리가 들려서 돌아보니 검정 베스트를 입은 점원이 입구 앞에 팔짱을 끼고 서 있었다.

"좋게 얘기할 때 가진 돈 내놓고 꺼지는 게 신상에 좋아. 서로 간에 경찰에 신고할 처지도 아니잖아?"

펀치 파마의 남자가 내 귓가에 대고 속닥거리듯이 말했다.

오카다 씨, 약속 날짜에서 이틀이 지났는데 아직 입금이 안 됐어요. 연락 주시기 바랍니다.

그리고 너는 속고 있다

야쿠자에게 협박을 당한 끝에 가나자와의 대출금은 말소되고 초과 입금이라는 명목으로 지갑에 있던 8만 엔까지 빼앗겨 버렸다. 얻어맞지 않은 게 그나마 다행이었지만, 이대로 가다가는 이번 달에 사부님에게 상환할 자금을 마련할 길이 없다. 사부님은 돈에 관해서는 인정사정없는 사람이라서 혹시라도 입금을 못 한다는 걸 알면 무슨 험한 꼴을 당할지 모른다.

암담해하던 참에 일등 고객이라고 생각했던 오카다까지 소식이 없었다.

오카다 씨, 전화 드렸는데 안 받으시네요. 우선 휴대 전화로 연락부터 해 주세요.

오카다의 스마트폰에 독촉 메시지를 넣은 게 벌써 세 번째다. 하지만 아무리 메시지를 보내도, 직접 전화를 걸어도 반응이 없었다.

계속 전화를 받지 않으면 직장 쪽으로 연락할 수밖에 없어요. 괜찮겠습니까?

마치 이 세상에서 사라져 버린 것처럼 조용했다.

이렇게 되면 어쩔 수 없다. 대출 때 주고받은 스마트폰의 발신 이력을 뒤져 오카다의 회사로 전화를 걸었다.

"여보세요, 저는 스가누마라고 하는데요, 오카다 다케시 씨 계십니까?"

전화를 받은 여직원에게 말했다. 누구시냐고 물으면 뭐라고 대답해야 할지 난감했지만, 전화를 받은 여직원은 잠시만 기다려 주세요, 라고 하더니 곧바로 보류음이 들려왔다.

"네, 전화 바꿨습니다. 오카다 다케시입니다. 실례지만 어느 회사의 스가누마 씨이십니까?"

굵직한 남자 목소리가 들려왔다.

"개인 금융의 스가누마예요. 휴대 전화로 몇 번이나 연락드렸는데 안 받으셔서 회사로 전화했습니다."

SNS로는 오카다와 수차에 걸쳐 메시지를 주고받았지만 직접 얘기해 보는 건 처음이었다.

"예? 어디의 스가누마 씨라고요?"

어리둥절해하는 목소리가 돌아왔다.

"개인 금융, SNS로 오카다 씨에게 대출해드린 스가누마예요. 상환 날짜가 지났는데도 입금을 해주시지 않아서 이렇게 직장으로 전화를 드렸습니다."

말투는 공손하게, 하지만 할 말은 분명하게 해야 한다. 만만하게 보여서도 안 되지만 협박을 당했다고 경찰에 신고해서도 안 되기 때문에 그런 강약 조절이 상당히 어렵다.

"죄송한데, 지금 무슨 말씀을 하시는지 모르겠군요."

그리고 너는 속고 있다

뜻밖의 대답에 나는 말문이 턱 막혔다. 대출금을 안 갚으려고 시치미를 떼는 건가. 그렇다고 하기에는 목소리가 묘하게 침착하다.

"지난달에 30만 엔을 대출해드린 스가누마예요. 그저께가 상환일이었는데 입금을 안 해주셨어요."

"무슨 얘깁니까? 나는 어디서도 대출을 받은 적이 없어요."

"그럴 리가요. 오카다 씨의 SNS에 제가 보낸 메시지가 있을 텐데요?"

"잠깐만 기다리세요, 지금 살펴볼 테니까."

전화에서 들려오던 소리가 잠잠해졌다. 아마 스마트폰을 열어보는 중이겠지만, 점점 불길한 예감이 들었다.

"스가누마 씨라는 분의 메시지는 들어온 게 없어요. 그보다 저는 SNS 메시지를 미리 다 확인합니다."

"아니, 그때 긴자 클럽에서 돈이 떨어졌다고 하셨는데요?"

"긴자 같은 데는 몇 년째 가 본 적도 없어요."

등줄기에 써늘한 땀이 주르륵 흘렀다.

가장 먼저 사부님의 얼굴이 머릿속에 떠올랐다. 가나자와에 더해서 오카다까지 나를 속인 것이라면 사부님에게 돈을 갚을 전망은 완전히 날아간다. 어딘가 다른 개인 사채업자에게 다시 대출을 받아서라도 갚지 않으면 안 될지도 모른다.

오카다 다케시의 운전면허증을 들고 셀프 사진을 찬찬히 들여다보았다. 넓은 이마와 큼직한 코가 인상적이었다.

"자택 주소가 사가미하라 아닙니까?"

"아뇨, 우리 집은 치바현 마쿠하리예요. 가나가와현에서는 살았던 적이 없습니다."

이 오카다 다케시는 내가 돈을 빌려준 그 오카다 다케시가 아니다.

그렇다면 이 운전면허증에 붙은 사진은 대체 누구인가.

사진 파일을 SNS에 올리면 유저들이 여기저기 퍼 나른다. 대출해 준 돈은 돌아오지 않지만 그걸로 먹튀 재범이 방지될 테니 나름대로 강펀치를 먹였다는 후련함은 있을지도 모른다.

하지만 운전면허증 자체가 위조된 것이라면 어떻게 되는가. 이 사진 속 남자도 나를 속여 먹은 오카다 다케시가 아닐 가능성이 높다.

"오카다 씨, 생년월일이 1981년 6월 7일 아니에요?"

일단 운전면허증에 적힌 대로 재차 확인해 보았다.

"아뇨, 나는 90년대생이에요."

"야쿠자에게 된통 혼나고 게다가 30만 엔씩이나 먹튀를 당해? 넌 왜 호구 짓만 하고 다니는 거야? 아니면 재수에 옴이 붙었나? 아휴, 굿이라도 한 판 해야 되겠다."

루이비통 스카프를 두른 사부님이 어이없다는 얼굴로 말했다.

"그렇게 남의 일처럼 얘기하시면 진짜 섭섭해요. 그보다 어떻게든 돈을 되찾을 방법은 없을까요?"

그리고 너는 속고 있다

사부님이라면 뭔가 좋은 방법을 가르쳐 줄 거라고 기대하며 모두 털어놓았다.

"야쿠자를 만나러 가기 전에 나한테 미리 상의라도 했으면 좋았잖아."

"심약해 보이는 사람이었거든요. 설마 그런 일을 벌일 줄은 상상도 못 했어요. 우락부락한 남자 셋이 빙 둘러싸는데 진짜 어떻게 해볼 수가 없더라고요."

더 험한 꼴을 당하지 않은 것만으로도 다행이라고 스스로를 납득시키는 수밖에 없었다.

"그런 때는 스마트폰 녹음 기능을 켜 둬야지. 그러면 공갈죄의 확실한 증거가 되니까 경찰에 신고하겠다고 으름장을 놓으면 일단 그 자리의 위험은 피할 수 있었어."

미리 알았더라면, 하는 때늦은 후회가 밀려왔다. 다음에 똑같은 일을 당한다면 반드시 그렇게 해주리라고 마음속에 새겼다.

"먹튀 쪽은 그냥 포기해. 어떤 사채업자도 그런 불상사를 백 퍼센트 막을 수는 없어."

사부님은 시원하게 잘라 말하고는 '농밀 따끈따끈 고구마 파르페'를 한 스푼 가득 떠서 입에 넣었다.

"근데 그 오카다 다케시라는 놈, 단순한 먹튀가 아니야."

"왜요?"

"회사로 전화를 했는데 받았다면 그 오카다라는 샐러리맨의 명함은 진짜였다는 거잖아."

나는 말없이 고개를 끄덕였다. 그 번호로 전화해서 오카다와 통화했으니까 명함은 틀림없이 진짜였다.

"명함이 진짜라면 운전면허증이 가짜라는 얘기야. 운전면허증이고 사원증이고 암암리에 가짜가 여기저기서 팔리고 있지만, 개인 사채업을 상대로 먹튀를 할 정도라면 그건 범인이 직접 만든 거 아니겠어?"

"그런 걸 아마추어가 만들 수 있어요?"

한 칸 건너 테이블에서 파란 넥타이를 느슨하게 풀어 둔 비즈니스맨이 노트북 키보드를 일심불란하게 두드리고 있었다.

"스마트폰 사진 파일에서 들키지 않을 정도의 가짜 면허증이라면 아마추어도 만들 수는 있겠지. 하지만 실제 샐러리맨의 명함을 입수한 데다 그 이름으로 운전면허증을 위조해 먹튀를 감행했다? 그건 프로 사기꾼이나 보이스피싱 조직일 수도 있어."

사부님의 미간에 주름이 잡혔다.

"보이스피싱 조직……."

"그쪽도 예전보다 경기가 안 좋거든. 보이스피싱도 사채업도 먹느냐 먹히느냐 하는 약육강식의 세계야."

나는 원래부터 남에게 잘 속는 성향이라서 또다시 같은 일을 당하지 않을지 미리부터 겁이 났다.

"그밖에 다른 보고는 없어? 뭐든 우선 나한테 상의해."

사부님의 그 말에 미야구치의 얼굴이 머릿속을 스쳐 갔다.

"실은 고객 하나가 계속 메시지도 안 읽고 전화도 안 받아요. 그래서 지난번에 직접 집에까지 찾아갔는데 안에 없는 척 문을 안 열어 주더라고요. 대출금이 꽤 많아서 이대로 포기할 수도 없는데, 진짜 어떻게 해야 할지 모르겠어요."

"그럴 때는 소방차를 불러. 피자나 스시 배달을 써먹는 것도 괜찮지만 역시 소방차가 직방이야. 사이렌을 울리는 소방차가 몇 대씩 달려오면 집에서 안 나오고는 못 배기거든."

사부님은 고리 사채업 시절에 그 밖에도 온갖 방법으로 고객을 극한까지 몰아붙였다고 한다.

"사채업은 상대에게 만만하게 보였다가는 끝장이야. 먹튀를 하면 반드시 죽는다, 라는 정도로 생각하게 만들어야 돼."

저절로 등짝에 써늘한 것이 내달렸다.

이번 달에는 입금해드릴 돈이 없다, 라고 실토하면 사부님은 뭐라고 할까.

"이제 슬슬 기초생계 급여가 들어오는 날인데 어때, 준비하고 있어?"

다달이 기초생활대상자 지원금이 입금되기 전의 며칠 동안이 사채업자에게는 가장 바쁜 시기다. 이때쯤에는 SNS에 '무담보 대출'이라는 간단한 홍보 문구만 올려도 급전이 필요한 사람들의 문의가 쇄도한다.

"물론 단단히 준비하고 있죠. 그보다 며칠만 견디면 기초생계 급여가 뭉텅이로 들어올 텐데 왜 다들 사채를 쓰는지 모르겠어요."

그 심리가 아무래도 이해가 되지 않았다.

"의존증 때문이야."

"대출 의존증이라는 건가요?"

"그것도 있지만, 일종의 도박이야. 사채업자에게 내는 이자는 도박장의 판돈 같은 거라서 별로 신경도 안 쓰는 거야. 이판사판, 어차피 지면 있는 돈 다 털린다는 심리하고 똑같아."

만마권이 맞아떨어져 단번에 빚을 갚아 버린 쓰지모토가 생각났다.

"그자들한테는 한 달 이자가 얼마가 나가든 별 의미가 없어. 도박에서는 얼마를 빌리든 다 거기서 거기거든. 이기면 빚 갚는 거고, 지면 또 빌리면 돼. 애초에 내 돈이라는 실감이 없는 거야. 원래 생활 보호 급여니까 밑천은 세금에서 대주잖아."

그야말로 돈은 돌고 도는 것이라는 심리인가.

"사부님, 이번 달에는 먹튀도 당했고 야쿠자한테도 혼이 났고, 아무래도 약속한 날짜에 입금해드리기가 어려울 것 같아요."

나는 깊숙이 머리를 숙이며 말했다.

그래도 인정사정없이 다그친다면 등록 대부업체에서 돈을 빌려볼 생각이었다. 하지만 그런 곳에서 빌리기 전에 우선 사부님에게 솔직히 털어놓기로 했다. 섣불리 나 혼자 이런저런 계산속을 굴리

그리고 너는 속고 있다

느니 도마 위에 오른 생선이 된 심정으로 최대한 진심을 내보이는 것이다. 지금까지도 매번 막다른 궁지에 몰렸지만 그러는 게 더 잘 풀리곤 했다.

"어이구, 못 살아. 어쩌겠어, 이번 달에는 봐줄 수밖에. 설마 다음 달에도 입금을 못 하는 건 아니지?"

"그, 그건⋯⋯."

이번 달에는 불운한 사건이 연달아 일어났다. 그렇다고 다음 달에 갑작스럽게 수입이 많아지느냐 하면 그것도 아니었다.

"이제 슬슬 결정하도록 해. 누미지리는 나한테 대출을 더 받아서 사업을 확장하는 게 좋다니까."

"그러고 싶은 마음은 굴뚝 같지만 수익에 비해 먹튀가 너무 많아서⋯⋯."

"그건 지나치게 낮은 금리로 빌려주기 때문이야. 지금보다 금리를 높여도 손님이 끊길 일은 없으니까 걱정 말라고 내가 늘 말하잖아."

주로 먹고살기 힘든 싱글맘이 고객이라서 아무래도 냉혹하게 몰아붙이지 못하고 있었다.

"아마 저는 이 일에 소질이 없나 봐요."

"네가 이 일에 소질이 있는지 없는지, 그것까지는 모르겠어. 하지만 내 파트너로서는 나쁘지 않아. 조금만 더 노력해서 수익을 올려야겠지만, 기본적으로 나는 너를 신뢰하고 있어."

"고맙습니다."

사부님에게 격려의 말을 듣고 한결 마음이 가벼워졌다.

"금리를 올리기 싫다면 광고를 쳐서 고객 수를 불리는 방법도 있어. 예전에는 파친코 앞에서 광고지도 나눠 주고 다중 채무자 리스트를 구입해 DM도 보내고 그야말로 힘들게 일했지만 그때에 비하면 요즘은 정말 편해졌잖아."

분명 광고를 하면 단숨에 대출을 신청하는 사람도 많아지고 그에 따라 수익도 뛰어오를 터였다.

"저는 주로 싱글맘이 대상이니까 어린이집 근처에서 광고지를 뿌려 볼까요?"

"누마지리, 방금 내가 말했잖아. 눈이 핑핑 도는 인터넷 시대에 넌 대체 언제까지 아날로그야?"

좋은 아이디어라고 생각해서 말했는데 사부님은 어이없다는 듯이 한숨을 내쉬며 말했다.

"개인 사채업은 당연히 SNS에 홍보해야지!"

SNS 광고는 몇천 엔이면 낼 수 있고 심사도 비교적 느슨한 편이다.

"그보다 누마지리, 가상 화폐라는 거 알아?"

화제가 갑작스럽게 바뀌어서 나는 눈만 껌벅거리며 사부님의 얼굴을 올려다보았다.

"여기저기서 얘기가 나오니까 막연히 알고는 있지만 자세한 것

그리고 너는 속고 있다

까지는……."

"내가 공부도 할 겸 좀 사 봤는데 요즘 바짝 폭등해서 눈 깜짝할 사이에 수익이 났어. 너도 투자해 보는 게 어때?"

"아휴, 저는 됐어요."

그럴 돈이 있다면 아야나를 찾기 위해 탐정을 고용하는 데 쓸 것이다.

"가상 화폐는 가격 변동성이 크지만 오르든 내리든 기본적으로는 반반 확률이야. 어쨌든 시장 자체는 확대되는 중이니까 오래 갖고 있을수록 올라갈 가능성도 높아져. 게다가 레버리지 거래라는 게 있어서 자기 자본 이상의 차입금으로 투자할 수도 있어."

주식이나 외환 투자도 마찬가지지만 선물 거래를 이용해 자기 자금의 몇 배나 되는 가상 화폐를 살 수 있다. 물론 잘못되면 손실도 그만큼 커지지만 적은 자금으로 몇 배의 이익을 거둘 수 있는 기회라고 사부님은 설명해 주었다.

"레버리지가 가장 좋은 곳은 100배까지 살 수 있더라니까. 단돈 10만 엔으로 1000만 엔의 거래가 가능하다는 얘기야. 이건 진짜 괜찮아."

"저는 안 돼요, 애초에 그럴 자금도 없고. 그보다 왜 그렇게 가상 화폐를 추천하는 거예요?"

"새로운 비즈니스 기회라는 예감이 들었거든. 그리고 요즘 지인 소개 캠페인 중이라서 신규 가입자를 데려가면 포인트를 받을 수 있어."

"에이, 그런 거였어요?"

"물론 신규 가입자한테도 포인트가 주어지니까 서로 윈윈하는 거야. 누마지리의 고객 중에 관심이 있을 만한 사람, 소개 좀 해봐."

"빚에 쫓겨 당장 먹고살기도 힘든 사람들이에요. 뭐가 뭔지 모르는 가상 화폐에 투자할 사람이 있겠어요?"

"아니, 그렇지도 않아. 오르거나 떨어지거나, 그야말로 반반의 홀짝 노름이라서 도박 좋아하는 사람은 혹하고 달려들 거야. 경마에서 뜻밖의 번호를 맞히는 것보다 가상 화폐가 더 간단하고 확률이 높다고 설명해 주면 귀가 솔깃할 사람이 한둘이 아닐 거라고."

사부님이 그렇게까지 얘기하니 나로서는 거절하기가 어려웠다.

"도박 좋아하는 사람이라……. 그러시다면 일단 얘기는 해볼게요."

내 말에 만족했는지 사부님은 빙그레 미소를 지었다.

"그래서 어쩔 거야, 추가 대출 받을래?"

사부님은 자꾸 대출을 권하는데 이건 대체 무슨 꿍꿍이인지 알 수 없다.

"그러면 조금만 더 부탁드릴게요. 하지만 이러다가 점점 더 손해만 나고 결국 대출금을 못 갚을까 봐 걱정이에요."

대출금도 경비도 증가일로였다. 사업을 확장해 일이 잘 풀리면 수익은 몇 배로 뛰겠지만 실패한다면 그야말로 꼼짝달싹 못 하게

그리고 너는 속고 있다

된다.

"걱정할 거 없어. 그런 때를 대비해 누마지리 명의로 생명보험을 들어 뒀으니까."

하트 무늬가 그려진 카페라테를 받아 들고 커피 체인점 가장 안쪽에 자리를 잡았다.

- 다섯 살 아들과 세 살 딸을 키우는 싱글맘이에요. 월세가 밀려 집에서 쫓겨날 것 같아요. 20만 엔만 빌릴 수 있을까요? (마리코)

- 코로나 때문에 클럽에서 해고됐어요. 아이 급식비도 못 내요. 오늘 안으로 3만 엔 대출 부탁드려요. (아야메)

- 가정 폭력에 시달리다 이혼하고 초등학교 2학년 딸과 함께 살아요. 제가 아프기까지 해서 저축해 둔 게 바닥났습니다. 개인 사정으로 신용 불량자가 되어 금융 기관에서는 대출이 어려워요. 진짜 급해요. 제발 도와주세요. (에리)

'한부모 가정' '싱글맘' '무담보 대출' 등의 검색어로 몇 군데 SNS 광고를 내자 깜짝 놀랄 만큼 효과가 좋았다. 게다가 금리를 개인 사채 중에서도 낮은 편으로 제시했기 때문인지 전국에서 대출 신청 메시지가 쇄도했다.

1인 좌석인 옆 테이블에서 중얼중얼 얘기하는 소리가 들려왔다. 검은색 바지 정장을 입은 젊은 여자가 노트북을 열어 놓고 원격 화상 회의를 하는 것이었다.

이 커피 체인점은 와이파이를 무제한으로 쓸 수 있어서 오늘은 미처 응하지 못한 신규 접수 고객의 메시지를 확인하고 차례차례 답장해 줄 생각이었다.

임대료가 밀려서 오늘 안으로 돈을 마련하지 않으면 쫓겨납니다. 일곱 살 아이가 있어서 일하고 싶어도 적당한 일자리를 아직 못 찾고 있어요.

그 메시지를 발견했을 때는 남의 일처럼 넘길 수 없다는 마음이 들었다.

살던 집에서 쫓겨난다는 것은 생활 기반뿐만 아니라 사회적인 신용도 잃는다는 뜻이다. 개인 사채업에까지 찾아온 걸 보면 이미 상당히 궁지에 몰려있는 게 틀림없다. 그런 상황에서 냉정한 판단을 내릴 힘을 잃고 아이와 동반 자살이라도 꾀한다면 그야말로 최악이다.

아이 이름을 물어보고 본인의 셀프 사진을 확인한 뒤에 나는 망설임 없이 대출을 결정했다.

그리고 너는 속고 있다

별문제가 없다면 오늘 안으로 입금할게요. 이체할 은행 계좌 번호를 알려주세요.

즉시 입금해 주러 ATM기가 있는 편의점에 가고 싶었지만, 아직 처리하지 못한 신규 고객의 대출 신청이 줄줄이 남아 있었다.

도야마 미나요라고 합니다. 급하게 10만 엔이 필요해요. 다달이 1만 엔, 그리고 나머지는 12월 보너스로 일괄 상환할게요.

미나요는 24세 여성, 간다의 회계 사무실에서 근무한다고 했다. 첫 대출에 10만 엔은 리스크가 크지만 한 달 뒤에 보너스가 나온다면 갚지 못할 금액은 아닐 것이다.

10만 엔이면 이자는 한 달에 9%, 즉 9,000엔입니다. 괜찮겠습니까?

핼러윈이 다가오는 시기여서 커피점에서는 오렌지색 호박 랜턴을 곳곳에 장식해 두었다. 맞은편 자리에서 대학생인 듯한 여자 둘이 호박 케이크를 먹으면서 한창 수다를 떨고 있었다.

네, 그 정도 금리라면 괜찮아요.

휴대 전화 메시지를 한 손으로 입력하면서 다른 손으로는 카페 라테 잔을 들고 한 모금 마셨지만 완전히 식어 있었다. 옆에서 화상 회의를 하던 여자는 어느샌가 떠나고 없었다. 그 대신 초로의 남자가 그 자리에 앉아 스포츠 신문을 읽고 있었다.

그러면 운전면허증과 함께 본인의 얼굴이 찍힌 셀프 사진을 보내 주세요.

회사 명함의 사진 파일도 첨부해 주세요.

운전면허증과 함께 찍은 미나요의 셀프 사진과 회계 사무실의 명함 이미지가 들어왔다. 또렷한 눈매의 매력적인 여성이 감색 스웨터를 입고 미소 짓고 있었다. 명함의 회사를 검색해 보니 간다에 있는 회계 사무실 홈페이지가 확인되었다.

운전면허증에 적힌 주소는 도쿄 오타구 가마타의 세련된 영어 이름의 맨션이었다. 주소를 구글 지도로 검색해 보니 동일한 이름의 흰색 맨션이 확인되었다. 오카다 다케시에게 먹튀를 당한 뒤로 최대한 신중하게 운전면허증을 조사해 보기로 했다.

저희 직원이 재적 확인을 위해 회사에 전화할 텐데, 몇 시쯤이면 회사에 계십니까?

재적 확인은 불시에 하기도 한다. 이미 퇴직한 회사의 옛 직장

동료와 짜고 거짓말을 할 수도 있기 때문이다. 하지만 이번 경우는
그렇게까지 의심할 필요는 없을 것이다.

지금 회사에 있으니까 곧바로 전화하셔도 돼요.

사무실 홈페이지에 실린 전화번호와 명함 번호가 같은 것을 확
인하고 나는 휴대 전화 버튼을 눌렀다.

"여보세요? 오누마라고 합니다만, 도야마 미나요 씨 계십니까?"

"제가 도야마 미나요예요. 소액 대출 직원 분이시죠?"

주위가 신경 쓰이는지 한껏 낮춘 목소리였다. 사무실 공간이 그
리 넓지 않은 모양인지 본인이 직접 전화를 받아 줘서 수고가 덜어
졌다.

"네, 개인 대출의 오누마라고 합니다. 바쁘실 텐데 죄송합니다.
이 전화로 재적, 확인했습니다. 참고로 대출금은 어디에 쓰실 예정
이지요?"

"고등학교 동창이 이번 주말에 고향에서 결혼식을 올리거든요.
그 축의금과 교통비 등에 쓸 거예요."

다시 한번 미나요의 셀프 사진을 찬찬히 들여다보았다.

요즘에는 현재 수입이 얼마냐는 것보다 딜리버리 헬스점에서
일하면 얼마나 인기를 끌 수 있느냐는 점으로 대출 심사를 하게 되
었다. 눈이 너무 커서 약간 위화감이 느껴졌지만, 아침부터 착실히

일하는 걸 보면 근무 태도는 좋은 편이다.

"그럼 오늘 중으로 입금해드릴게요. 이번 달 이자 9,000엔과 ATM 수수료를 제한 금액이 될 텐데, 괜찮겠습니까?"

"네, 그렇게 해주세요."

속삭이는 목소리가 전화 너머에서 들려왔다.

4

"밤늦은 시간에 미안하구나."

거리에는 한발 앞서 크리스마스 장식이 눈에 띄기 시작했다. 미국에는 추수감사절이라는 빅 이벤트가 있지만, 일본에는 아직 정착되지 않아서 아무래도 크리스마스 행사가 앞당겨지게 된다.

연말은 그야말로 대목이라서 추가 자금이 필요했다. 사부님에게 만남을 신청하자 낮에는 시간을 낼 수 없다고 해서 드물게도 밤늦게 회의를 하게 되었다.

"딜리버리 헬스점 점장이 괜찮은 애 좀 없느냐고 물어보던데 그 호노카라는 싱글맘은 어떻게 됐어?"

항상 만나던 패밀리 레스토랑일 줄 알았는데 사부님이 가끔은 술이라도 한잔하자면서 오늘은 이자카야로 장소를 정해 주었다.

먼저 도착한 나는 맥주를 주문해 홀짝홀짝 마시고 있었다.

"이제 슬슬 설득해 보려고 하는데 아직은 시간이 좀 걸릴 거 같네요."

"헬스점에서 일할 만한 다른 애는 없어?"

에이프런을 두른 점원에게 사부님은 츄하이와 안주 몇 가지를 주문했다. 오늘은 구찌 스카프였지만 서민적인 아자카야에는 어울리지 않는 느낌이었다.

"싱글맘은 아니고 열아홉 살 여대생이 한 명 있어요. 근데 그 나이에도 헬스점에서 일할 수 있을까요?"

나는 히토미의 셀프 사진을 꺼내 보여 주며 말했다. 히토미는 요즘 상환이 자꾸 늦어져서 머지않아 파탄이 날 게 뻔히 보였다.

"열아홉 살이면 괜찮아. 그보다 금발이 좀 거슬리네. 어쨌든 빚에 쪼들리는 젊은 애들은 모두 나한테 알려 줘."

점원이 사부님의 안주와 츄하이 잔을 들고 와 테이블에 차려냈다.

"그래야겠네요."

우리는 술잔을 들어 건배했다. 둘이서 이렇게 술을 마시는 건 오늘이 처음이었다.

"사부님, 추가 대출을 부탁드려도 될까요?"

SNS에 광고를 낸 뒤부터 신규 대출 신청이 쇄도하고 있다. 이렇게 된 이상, 대출금을 바짝 늘려서 승부에 나서기로 마음먹었다.

"얼마나 필요해? 천만 엔, 아니면 이천만 엔?"

　　　　　　　　그리고 너는 속고 있다

"아휴, 그렇게 큰돈은 제가 도저히 못 갚죠. 3백만 엔 정도만 해주세요."

"겨우 그걸로 되겠어?"

그래도 사부님에게서 빌린 돈이 벌써 1천만 엔을 훌쩍 넘는다.

"앞으로 남자는 받지 않고 싱글맘과 젊은 여성 전문으로 뛰어볼 생각이에요. 이래저래 손은 많이 가지만 리스크는 대폭 줄어들겠죠."

남자들에게는 몇 번이나 배신을 당했지만 싱글맘은 착실한 고객이 많아서 안심이었다.

"응, 그게 좋아. 내가 내일 현금을 준비해 둘 테니까 어딘가 돈받을 장소를 정해서 연락해."

사부님은 철저한 현금주의자였다.

"이제 인터넷 뱅킹을 이용해 보시는 게 어때요? 이체할 때마다편의점이나 은행에 나가기도 번거로우실 텐데요. 도난이나 분실의 우려도 있고."

"아무튼 넌 뭘 몰라도 한참 모른다니까."

사부님이 한심하다는 눈빛으로 쳐다보았다.

"나 정도가 되면 자금 흐름이 은행에 알려지지 않게 특히 조심해야 돼. 자칫 세무서에 들켰다가는 탈세 추징금만으로도 엄청난액수가 나온다고. 그래서 예전부터 은행은 꼭 필요할 때가 아니면이용하지 않아."

그 말을 듣고 비로소 이해가 되었다. 다달이 상환금을 현금으로 달라고 했던 것도 모두 세금을 피하기 위한 것이었다.

"게다가 난 옛날부터 은행이라면 아주 진절머리가 나."

"왜요?"

"아버지가 사업에 실패했던 거, 은행에서 무리하게 자금을 회수했기 때문이었어."

큼직한 선글라스를 벗고 사부님이 먼눈이 되어 말을 이어 갔다.

"은행이란 대부업자로서는 최고 악질이야. 맑은 날에는 우산을 빌려주고 비가 쏟아지면 빼앗아 가는 식이잖아. 그에 비하면 사채업자가 그나마 인간적이지."

사부님의 부친이 운영하던 회사는 적자에 허덕이면서도 어떻게든 근근이 꾸려 나갔다. 하지만 갑작스럽게 은행에서 채권 회수에 나서는 바람에 하루아침에 자금줄이 막혀 버렸다.

"은행의 눈 밖에 나면서 당장 돈줄이 막혔고, 다급한 마음에 사기꾼에게 걸려들었어."

사부님이 츄하이 잔을 기울이며 말했다. 술이 그리 센 편은 아닌지 벌써 뺨이 불그레하게 물들었다.

"어떤 사기를 당하셨어요?"

사부님이 자신의 과거를 털어놓는 건 드문 일이었다. 오늘 저녁에는 이런저런 옛 얘기를 해줄 듯한 분위기여서 나도 모르게 몸을 앞으로 내밀고 귀를 쫑긋 세운 채 물어보았다.

"어음 사기야. 작은 공장 하나를 운영했는데 마지막에는 어디서도 돈을 빌릴 수가 없었지. 그쯤에서 회사를 닫았으면 좋았을 텐데 직원과 그 가족들을 저버릴 수 없어서 어떻게든 버텨 보려고 했던 거야. 그런 참에 어음을 담보로 대출해 주겠다는 자가 나타났고 그 사람을 딱 믿어 버렸어. 그걸로 끝장이 났지."

"그 사람이 사기꾼이었군요."

"처음에는 번거롭게 할 것도 없이 척척 대출을 해줬어. 그러니 딱 믿고 점점 큰 금액의 어음을 떼어 준 거야. 얼마 뒤에 그 사람은 행방을 감춰 버리고 그 대신 야쿠자가 공장에 쳐들어와서 당장 어음을 현금화하라고 요구했어. 그게 어음 사기의 전형적인 패턴인데 아버지로서는 지푸라기에라도 매달리고 싶은 심정이었기 때문에 보기 좋게 당해 버린 거야. 그걸로 회사는 도산, 그 충격으로 아버지는 돌아가셨어. 그러자 딸인 나한테 빚을 갚으라고 떼로 몰려와서 협박을 하더라고."

"하지만 부모의 빚은 자식이 상속하지 않아도 된다고 하던데요?"

"이제 갓 고등학교 졸업한 내가 그런 걸 어떻게 알았겠니? 게다가 아버지를 세상 누구보다 사랑하고 존경했으니까 딸 된 도리로서 나 몰라라 할 수는 없다는 마음도 있었어. 어떻게든 빚을 갚아 보려고 안 해본 일이 없어. 그러다 결국 성매매 업소에 팔려가 있더라고."

나는 말문이 막혀 버렸다. 사부님은 츄하이 잔을 비우고 점원을 불러 한 잔을 추가로 주문했다.

"사부님도 정말 힘들게 살아오셨네요."

"근데 거기서부터 내 인생이 확 바뀌었어. 성매매 손님 중에 나를 예쁘게 봐 준 사장님이 있었거든. 빚을 대신 갚아 줄 테니 자기 밑에서 같이 일하자고 하시더라고."

아마도 사장의 내연녀 역할까지 했을 것이다. 새삼 사부님의 얼굴을 찬찬히 살펴보니 이목구비가 또렷해서 젊은 시절에는 분명 미인으로 통했을 것이다.

"처음에는 흔한 서민 금융업이었는데 당시에 대부업 붐이 일어나면서 그 흐름을 타고 순식간에 업계에서도 유명한 대부업체로 성장했어. 덕분에 나도 경리 담당 전무로 일하게 됐고."

"아, 그때부터 연 수입이 1억 엔을 넘겼군요."

사부님은 점원이 가져다준 츄하이를 한 모금 마시고 조용히 고개를 끄덕였다.

"인생이란 언제 어떤 일이 일어날지 모르는 거네요. 근데 그 회사 사장님은 지금 어떻게 지내시지요?"

술잔을 테이블에 내려놓더니 사부님은 작은 한숨을 내쉬었다.

"살해됐어."

"예? 왜요!"

나도 모르게 큰 소리를 내고 말았다.

"사장이 자택에 몇억 엔씩 현금을 숨겨 뒀거든. 그 현금을 노리고 침입한 부하 직원이 있었어. 억 단위 현금이 제 손에 들어온다면 망설임 없이 살인까지 저지르는 놈들이 실제로 있더라고. 한때는 내 목숨까지 위태로운 지경이었지만 다행히 경찰에서 범인을 체포했어."

"그 범인은 어떻게 됐어요?"

"아직도 교도소에 있어."

구운 정어리포를 와사삭 씹으면서 사부님은 말했다.

"사장이 살해된 뒤로 대부업체는 해산되고 사원들도 흩어졌어. 나는 그나마 집에 감춰 둔 고객 리스트가 있어서 믿을 만한 몇몇 직원에게 그 명부와 함께 자금을 빌려주면서 새 사업을 시작할 수 있었어."

고객 리스트는 시간이 지나면서 쓸모없는 물건이 되었다. 하지만 그 흐름을 타고 사부님은 적당한 사람을 골라 자금을 빌려주면서 개인 사채업을 지원해 나갔다. 얘기를 듣고 보니 사부님이 왜 나 같은 사람을 파트너로 삼았는지, 이제야 전모를 알 것 같았다.

"사부님은 결혼하실 마음은 없었어요?"

"비명횡사한 사장님과 꽤 오래 같이 살았기 때문에 호적은 올리지 않았어도 결혼한 거나 마찬가지야. 그때 아이를 가졌더라면, 하고 후회가 되더라고. 아이를 낳았다면 아마 지금 네 나이쯤 되었을 텐데 말이야."

나도 모르게 맥주잔을 들었지만 왠지 씁쓸하게만 느껴졌다.

"형제자매는 없으시고요?"

"아무도 없어. 시골 고향에 가면 친척들이야 있겠지만 너무 오래되어서 서로 연락처도 모르는 사이야."

"그럼 사부님의 막대한 재산은 누가 상속하지요?"

"그게 문제라니까. 사업이 재미있어서 돈은 자꾸자꾸 쌓이는데 은행에도 못 맡기는 그 현금은 내가 죽으면 대체 어떻게 되는 건지."

세무서에 들키는 게 두려워 사부님도 똑같이 현금을 쌓아 두고 있는 모양이었다. 어디에 숨겨 뒀는지, 그건 역시 술에 취해서도 입 밖에 내지 않았다.

"누마지리가 나하고 양자 결연을 맺어 줄래?"

"예? 정말요?"

눈앞이 갑자기 백팔십도 핑 도는 듯한 느낌이었다. 돈 때문에 죽을 고생을 해왔는데 만일 사부님과 양자 결연을 맺는다면 그 막대한 재산이 내 손에 들어오는 것이다. 그러면 내 모든 고통도 단숨에 해결된다.

"에이, 농담이야."

내가 당황해서 어쩔 줄 모르자 사부님은 재미있다는 듯이 소리 높여 웃었다. 하지만 그 표정을 보니 완전히 농담만은 아닌 듯한 느낌이 들었다.

그리고 너는 속고 있다

히토미라는 친구의 소개로 연락드려요. 낮은 금리로 대출해 준다던데, 저도 같은 조건으로 빌릴 수 있을까요? (미사키)

오늘은 아침에 깜빡 늦잠을 자 버렸다. 허겁지겁 자리에서 일어나 휴대 전화를 확인해 보니 그런 메시지가 들어와 있었다. 낮은 금리가 입소문을 타고 퍼지면서 고객의 소개로 문의가 들어오는 일이 적지 않았다.

이자는 한 달에 9%예요. 친구 소개라도 심사는 정확히 받으셔야 합니다. 그래도 괜찮다면 사진 있는 신분증명서와 본인 얼굴을 나란히 찍은 셀프 사진 파일을 보내 주세요.

답장을 보내자 잠시 뒤에 사진 파일이 들어왔다.
친구 히토미는 염색한 금발 머리 미녀였는데 미사키 쪽은 긴 검은 머리에 눈썹이 짙고 화장기가 전혀 없는 순진한 모습이었다.

대출금은 얼마나 필요해요?
포인트 카드 결제가 연체됐어요. 그래서 5,000엔을 빌리려고요. 25일에 알바비 들어오니까 그때 이자와 함께 갚을게요.

미사키는 알바를 하는 모양이었지만 아직 대학생이라서 수입이 그리 많지는 않을 터였다.

포인트 카드 외에 할부로 산 물건이나 다른 곳에서 대출받은 건 없어요?

신규 고객이 줄을 잇는 건 좋지만 이제 너무 많아서 나 혼자 대응하기가 힘들어져 가고 있었다.

다른 대출은 없어요. 아직 학생이라서 소비자 금융 등에서는 대출도 안 해줘요.

히토미가 소개해 준 친구인 데다 5천 엔 정도의 소액이라면 별 문제 없을 것이다.

대출금 5,000엔에서 이자 450엔을 제하고 4,550엔을 입금해드릴게요. ATM 수수료도 빠질 거예요. 그래도 25일에 5,000엔을 상환해야 하는데, 괜찮겠습니까?
네, 괜찮아요. 당일 입금 부탁드려요.

미사키는 결코 미인이라고는 할 수 없지만 어딘지 모르게 애교가 느껴지는 얼굴이었다. 혹시라도 대출금을 갚지 못하면 친구 히토미와 같이 사부님의 딜리버리 헬스점에 보내면 된다.

찬물로 얼굴을 씻었더니 그제야 잠이 번쩍 깼다. 아침 시간에는 추위가 매서워서 벌벌 떨면서 주방으로 나가 주전자에 물을 끓였다.

미타라이 씨, 이번 달에 입금된 게 없네요. 이 메시지 보시는 대로 꼭 연락해 주세요.

미타라이는 꽤 오랫동안 거래해 온 고객이고 현재 3만 엔의 대출금이 남아 있다. 다달이 이자 2,700엔만 넣고 원금은 한 푼도 갚지 않았다. 그러던 게 요즘에는 그 이자까지 자꾸 늦어지고 있었다. 그럴 만한 게 현재 실업 중이라서 벌써 몇 달째 여기저기 임시 수입으로 때우고 있는 모양이었다.

미안해요. 이번 달에도 이자만 입금해야겠어요.

안정된 수입을 위해 열심히 취업 활동을 하고 있다는데 도무지 재취업 일자리가 정해지지 않는 눈치였다.

이자만이라도 괜찮습니다. 저도 예전에 빚에 쫓겨 힘든 시절이 있었기 때문에 미타라이 씨의 마음고생은 충분히 이해합니다. 원금은 여유가 있을 때 갚으셔도 돼요.

그나마 이자는 꼬박꼬박 넣어 주니까 무리하게 독촉할 건 없다.

주방에서 물 끓는 소리가 들렸다. 인스턴트커피를 타서 잔을 들고 거실로 돌아오자 미타라이에게서 답장이 와 있었다.

번번이 미안하네요. 그리고 이번 달 이자도 집으로 받으러 와 주세요.

그의 집은 여기서 그리 멀지 않은 곳이다. 은행 수수료까지 내게 하는 것도 딱해서 이전에도 내가 직접 가서 이자를 받아 오곤 했다.

네, 일 나가는 길에 잠깐 들르겠습니다.

이번 달 상환금을 이체했어요. 그런데 내일 또 아이를 병원에 데려가야 합니다. 1만 엔만 추가로 빌려주실 수 있을까요?

파견직 일자리가 정해져서 호노카는 조금씩이지만 이자에 원금까지 갚아 나가고 있었다. 하지만 아이 병원비와 예정에 없던 지출이 거듭되면서 전체 대출금은 줄어들기는커녕 점점 더 불어날 뿐이었다.

손목시계를 보니 정확히 12시를 가리키고 있었다. 편의점에 들러 삼각김밥과 커피 우유를 골라 계산대 앞에 줄을 섰다.

그리고 너는 속고 있다

네, 1만 엔 대출해드릴게요. 그런데 이제 곧 크리스마스예요. 어렸을 때 부모님께 받은 선물의 추억은 평생 간다고 하지요? 호노카 씨는 지금까지 성실하게 상환해 주셨으니 이번 달에는 좀 더 대출을 받으셔도 돼요.

자신에게는 한 푼도 못 쓰더라도 내 아이에게는 행복한 추억을 안겨 주고 싶다. 그런 싱글맘들의 마음이 손에 잡힐 듯이 느껴지는 시기였다.

오늘은 기온이 올라가 따뜻한 날씨였다.

편의점 옆 공원에 들어가 햇살 아래서 방금 구입한 삼각김밥을 먹으려고 했는데 똑같은 생각을 한 사람들이 많았는지 공원 벤치는 거의 만석이었다.

고맙습니다. 그러면 2만 엔 더해서 3만 엔을 빌려주세요.

이 3만 엔으로 호노카의 대출금은 총 50만 엔이 넘는다.

내일 계좌에 이체해드릴게요. 하지만 이대로 가면 대출이 점점 불어나기만 하겠네요. 낮에 다니는 직장 외에 따로 부업을 해보시는 게 좋지 않을까요?

이제 슬슬 호노카에게 딜리버리 헬스점을 소개해도 될 타이밍이다.

저도 그러고 싶은데 아이가 있어서 부업은 하기 어려울 것 같아요.

딱 한 자리 비어 있는 공중화장실 근처 벤치에 앉았다. 편의점 봉투에서 삼각김밥을 꺼내 크게 한 입 베어 먹었다. 그리고 커피 우유를 마시면서 호노카에게 보낼 메시지를 입력했다.

호노카 씨가 일할 생각만 있다면 단시간에 높은 수입을 올리는 효율적인 일자리를 소개해드릴게요. 주말에 원하는 시간만 일하는 것도 가능합니다.

우선 좋은 조건부터 설명해 준다. 갑작스럽게 성매매라고 밝히면 거기서 얘기가 끝나 버릴 수 있기 때문이다.

그런 좋은 일자리가 있어요?

곧바로 호노카에게서 메시지가 들어왔다.

하루에 5만 엔은 벌 수 있어요. 호노카 씨라면 10만 엔까지도 가능할 것 같네요.

고급 딜리버리 헬스점에서라면 그런 수입도 꿈같은 얘기는 아니다.

그리고 너는 속고 있다

그런 의미에서 미인은 이래저래 유리하다. 만일 중년 남자가 하루 5만 엔을 벌려고 한다면 뭔가 불법적인 알바를 하는 수밖에 없을 것이다.

어떤 일인데요?

그만큼 수입이 많으니 아무나 할 수 있는 일은 아니죠. 한정된 여성들만 채용하는 곳입니다. 하지만 호노카 씨 정도라면 크게 환영받을 거예요.

낚시로 치자면 바늘에 걸린 물고기를 뜰채로 건져 올리는 순간이다. 바늘에 꿰여 자유를 잃었으니 저항하지 못할 거라고 자칫 방심해서는 안 된다. 마지막 순간에 몸을 뒤치며 거칠게 저항해 모처럼 잡은 물고기를 놓쳐 버릴 수 있다.

혹시 성매매 일이에요?

5

딜리버리 헬스점, 면접 보게 해주세요. 실은 전부터 그런 일에 관심이 있었어요. 그리고 지금 경제적으로 너무 힘들어요. 주말이나 평일의 빈 시간을 활용한다면 시간에 쫓기는 나한테는 안성맞춤이에요. 손님은 주로 어떤 사람들이에요?

크리스마스이브를 지나 슈퍼마켓에서는 케이크 반값 세일을 시작했다. 자꾸 시선이 가기는 했지만, 에코백에 저녁 찬거리만 골라 담았다. 그러는 참에 휴대 전화에 들어온 메시지였다. 호노카는 답장을 해주지 않았지만, 여대생 미사키는 메시지가 몇 번 오고 간 끝에 이런 적극적인 승낙 의사를 전해 온 것이다.

에코백을 왼쪽 어깨에 걸치고 슈퍼마켓을 나서자 바깥은 그새

그리고 너는 속고 있다

컴컴해져 있었다. 나는 오른손으로 메시지를 입력하면서 걸음을 서둘렀다.

젊은 고객도 가끔 있지만, 기본적으로 중년 아저씨가 많아요. 우선 하루만 일해 보고 계속할지 말지 결정하는 하루 입점제라는 것도 있으니까 참고 하세요.

하루 입점 때 신사적이고 선한 고객을 붙여서 일에 익숙해지도록 하는 등, 아가씨를 정착시키기 위해 헬스점 측에서도 다양한 연구를 하고 있다.

폭력을 당하거나 경찰에 잡혀가는 일은 없어요?
직원이 운전기사 겸 근처에 상시 대기하고 있으니까 어려운 일이 생기면 즉각 휴대 전화로 호출하면 됩니다. 문제를 일으킨 고객은 출금 조치를 취히기 때문에 두 번 디시 만날 일도 없어요.

출장형 딜리버리 헬스점은 매번 장소가 달라지기 때문에 위험 요소가 적지 않다. 다만 고급점이냐 대중점이냐, 혹은 싸구려점이냐에 따라 위험도가 달라진다. 그래서 주로 찾아오는 고객층을 잘 살펴봐야 한다. 고급 헬스점의 고객은 경제적으로나 정신적으로 여유가 있어서 위험한 일을 당할 확률이 낮아진다.

고급 헬스점에는 평생 만나 보기도 힘든 부유층, 스포츠 선수, 연예인이 몰래 찾아오는 일도 많아요. 그야말로 유명 인사를 만날 기회가 될 수 있다는 얘기예요.

초일류 헬스점에는 실제로 그런 손님이 드나든다고 한다. 스캔들에 주의해야 하는 입장에서는 어설피 아마추어를 만나는 것보다 비밀이 지켜지는 전문 업소가 오히려 믿을 만한 것이다.

참고로 미사키 씨는 리볼빙 결제가 현재 얼마나 되지요?

리볼빙 결제라도 다달이 연체 없이 착실히 결제하면 신용이 높아져서 이용 한도액을 높게 책정해 준다. 하지만 그걸 갚을 수 있느냐 마느냐는 또 다른 얘기가 된다.

한도액이 높아지니까 아무래도 그만큼 쇼핑을 더 하게 되네요. 지금 30만 엔 넘게 결제하고 있어요.

나도 젊은 시절에는 별 의문도 없이 리볼빙 결제를 이용했다. 아직 스무 살도 안 된 미사키가 그 위험성을 깨닫지 못하는 것도 어찌 보면 당연한 일이다. 딜리버리 헬스점의 면접에 합격한다면 그 30만 엔은 우선 내가 대신 갚아 주는 쪽으로 생각하고 있다.

그리고 너는 속고 있다

혹시 몸에 타투를 새기지는 않았지요?

그러려면 미사키를 면접에서 반드시 합격하도록 해야 한다. 리볼빙 결제의 덫에 걸려든 것처럼 미사키는 순진하다고 할까 어딘지 멍한 데가 있는 성격인 것 같았다. 면접에서 단순한 실수로 자칫하면 채용되지 못할까 봐서 걱정스러웠다.

타투는 안 했어요. 근데 남자와 그런 일을 해본 경험이 한 번도 없는데, 그래도 괜찮아요?

그 메시지를 보고는 깜짝 놀라서 저절로 발이 멈춰 버렸다.
아직 처녀라는 뜻인가. 아니면 서툰 거짓말을 하는 건가.

그렇다면 면접 때 솔직히 그런 얘기를 하면 됩니다. 미경험자는 희소가치가 있어서 오히려 유리할 거예요. 헬스점은 청초한 여성을 선호하고, 특히 첫 경험이라면 플레이가 서툴러도 크게 환영받을 테니까요.

성매매 일을 한다고 해서 반드시 남자 경험이 풍부한 사람만 있는 것은 아니다. 오히려 그쪽으로 관심은 있는데 경험이 없어서 뭐가 뭔지 모르는 사람이 별다른 저항 없이 뛰어드는 경우도 드물지 않다.

정말요? 아, 다행이다. 면접 잘 볼게요. 그밖에도 주의할 점이 있으면 알려 주세요.

미사키의 이런 긍정적인 면은 좋게 느껴졌다. 일에 대해 소극적인 경우는 아무리 미인이라도 인기를 끌지 못한다.

딜리버리 헬스점은 고수입이 보장되기 때문에 일하려는 사람이 많아요. 그만큼 경쟁이 치열해서 면접에서 떨어지는 경우도 많죠. 면접 당일에는 청결한 느낌의 메이크업과 옷차림을 해주세요. 가능하면 바지보다는 치마 쪽이 합격에 유리해요. 혹시라도 추리닝이나 티셔츠 차림으로 나가지는 않겠죠? 청바지도 별로예요. 일반 회사 면접과 똑같다고 생각하고 면접관의 질문에 긍정적으로 씩씩하게 대답해 주세요.
네, 잘 알겠습니다.

웃는 얼굴의 이모티콘과 함께 그런 답장이 들어왔다. 묘하게 애교가 있는 건 좋은데 어딘가 나사가 빠진 듯한 데가 있다. 그밖에 조언해 줄 만한 건 없을까.

아참, 이게 가장 중요한 것일 수 있어요. 면접 시간에 절대로 지각하면 안 됩니다.

그리고 너는 속고 있다

"이자 2,700엔, 정확히 받았습니다. 여기 영수증이에요."

미타라이의 집에 찾아가 현금을 받고 준비해 간 영수증을 테이블 위에 올려놓았다. 해가 바뀌면서 올해가 몇 년인지 갑자기 혼동이 와서 날짜 표기에 잠깐 시간이 걸렸다.

"미안해요, 매번 집에까지 와 주고. 디저트는 없지만, 여기 귤이라도 드세요."

미타라이는 페트병 녹차를 따라 주더니 귤 하나를 꺼내 놓고 헤싱헤싱해진 머리를 숙였다.

"아뇨, 그런 건 신경 쓰지 마시고요. 그보다 재취업은 어떠세요, 진척이 있었습니까?"

"웬만한 데는 다 어렵더라고요. 나이가 있다 보니 면접은커녕 서류도 통과가 안 돼요."

미타라이는 올해로 마흔이지만 실제 나이보다 더 늙어 보였다.

"큰일이네요. 미타라이 씨는 예전에 어떤 일을 하셨어요?"

예전에 했던 일의 경험을 재취업에 살려 볼 수는 없는 걸까.

"장거리 트럭 운전을 했어요. 당시에는 일손 부족이 심해서 보수가 제법 두둑했는데……."

"그런 좋은 일자리를 왜 관두셨어요?"

녹차를 마시면서 그렇게 물어보았다.

"관둔 게 아니라 해고가 됐죠."

손끝으로 목을 긋는 시늉을 하면서 미타라이는 아쉬운 듯한 웃음을 지었다.

"저런, 왜요?"

"그 회사가 원래부터 블랙 기업이었어요. 일손이 부족하니까 잔업이 살인적으로 많았죠. 그러면서 잔업 수당은 제대로 주지도 않고, 나도 점점 건강에 이상 신호가 왔어요. 결국 졸음운전으로 인신사고를 내 버렸어요."

"근데 그걸 이유로 해고를 해요? 미타라이 씨만 잘못한 것도 아니잖아요."

"잘잘못을 따질 수도 없어요. 상당히 큰 사고였기 때문에 나도 허리에 복합골절상을 입어서 지금도 그 후유증으로 장시간 앉아 있기가 힘들어요. 그러니 장거리 트럭 운전은 하라고 해도 못 하죠."

미타라이는 허리에 손을 짚고 얼굴을 찌푸렸다.

"다친 건 그럭저럭 나았는데 계속 허리가 아파서 이제 힘쓰는 일은 못 해요. 게다가 아내까지 더 이상 못 견디겠는지 아이를 두고 나가 버렸어요. 여태까지 집에서 밥이라고는 해본 적도 없는데 이제는 청소해야지 빨래해야지, 일하러 나갈 시간도 없어요. 무엇보다 아직 어린아이가 있으니 그 애를 놔두고 일자리를 찾으러 나다니기도 보통 어려운 게 아니에요."

방 안을 둘러보니 여자애의 핑크색 옷이 여기저기 걸렸고 장난감 봉제 인형도 나뒹굴고 있었다.

"따님은 지금 몇 살이죠?"

그리고 너는 속고 있다

"아직 다섯 살이에요."

"그런 어린아이를 키우면서 취업 활동을 어떻게 해요? 이건 진짜 큰일이네요."

나도 모르게 미타라이가 가엾어졌다. 교통사고 후유증과 익숙지 않은 집안일, 그리고 제대로 풀리지 않는 취업 활동. 게다가 어린아이까지 딸려 있다면 일할 수 있는 자리는 그야말로 한정적이다. 이런 상황은 싱글맘뿐만 아니라 싱글아빠에게도 똑같이 고된 것이다. 역시 아이는 부부가 함께 키우지 않으면 부담이 너무 커져서 생활이 엉망이 되고 만다.

"그러면 이자를 내기도 힘드시겠네요."

테이블에 놓인 봉투에 시선을 떨구었다.

"그나마 댁은 이자를 적게 받으니 다행이죠. 미안한 얘기지만, 돈이 들어오면 우선 이자가 높은 데부터 갚고 있어요."

이자만이라도 미타라이는 다달이 꼬박꼬박 입금해 주었다. 택배와 피자 상자, 먹다 만 과자, 빈 맥주 캔, 그리고 담배꽁초가 가득한 재떨이로 어질러진 집안을 보니 당장 내일 끼니거리가 없을 만큼 곤궁한 것 같지는 않았다.

"지금도 나름대로 일은 하고 계시는군요."

"뭐든 닥치는 대로 하다 보면 굶어 죽지는 않아요. 독하게 마음먹고 나서면 조금씩은 벌죠. 아직은 그럭저럭 꾸려 나가고 있어요."

"어떤 일을 하시는데요?"

"하루하루 일당 받는 일이죠. 자세히 얘기하고 싶지는 않네."

미타라이의 얼굴이 너무 어두워서 이런 얘기는 이제 그만하기로 했다.

"근데 따님은 어디 갔습니까?"

미타라이의 딸아이를 보고 싶었다. 아야나도 그렇지만, 다섯 살 정도의 아이는 천사 같은 귀염성이 있다.

"어린이집에 갔어요. 이제 곧 데리러 갈 시간이네."

채용 조건은 충분히 이해했어요. 근데 제가 아직 결심을 못 했습니다.

공원 벤치에서 샌드위치를 먹는 참에 호노카에게서 그런 메시지가 들어왔다.

날씨는 맑은데 바람이 차가워서 공원에는 인적이 드물었다. 편의점에서 사 온 뜨거운 캔 커피로 손을 녹여 가며 답장을 입력했다.

물론 무리하게 권하지는 않아요. 저는 호노카 씨가 대출금을 갚아 주기만

하면 되니까 다른 방법을 찾아 주시면 더욱 좋겠지요.

두툼한 다운재킷을 입은 엄마가 미끄럼틀에서 노는 세 살 정도의 딸아이를 벌벌 떨면서 지켜보고 있었다.

이번 달에는 절약해서 꼭 입금할게요.

호노카는 지난 몇 달 동안 원금은커녕 이자도 제대로 내지 못했다.

원금이 50만 엔이 넘으니까 이번 달에는 이자만 5만 엔 가까이 되네요.

파견사원이 50만 엔을 갚는다는 건 거의 불가능에 가깝다. 하지만 헬스점이라면 한 달이면 갚을 수 있을 것이다. 이제 본격적으로 등을 떠밀어 줄 타이밍이다.

혹시 직업의 귀천을 가리는 차별 의식을 갖고 있나요?
아뇨, 차별하려는 건 아니에요.

말은 그렇게 하면서도 호노카는 명백히 성매매 일을 경멸하고 있었다.

거기도 요즘에는 이미지가 크게 달라졌어요. 명문대 학생이나 전문직 여성들도 즐기면서 일한다고 하던데요.

야쿠자에게 협박을 당하면서 강제로 일하던 이미지는 이제 구시대적인 것이 되었다.

젊은 친구들이 그쪽에서 일하기를 원하는 경우가 많아서 면접에 합격하기가 쉽지 않아요. 하지만 호노카 씨는 미인이고 아직 젊은 분이니까 추천해 본 거예요. 일할 거라면 되도록 빨리 결정해 주시는 게 좋아요. 매주 세 번 근무하고 연 수입 2,000만 엔을 버는 사람도 있거든요.

높은 수입을 강조하는 게 가장 효과적이다. 그 얘기를 듣고 마음이 흔들리지 않을 사람은 없다.

아는 사람들에게 들키지 않을까요?

곧바로 그런 메시지가 들어왔다.

얼굴을 공개하지 않으면 괜찮아요. 신상이 밝혀지는 건 고수입에 돈을 물 쓰듯이 쓰고 명품이며 보석을 과시하는 경우예요. 아니면 공연히 죄책감 때문에 지인에게 털어놓았다가 소문이 퍼지는 경우가 있어요. 호노카 씨처럼 성실한 싱글맘은 그런 걱정은 할 필요가 없으니까 안심하셔도 되겠죠?

의문 하나하나에 상세히 답해서 불안감을 지워 나간다.

호노카 씨, 장래를 생각해 보세요. 따님이 성장하면 중고등학교, 대학교까지 교육비가 만만치 않게 들 거예요. 딜리버리 헬스점에 여대생이 많은 것도 결코 사치를 부리기 위해서가 아니에요. 부모가 등록금을 대주지 못하니 스스로 벌 수밖에 없는 것이죠.

그건 결코 거짓이 아니었다.

학자금 대출을 받더라도 그것 역시 이자까지 갚아야 하는 대출일 뿐이다. 성실한 성품에 장래를 냉철히 계획하는 사람일수록 일찌감치 성매매 일을 하기로 결심하지 않을까. 호노카의 딸이 대학생이 되었을 때, 그 등록금은 누가 대줄 것인가.

호노카 씨는 현재 독신이지요? 혹시 결혼을 약속한 연인이나 교제 중인 사람이 있나요? 그런 사람이 없다면 지금 단기간에 집중적으로 돈을 벌어 두는 것도 괜찮은 방법이라고 생각해요.

이혼한 싱글맘은 누군가에게 지조를 지켜야 할 일도 없다.

언제까지 결정해야 돼요?

상당히 넘어온 느낌이다. 옆에 둔 캔 커피를 마셨지만 날이 추워서 그새 미지근해져 있었다.

우선 면접을 보고 채용이 결정된 다음에 고민해 보는 건 어떨까요? 실은 열 명 중에 한 명 정도만 합격하는 좁은 문이거든요. 채용해 주지도 않는데 미리부터 고민해 봤자 쓸데없잖아요. 그리고 면접 때 헬스점 스태프에게 어떤 식으로 운영하는지 직접 문의해 보면 판단을 내리기도 수월할 거예요.

인간의 마음이란 묘해서 일단 면접을 보고 설명을 듣고 나면 타성이 붙어서 냉정하게 거절하기가 어려워진다. 게다가 백문이 불여일견이라고 스태프와 직접 이야기하다 보면 성매매의 마이너스 이미지가 옅어지고 스스로 납득하면서 일을 시작하는 경우도 있다.

어쨌든 무리하게 강요하는 건 아니니까 찬찬히 생각해 보세요.

이런 경우에는 굳이 서두르지 않는다는 느낌을 주는 게 가장 중요한 요령이다.

끈질기게 설득하면서 강권한다, 라는 인상을 주면 모든 게 물거품이 된다. 어디까지나 본인이 받아들이고 자신의 의사에 따라 일할 결심을 하도록 분위기를 조성해 나가야 한다.

호노카 씨한테만 털어놓는 건데 실은 나도 얼마 전까지 헬스점에서 일했어요. 물론 시작하기 전에는 저항감이 컸는데 막상 해보니 다양한 사람들을 만날 수 있어서 좋았어요. 인생을 길게 바라봤을 때 꽤 괜찮은 경험이었던 것 같아요. 다들 말을 안 할 뿐이지, 이 일을 하는 사람이 주위에 꽤 많을걸요?

차갑게 식어 버린 캔 커피를 다 마신 참에 호노카에게서 메시지 가 들어왔다.

알았어요. 우선 면접부터 보는 게 좋겠네요.

6

"호노카는 금세 헬스점 넘버원이 됐어. 역시 내가 사람 보는 눈이 있다니까. 본인도 즐기면서 일하고 있대. 점장이 좋은 사람을 소개해 줘서 고맙다고 인사까지 하더라고."

도쿄에 드물게도 눈이 내려서 패밀리 레스토랑에 나온 사부님도 오늘은 빨간 머플러를 목에 휘감고 있었다. 하긴 이 추위에 스카프는 아니지, 라고 생각했는데 코트를 벗자 손목에 바바리 스카프가 감겨져 있었다.

"실은 싱글맘에게 그런 일을 소개하기가 꺼림칙했는데 잘 됐다는 얘기를 들으니 마음이 놓이네요."

누마지리 씨 덕분에 대출금도 다 갚았고, 어떻게 감사 인사를 드려야 좋

그리고 너는 속고 있다

을지 모르겠어요.

헬스점 스태프가 다들 착해 보여요. 빠른 시일 내에 대출금을 갚을 수 있

게 열심히 할게요!

예상보다 밝은 분위기에서 일하고 있어요. 고마워요.

호노카 외에도 감사 인사를 해주는 사람이 많아서 내 생각도 백

팔십도 바뀌었다.

싱글맘에게 헬스점을 소개하는 것은 죄책감을 품을 일이 아니

라 오히려 어려운 사람을 구해 주는 일이다. 게다가 소개비도 두둑

하게 챙길 수 있었다.

"그런 죄책감을 가졌다니, 역시 누마지리는 순진하다니까. 빚더

미에 깔린 사람에게 좋은 일자리를 알려 주는 거니까 당당하게 해

도 괜찮은데 말이야."

"그렇게 생각해도 되겠죠?"

테이블의 주문용 태블릿을 들여다보던 사부님은 '아마오 딸기

와 아보카드 치즈크림'을 선택해 송신했다.

"딜리버리 헬스점도 번듯한 직업 중 하나야. 대부업 같은 것보

다 훨씬 더 인간을 위해 도움이 되지 않나?"

그런 사부님의 말에 내심 흠칫했다.

헬스점 일을 하는 사람을 차별의 시선으로 바라본 것은 다름 아

닌 나였는지도 모른다.

"그보다 내가 깜짝 놀란 건 미사키야. 딜리버리 헬스점의 성처녀라고 소문이 나서 한 달 뒤까지 예약이 꽉 찼다잖아."

미사키는 무사히 면접을 통과해 신주쿠 쪽 헬스점에서 일을 시작했다.

"성처녀라니, 고객들이 그런 말을 믿어요?"

헬스점에서는 미사키가 처녀라는 점을 대대적으로 홍보했고 그게 인터넷에서 화제가 되기까지 했다고 한다.

"딜리버리 헬스점은 원칙적으로 마사지만 하는 거라서 처녀 직원이 있더라도 이상할 건 없어. 실제로 과거에도 그런 아이가 몇 명 있었거든."

그때 빨간 딸기를 가득 채운 디저트가 나왔다. 사부님은 즉각 아마오 딸기를 손끝으로 집어 입에 쏙 넣었다.

"나중에 처녀가 아니게 되면 인기도 떨어질까요?"

미사키는 이제 곧 스무 살이다. 언제까지고 처녀로 남아 있을 리는 없다.

"그야 당연히 그렇겠지."

미사키의 리볼빙 결제를 내가 대신 갚아 주기로 했으니까 앞으로도 한참 동안 인기를 누려 주지 않으면 안 된다.

"속속 새 사람이 들어오니까 아무리 인기 있던 아이도 계속 넘버원을 유지하기는 어려워. 무엇보다 젊음과 청초함이 가장 큰 무기거든. 하긴 미사키가 계속 성처녀를 자처한다면 얘기는 달라지

그리고 너는 속고 있다

겠지."

호노카와 미사키의 인생은 앞으로 어떻게 될까. 내 대출금을 갚은 뒤에도 계속 그런 일을 하면서 살아 가는 것일까.

"호노카와 미사키가 일을 잘하고 있다니까 너도 죄책감이 싹 사라졌지?"

"그러게요. 앞으로는 좀 더 적극적으로 싱글맘들에게 대출을 해 줘야겠어요."

30만 엔, 추가로 빌려 주세요.

커피 체인점에서 카페라테를 마시는 참에 딜리버리 헬스점에서 인기 넘버원으로 손꼽히는 미사키의 메시지가 들어왔다. 수입이 상당할 텐데도 여전히 대출을 해달라는 연락이 끊이지 않는다.

미사키 씨에게는 당연히 대출해드려야죠. 근데 이번에는 어디에 쓰려고?
이번 달에 아키라가 생일이라서 이래저래 돈이 좀 필요해요.

미사키는 신주쿠의 호스트 아키라라는 자에게 푹 빠져 버렸다.

다달이 꼬박꼬박 갚아 주니까 대출 상한선까지 빌려줄 수는 있었다. 하지만 일이 이렇게 되고 보니 헬스점을 소개해 준 게 과연 잘한 일인가, 미사키의 인생이 꼬이는 계기가 된 건 아닌가, 하는 생각이 들어서 나도 적잖이 마음이 아팠다.

오후의 커피점에는 느긋한 보사노바 음악이 흐르고 옆자리에서는 중년 샐러리맨이 문고본을 손에 든 채 *끄덕끄덕* 졸고 있었다.

모모타 씨, 지난주 금요일이 상환일이었는데 입금 내역이 없네요. 이번 달 분 10만 엔을 조속히 입금해 주세요. 아니면 어머님께 연락드릴 수밖에 없어요.

SNS에 광고를 내고 싱글맘에게 대출을 늘린 이후로 일이 바빠져서 연체 고객에게 연락하는 게 자꾸만 늦어졌다.

나 대신 연락해 주시면 오히려 좋죠.

본인에게 회수할 수 없을 경우, 가족이나 친지에게 연락해 돈을 받아내기도 한다. 모모타에게 대출해 줄 때 보험 삼아 도야마 본가의 주소와 전화번호를 알아 두었다.

알았어요. 내일이라도 본가에 전화하겠습니다.

어느샌가 도야마의 어머니에게 전화하는 것도 내 일이 되어 버렸다.

지금까지 여러 번 전화로 상환을 호소했지만 그때마다 어머니 쪽에서는 몹시 미안해하면서 즉시 입금해 주었다.

네, 부탁드릴게요. 엄마가 대출금을 청산해 주면 다음에는 얼마까지 빌릴 수 있어요?

대체 이 모녀는 어떤 관계인 걸까. 나야 원금에 이자까지 회수할 수 있으니까 나쁠 게 없다. 하지만 이런 식이라면 차라리 어머니가 모모타에게 직접 돈을 주는 게 훨씬 더 이익일 텐데, 하고 고개를 갸우뚱거릴 수밖에 없었다.

성인식 행사를 치르고 왔는지 화려한 기모노 차림의 여자가 들어와 옆자리에 앉았다. 나는 성인식이 벌써 몇 년 전이었나, 하고 약간 감상적인 기분이 들었다.

미야구치 씨, 다시 연체가 거듭되네요. 조만간 여자 친구에게 연락하게 될 텐데, 괜찮겠습니까?

미야구치는 메시지도 전화도 무시해 버리는 버릇이 있는 난감한 고객이다. 하지만 클럽에서 호스티스로 일하는 메구미라는 여자 친구에게서 매번 대출금을 회수할 수 있었다.

미야구치 씨, 정말 여자 친구에게 연락해도 되겠어요?

이 인간도 모모타의 경우처럼 여자 친구가 대출금을 갚아 준 것을 알면 또다시 대출을 해달라고 연락하곤 했다.

미야구치 씨, 여전히 소식이 없어서 여자 친구 휴대 전화로 연락하겠습니다. 잘 부탁한다고 전해 주세요.

최후통첩 같은 메시지를 보냈지만 아무 반응이 없었다. 지난번에는 미야구치가 여자 친구에게 미리 연락한 뒤에 내가 전화를 했었지만, 이런 식으로 연락조차 안 된다면 어쩔 수가 없다.

휴대 전화 통화 내역을 뒤져 메구미의 번호를 리다이얼했다. 메구미와는 벌써 세 번이나 통화한 적이 있었다.

"여보세요, 개인 금융의 다누마라고 합니다."

"네……."

귀에 익숙하지 않은 음울한 여자 목소리가 들려서 한순간 번호를 잘못 눌렀나 하고 불안해졌다. 하지만 휴대 전화 화면을 보니 틀림없이 미야구치의 여자 친구인 메구미의 번호였다.

"미야구치 씨의 대출금이 또다시 연체됐어요. 최근에 미야구치 씨를 만나셨습니까?"

현재 미야구치에게 빌려준 돈은 총 20만 엔이다. 메구미에게 전

그리고 너는 속고 있다

액 상환을 부탁할지 아니면 이자만 내달라고 해야 할지, 나는 잠시
망설였다.

"아직 모르세요?"

어이없다는 듯한 목소리가 돌아왔다.

"예? 뭘요?"

"미야구치, 죽었어요. 빚 때문에 고민하다가 자살했다구요."

"아빠 없어요."

2층짜리 연립 주택에 사는 미타라이의 집에 찾아가자 다섯 살
정도의 여자애가 나와서 그렇게 말했다. 미타라이에게 딸이 있다
는 얘기는 들었지만 얼굴을 보는 건 처음이었다. 큼직한 눈의 영리
해 보이는 아이로, 미타라이와는 거의 닮은 데가 없었다.

"아빠 어디 가셨는데?"

최근 며칠째 미타라이와 연락이 닿지 않아 항상 하던 대로 이자
만이리도 받으려고 찾아왔는데 아무래도 헛걸음이 될 것 같다.

"나도 몰라요. 손님하고 같이 갔는데 집에 안 와요."

휴대 전화를 꺼내 미타라이의 번호로 전화해 보았다.

"지금 거신 번호는 고객님의 사정에 따라 연결이 되지 않습니다."

곧바로 그런 안내 메시지가 들려왔다.

휴대 전화를 분실해서 전화가 끊겼을 때는 '고객님의 신청에 따
라'라는 메시지, 그리고 착신 거부일 경우에는 '고객님의 희망에

따라'라고 하게 된다. '고객님의 사정에 따라'라고 안내하는 경우
는 휴대 전화 요금을 체납해서 전화가 끊겼다는 뜻이다.

"돈 없어요."

아이가 갑작스럽게 그렇게 말하는 바람에 나도 모르게 하하 웃
어 버렸다.

"걱정할 거 없어. 너한테 돈 달라고 하지 않을 테니까."

빙긋이 웃으면서 달래듯이 말했지만 아이는 전혀 웃지 않았다.

"넌 이름이 뭐야?"

"하나."

고개를 푹 숙이면서 그렇게 대답했다.

"하나? 예쁜 이름이네."

머리를 쓰다듬어 주는데 끈적끈적한 머리칼의 감촉이 손에 닿
았다.

"하나야, 아빠하고 같이 간 손님이 남자였어? 아니면 여자?"

"남자."

미타라이가 다른 사채업자에게서도 돈을 빌렸다는 건 이전에
만났을 때 얘기를 들었다. 남자 손님이라면 분명 다른 사채업자일
것이다.

"아빠가 손님하고 나간 게 언제쯤이었어?"

손목시계를 보니 저녁 7시가 넘은 시각이었다. 내일 다시 찾아
올까. 아니면 조금 더 기다려 볼까.

그리고 너는 속고 있다

"4일 전에."

"뭐야? 아빠가 4일 전에 나가서 여태 안 왔어?"

하나가 힘없이 고개를 끄덕였다.

"나, 배고파."

허리를 꺾으면서 불쑥 중얼거렸다.

"여태 아무것도 못 먹었어?"

눈이 촉촉해진 채 하나가 크게 고개를 끄덕였다.

"내가 뭐든 차려 줄까?"

그렇게 물어봤더니 하나는 큼직한 눈으로 나를 바라보며 처음으로 미소를 지었다. 앞니 두 개가 빠진 게 눈에 띄었다.

지난번에 이 집에 왔을 때는 과자 봉지 등이 어질러져 있었는데 오늘은 아무것도 보이지 않았다. 냉장고 안은 텅텅 비어서 야채 부스러기조차 없었다. 싱크대 밑에 쌀통이 있었지만 그것도 텅 비었다. 위쪽 선반에는 유통 기한이 지난 통조림이 있었다. 그곳까지는 하나의 손이 닿지 않았던 것이다.

쓰레기통에 컵라면 용기와 카레 루의 빈 상자가 버려져 있었다. 아직 어린아이라서 혼자서는 가스 불을 못 켜서 물도 끓이지 못한다. 컵라면도 카레 루도 생으로 먹은 모양이었다.

"하나야, 오늘은 뭘 먹었어?"

"마요네즈."

쓰레기통에 빈 마요네즈 튜브가 버려져 있었다.

간다 법률 사무소의 변호사 미야모토 쇼이치라고 합니다. 귀하가 사채로 대출해 준 도야마 미나요 씨의 채권은 명백히 이자제한법 위반이므로 법적으로 인정받을 수 없습니다. 따라서 민법 708조의 규정에 따라 원금을 포함해 전혀 변제할 필요가 없는 것으로 간주합니다. 또한 저희는 대부업법 21조 1항의 규정에 따라 귀하를 형사 고소하는 것도 검토하고 있습니다. 무등록으로 대부업을 운영한 경우의 형사 책임은 매우 중해서 10년 이하의 징역 또는 3,000만 엔 이하의 벌금을 부과하게 되므로 지금 즉시 자수할 것을 권합니다.

사부님을 만나려고 집 근처 지하철역으로 향하던 중에 휴대 전화에 그런 메시지가 들어왔다. 내용을 읽어 본 순간, 심장이 멎을 만큼 깜짝 놀랐다.

떳떳한 직업이라고 하기는 어려운 일이라서 이자는 물론 원금도 법적으로 보장받을 수 없다는 건 나도 알고 있었다. 하지만 변호사에게서 이런 경고장이 날아오고 형사 고소를 하겠다는 말까지 듣는 건 예상조차 못 한 일이었다.

스마트폰으로 검색해 보니 '간다 법률 사무소'라는 이름의 번듯한 홈페이지가 떴다.

개인 사채, 이른바 소프트 사채업자의 불법 추심에 신속히 대응해드립니다.

악덕 업자의 대출금은 변제할 필요가 없습니다.

한 번도 지불한 적이 없는 사채라도 대응해드립니다.

상담은 무료입니다. 언제든지 편하게 문의해 주십시오.

등줄기에 식은땀이 흐르고 불안으로 가슴이 터질 것만 같았다.

분명 사채업의 피해자를 구제해 주는 게 전문인 모양이다. 홈페이지에 그런 홍보 문구가 펄펄 휘날리고 있었다. 사무실 대표로 미야모토 쇼이치라는 나이 지긋한 변호사의 사진도 실려 있었다. 넓적한 얼굴에 삼백안이 번뜩이는 자였다. 그야말로 음험해 보이는 얼굴이다. 날카롭게 노려보는 뱀 앞의 개구리가 된 것처럼 오싹해져서 즉각 사부님에게 전화를 걸어 도움을 청했다.

"사부님, 큰일 났어요. 제가 경찰에 잡혀가게 생겼어요. 어떻게 해요?"

"우선 그 메시지부터 나한테 전송해."

"그, 그럴게요. 그리고 또 뭘 해야 하죠? 대포폰부터 즉시 처분할까요?"

"증거 인멸이라는 의미에서는 처분하는 것도 나쁘지 않지만 그랬다가는 다른 고객과도 연락이 다 끊기잖아."

그건 사부님 말이 맞다. 이 휴대 전화로 연락 중이던 채권을 모조리 포기한다면 나는 당장 파산하고 만다.

"그러면 한시바삐 새 대포폰부터 구해 주세요. 고객 명부를 얼른 옮겨야죠."

다른 대포폰을 입수해 고객에게도 내 번호가 바뀌었다고 알려
야 한다. 그때까지 제발 경찰이 나서지 않기만을 기도할 뿐이다.

"알았어, 대포폰은 지금 즉시 알아볼게. 그리고 당분간 집에 있
을 때는 휴대 전화 전원을 꺼 둬야 해."

"왜요?"

"만에 하나 경찰이 움직인다면 위치 정보부터 파악할 거야. 그
러면 휴대 전화가 있는 곳이 집이라는 게 밝혀지게 돼."

나는 대포폰을 멍하니 들여다보았다.

이 휴대 전화를 지니고 있는 게 이제는 최대의 리스크가 된다.
당장이라도 위치 정보를 추적해 경찰이 들이닥칠 것 같아 손끝이
바들바들 떨렸다.

"그러네요. 통화한 데이터도 지금 삭제해야 할까요?"

심장이 계속 두근거렸다. 가만있을 수 없어서 나도 모르게 마구
내달리고 싶었지만 어디를 향해 달려야 할지 알 수 없었다.

"휴대 전화 단말기의 데이터를 삭제해 봤자 서버에 남아 있으니
까 소용없어. 그보다 누마지리, 그쪽 고객에게 네 개인 정보를 흘
리는 바보짓은 안 했지?"

물론 미나요와 메시지를 주고받을 때는 모조리 '오누마'라는 가
명을 썼다. 하지만 나도 모르는 사이에 내 신원이 밝혀질 만한 메
시지를 보낸 적은 없었을까. 걸음을 옮기면서 미나요와 주고받은
메시지와 통화 이력을 살펴보다가 우락부락한 얼굴의 남자와 하

마터면 부딪힐 뻔했다.

"그런 적은 없을 거예요. 미나요는 전화와 SNS로 연락했을 뿐 실제로 만난 적도 없고 개인 정보를 흘릴 만한 얘기도 안 했어요."

우락부락한 남자에게 몇 번이나 머리를 숙이면서 나는 사부님에게 그렇게 보고했다.

"그렇다면 일단 안심이야. 혹시 대포폰을 조사하더라도 누마지리의 개인 정보에 대한 실마리가 될 일은 없으니까."

대포폰은 내가 알지 못하는 다른 누군가의 명의로 계약한 것이다.

"그래도 이 변호사가 정말로 경찰에 신고해 버리면 어떡하죠? 그나마 체포되기 전에 자수하는 게 죄가 가벼워지는 거 아니에요?"

변호사가 보낸 메시지 내용을 떠올리자 엉엉 울고 싶은 기분이었다.

"자수라니, 바보 같은 소리를!"

"하지만 경찰이 본격적으로 수사에 나서면 진짜 큰일이잖아요."

"아니, 마음을 좀 가라앉힌 뒤에 얘기하자. 그 법률 사무소도 하루에 상담이 몇십 건씩 들어올 거라고. 게다가 날마다 바빠서 어쩔 줄 모르는 경찰이 이 정도 안건에 본격적으로 수사를 할 리가 없어. 누마지리가 미나요를 협박했거나 험악하게 추심을 한 것도 아니잖아?"

"물론이죠."

"그러면 미나요는 어떤 피해도 입은 적이 없으니까 변호사도 경찰에 신고하려야 신고할 도리가 없어."

그 얘기를 듣고 보니 큰돈을 빌려준 내가 오히려 피해자라는 억울함이 몰려왔다.

"물론 경찰이 작정하고 대부업법 위반으로 소프트 사채업자를 단속하기로 했다면 얘기는 달라지겠지."

그런 가능성이 전혀 없다고는 할 수 없다. 요즘 들어 텔레비전이며 인터넷 뉴스에서 소프트 사채업의 문제점에 대해 슬슬 다루기 시작하고 있다.

"사부님, 나는 뭘 어떻게 해야 해요?"

"어차피 조금 이따가 만날 거니까 거기서 대책을 강구하자."

역을 향해 급하게 걸음을 옮겼다. 몇 번이나 뒤를 돌아보면서 누군가 미행하지 않는지 확인했다.

"거기에 가도 될까요? 당장 도쿄를 떠나 어딘가 지방에 숨어 있는 게 좋을 것 같은데."

"그건 지금 물리적으로 불가능하지. 타지의 호텔에서 지냈다가는 비용도 만만치 않게 들어. 경찰이 실제로 단속에 나섰다고 쳐도 네 휴대 전화를 찾지 못하면 대출해 준 게 너라는 증거도 없어."

그때 앞에서 자전거를 탄 경찰이 다가왔다. 설마 나를 체포하려는 건가. 길거리를 지나가는 경찰이 그런 것까지 하지는 않겠지만, 그래도 마음속으로 그냥 지나가 달라고 기도하면서 눈을 숙인 채 옆을 걸어갔다.

경찰이 탄 자전거가 옆을 스치는 순간, 대포폰에 착신음이 울리기 시작했다.

"여보세요, 오누마 씨 휴대폰이지요?"

한 번도 들어본 적이 없는 남자 목소리였다.

"오누마? 아닌데요, 누구세요?"

"아다치 경찰서 생활안전과의 고바야시라고 합니다. 이거, 오누마 씨 전화 아니에요?"

"아닙니다. 저는 오누마가 아니에요."

심장이 미친 듯이 뛰었다.

"이름은 다를지도 모르지만, 도야마 미나요 씨에게 불법 고금리로 대출을 해준 거, 당신이잖아!"

낭황해서 뒤를 돌아보니 자전거를 탄 경찰이 의아한 표정으로 나를 보고 있었다.

"당신을 대부업법 위반으로 수사 중이야. 또한 앞으로 도야마 미나요 씨의 집에 찾아가거나 끈실기게 연락하면 협박죄도 추가될 거야. 참고로 경찰에서는 이 휴대 전화의 위치 정보 이력을 이미 파악했어."

"내가 간다 법률 사무소에 전화해 봤어."

샤넬 코코 스카프를 두른 사부님이 입을 열자마자 그렇게 말하는 바람에 나는 깜짝 놀라서 방금 마신 커피를 뿜어 버렸다.

"왜 거기에 전화를 해요? 경찰에서 내 위치 정보 이력까지 파악했다고 말했다고요."

"경찰이 전화를 했다는 얘기를 듣고는 아무래도 이상하더라니까. 변호사에게서 연락이 오는 건 그나마 이해가 되지만, 경찰이 일부러 누마지리에게 전화를 해줄 리가 없잖아."

오후의 패밀리 레스토랑은 아이를 데리고 나온 젊은 엄마와 노인들로 북적거리고 있었다. 다들 자기들 얘기에 열중하고 있어서 우리 두 사람 쪽에 신경을 쓰는 사람은 없었다.

"그래도 실제로 내 휴대 전화에 경찰이 연락을 했다니까요?"

나는 통화 내역을 사부에게 내보이며 말했다.

"위치 정보를 파악했다는 걸 보면 이미 집 주소까지 다 아는 것 같아요."

이제는 집에 돌아가는 것도 무섭다. 앞으로 캡슐 호텔을 전전하거나 지방으로 내빼는 수밖에 없다.

"글쎄 진정하고 차분하게 내 얘기를 들어 봐. 너는 금세 패닉에 빠져 버리니까 남한테 깜빡깜빡 속아 넘어가는 거야. 이 딸기 파르페, 진짜 맛있네. 너도 한 입 먹어 볼래?"

사부님은 태연한 얼굴로 '딸기와 초코의 밸런타인데이 파르페'를 먹고 있었다.

"아뇨, 난 됐어요."

지금 뭘 먹고 싶고 말고 할 때가 아니다.

"변호사가 신고를 해서 경찰이 단속에 나섰다고 쳐도 이렇게 빨리 위치 정보를 파악할 수는 없는 기야."

"어째서요?"

"경찰도 통신사에 개인 휴대 전화의 위치 정보 자료를 요청하기 위해서는 정식으로 영장이 필요해. 하지만 온갖 흉악 범죄들이 산더미처럼 쌓여 있는 판에 너처럼 쩨쩨한 소액 사채업자 문제로 일부러 영장을 쳐 주지는 않는단 말이야."

전국 경찰서의 생활안전과에서 최근 몇 년 동안 가장 신경을 곤

두세우고 있는 사건은 보이스피싱 사기였다. 속여서 몇억 엔씩을 갈취해 가는 보이스피싱 사기 그룹의 검거를 위해서라면 대포폰의 위치 정보를 눈에 핏발을 세우고 추적할 수도 있겠지만, 기껏해야 10만 엔 정도의 개인 사채업자 건으로 경찰이 위치 정보 취득을 위해 움직일 리가 없다, 라고 사부님은 조곤조곤 설명해 주었다.

"애초에 경찰이 사전에 전화를 한 것부터가 수상해. 정말로 너를 체포할 생각이라면 불문곡직 집으로 들이닥쳐 그 자리에서 신병을 확보했겠지. 그리고 집에 있는 휴대 전화 등의 증거품도 압수했을 거야."

분명 합리적인 설명이었다.

"그보다 사부님은 왜 미야모토 변호사에게 전화를?"

"정말로 그 변호사가 신고할 생각이라면 서로 합의를 보자고 얘기하려고."

사부님은 샤넬 선글라스를 벗고 큼직한 눈으로 나를 노려보았다.

"급하게 사채를 빌려 쓴 주제에 못 갚을 것 같으니까 변호사에게 쪼르르 달려가는 자들이 한둘이 아니야. 하지만 변호사가 중재에 나설 경우에도 이자는 말소하더라도 원금은 일정 금액 돌려주게 되어 있어."

경험이 풍부한 사부님은 정말로 별의별 것을 다 알고 있었다.

"그래서 미야모토 변호사와 합의를 보셨어요?"

사부님은 딸기 파르페를 찬찬히 음미하더니 행복하다는 듯이

　　　　　　　　그리고 너는 속고 있다

미소를 지었다.

"안타깝게도 미야모토 변호사와 직접 얘기를 나누지는 못했어. 전화를 받은 비서인 듯한 여자에게 도야마 씨 건으로 상의할 게 있다고 물어봤거든."

"그랬더니 그쪽에서 뭐라고 했는데요?"

"어떤 도야마 씨입니까, 라던데?"

사부님이 입 끝을 길게 올려 하얀 이를 내보였다.

"설마……."

"도야마 미나요 씨의 개인 소액 사채 건으로 상의하고 싶다는 말까지 했어. 그런데도 무슨 말씀이신지 모르겠다고 어리둥절하더라고."

"그, 그러면 미야모토 변호사의 이름을 도용한 거예요? 미나요는 변호 의뢰를 한 적이 없었다는 거잖아요."

나도 모르게 큰 소리를 내고 말았다.

"그렇지. 미나요는 법률 사무소에 전화한 적도 없었어. 미야모토 변호사를 비롯해 그 사무실의 다른 변호사에게도 알아봐 달라고 부탁했는데 역시 도야마 미나요에게 의뢰를 받은 변호사는 없었어."

그야말로 여우에 홀린 듯한 기분이었다.

"변호사도 일한 시간만큼 비용을 받는 직업이야. 기껏해야 10만 엔짜리 안건으로 변호에 나선다는 건 전혀 수지 타산이 안 맞는 일이라는 얘기야."

사부님은 변호사에 대해서도 잘 알고 있었다. 법원이라느니 변호사라느니, 법률 쪽에는 문외한인 나는 그런 말을 듣기만 해도 즉시 두 손 들고 항복해 버린다. 하지만 변호사에게도 직업적인 사정이라는 게 있어서 보수에 걸맞지 않은 일은 뒤로 밀려난다는 것이다.

얘기를 듣고 나니 그제야 마음이 가라앉았다. 변호사가 나섰다면 이제 끝장이라고 지레 포기했던 게 한심했다. 앞으로는 사채 일뿐만 아니라 매사에 당황하지 않고 의연한 태도로 살아야겠다고 새삼 결심했다.

"이건 진짜 여우와 너구리가 서로 속고 속이는 꼴이네요. 그러고 보니 미나요는 처음부터 돈을 떼어먹을 작정으로 나한테 접근한 걸까요?"

"그건 나도 모르지."

"목소리만 듣기로는 순하고 착한 사람인 것 같았는데요."

전화 너머로 소곤소곤 작게 얘기하던 미나요의 목소리가 머릿속에 떠올랐다.

"순진하기는. 그걸 목소리만으로 알 수 있어? 어쨌든 제법 공들인 메시지며 가짜 경찰을 내세워 전화까지 한 걸 보면 이건 아마추어의 솜씨가 아니야."

"그렇게 감쪽같이 속이다니, 정말 너무했어요."

불안감이 씻겨 나가면서 이번에는 분노가 치밀었다.

"상대도 꽤 연구를 했을 거야. 먹튀를 해버리면 운전면허증이 인터넷에 내걸리잖아. 하지만 변호사가 뒤에 버티고 있고 경찰에서 위치 정보도 파악했다고 을러대면 그런 앙갚음을 당할 걱정도 없어. 실제로 너도 휴대 전화를 당장 처분하려고 했잖아."

그 전화를 받은 뒤로 내가 빌려준 10만 엔에 대한 것은 까맣게 잊고 있었다.

"쫓는 쪽보다 쫓기는 쪽이 불리한 거야. 우리가 연체 고객을 몰아붙이는 것처럼 변호사와 경찰이 우리를 노린다고 생각하면 냉정한 판단을 내릴 수 없게 되거든."

안도한 탓인지 급작스럽게 피곤해져서 나는 소파 등받이에 몸을 맡기고 긴 한숨을 내쉬었다.

"나한테 전화한 경찰이라는 자는 대체 누구였을까요?"

"남자였어? 아니면 여자?"

경찰이라는 말을 듣자마자 머릿속이 하얘졌지만 그때의 목소리는 선명하게 기억났다.

"남자였어요."

사부님은 파르페를 먹던 손을 멈추고 고개를 갸웃한 채 생각에 잠겼다.

"그렇다면 적은 동업자일 거야."

"아빠 아직도 안 왔어요."

하나라는 아이가 마음에 걸려 나는 사흘 연속으로 미타라이의 집에 갔다. 하지만 그는 한 번도 집에 돌아오지 않았다.

"어디로 가 버린 거야, 대체?"

기특하게도 혼자 견뎌 내는 하나가 너무 가여웠다. 일단 경찰에 미타라이의 실종 신고는 했지만 찾아줄 것 같지도 않았다.

"아빠 보고 싶어."

하나의 눈에서 굵은 눈물이 방울방울 떨어졌다.

눈 섞인 빗물이 창유리를 내리치는 소리가 들렸다. 오늘 밤은 부쩍 추워져서 내일 아침에는 눈으로 바뀔지 모른다고 거실 텔레비전에서 기상 캐스터가 전하고 있었다.

이런 어린아이를 언제까지고 혼자 놔둘 수는 없다. 하나가 다니는 어린이집에 연락해 상의해 보니 189번에 신고하면 학대나 방임을 겪는 아동을 보호해 준다고 알려 주었다.

"하나야, 내일부터 다른 집으로 가서 살 거야."

일단 임시 거처로 보내기로 했지만, 이대로 미타라이가 돌아오지 않는다면 결국 아동보호시설에 보내질 것이다.

"싫어, 여기서 아빠 올 때까지 기다릴래."

그 말을 듣고 보니 더욱더 가엾어서 시설에 보내기가 망설여졌다. 하지만 내가 데리고 살 수도 없고, 이런 때는 마음을 독하게 먹지 않으면 안 된다.

"아빠가 돌아오면 다시 이 집에서 같이 살 수 있어. 그때까지만

그리고 너는 속고 있다

거기서 지내면 돼. 새 집에 가면 비슷한 또래 친구들도 많으니까
아주 재미있을 거야."

자그마한 어깨를 다독이며 나는 그렇게 달래 주었다.

"정말? 거기서 나를 따돌리면 어떻게 해?"

"그런 일 없어. 게임도 할 수 있고 만화책도 있고, 간식도 꼬박꼬
박 챙겨 주는데?"

"간식도?"

"응, 맛있는 걸로."

어린이집 선생님이 그런 얘기를 해주었기 때문에 나는 크게 고
개를 끄덕이며 말했다.

"그래도 나는 여기서 아빠 올 때까지 기다릴래."

나도 모르게 말문이 막혀 버렸다. 하나가 다시 눈을 동그랗게 뜨
고 물었다.

"엄마는 어디 있어? 엄마는 왜 집에 안 와?"

"나도 너희 엄마는 본 적이 없어서 어디 있는지 몰라. 아빠가 얘
기해 주지 않았어?"

"엄마는 아빠가 싫어서 집을 나갔대. 그러니까 아빠 없으면 이
제 엄마가 돌아올지도 몰라."

창유리를 치는 비와 바람 소리가 한층 크게 울렸다.

"하나야, 어제 아빠한테서 연락이 왔어. 아빠가 집에 돌아오려
면 한참 더 걸릴 것 같으니까 하나는 다른 집에 가서 기다리라고

전해 달라고 했어."

"진짜?"

"그럼, 진짜지."

입으로는 그렇게 말했지만, 빤히 바라보는 하나의 시선이 따가웠다.

"그럼 새 집으로 갈게. 근데 하나는 아빠랑 엄마랑 셋이 이 집에서 살고 싶어."

나도 모르게 아이를 끌어안고 뺨을 맞댄 채 머리를 쓰다듬어 주었다. 그러자 품 안에서 표현하기 힘든 이상한 냄새가 났다.

"하나야, 샤워 좀 해야겠네."

아빠가 사라진 뒤부터 여태까지 목욕을 못 한 것이다. 이런 몰골로 가게 되면 아동상담소 직원도 난감할 것이다.

"뜨거운 물 받아 줄 테니까 하나는 옷 벗고 욕실로 와. 알았지?"

혹시 수도와 가스가 끊겼을까 봐 걱정했는데 샤워기를 틀어 보니 힘차게 뜨거운 물이 나왔다. 샴푸는 찾아봐도 없었지만 보디샴푸가 있어서 그걸로 씻어 주기로 했다.

욕조에 채워지는 물을 보고 있자니 아야나가 새삼 그리웠다.

아야나도 하나처럼 지내는 건 아닐까. 균형 잡힌 식단으로 제대로 먹고 있을까. 온종일 부모와 떨어져 혼자 외로워하는 건 아닐까.

부모의 빈곤은 아이의 불행으로 직결된다.

미타라이와 하나의 딱한 처지를 보면서 아이의 배를 굶리지 않는 것이 부모가 해야 할 최소한의 책임이라고 통감했다. 하지만 부부가 함께하지 않고 혼자서 돈벌이를 해가며 아이를 키운다는 건 보통 어려운 일이 아니다. 얼마간 문제가 있더라도 아이를 위해서는 안이하게 이혼을 해서는 안 된다. 아빠와 엄마가 서로 도우며 아이에게 애정을 쏟아부어야 하는 것이다.

"하나야, 옷 벗었어?"

그러자 욕실 문이 열렸다.

"네!"

바짝 여위어 버린 하나가 욕실로 뛰어 들어왔다.

아동상담소 직원에게 하나를 맡기고 작별 인사를 했다.

"아빠한테 빨리 오라고 얘기해 주세요."

아직도 하나는 미타라이가 돌아올 때까지만 시설에서 지낼 생각이다. 하지만 미타라이도 하나도 두 번 다시 이 집에 돌아올 일은 없을 터였다.

일 년 가까이 사채업을 해왔지만 돈을 빌려 간 고객이 행방불명이 된 것은 처음이었다.

게다가 고객이 자살하는 일까지 처음으로 겪게 되었다.

미야구치가 빌려 간 돈은 총 20만 엔이었다. 여태까지는 그 정도로 빚이 불어나면 호스티스로 일하는 여자 친구가 대신 갚아 주었다. 이번에도 그럴 거라고 생각했는데 미타라이가 자살을 해버렸으니 사업적으로도 큰 손실이었다.

공원 벤치에 앉아 이리 뛰고 저리 뛰는 아이들을 멍하니 바라보았다. 새벽녘에 가랑눈이 흩날릴 만큼 기온이 떨어졌는데도 반바지를 입고 맨다리를 드러낸 아이가 눈에 띄어서 놀랐다.

이런 곳에서 시간을 죽이고 있을 때가 아니다. 연체 고객에게 독촉 메시지도 보내야 하고, 해야 할 일이 산더미처럼 쌓여 있다. 하지만 하나와 미타라이, 그리고 자살한 미야구치의 일이 마음에 걸려 선뜻 벤치에서 일어설 의욕이 나지 않았다.

사채업은 필요악이라고 생각했다.

수요가 있으니 누군가는 하지 않으면 안 될 일이다. 요즘에는 이 사회의 한 귀퉁이에서 작은 톱니바퀴 역할을 하고 있다고 나름대로 보람도 느꼈다. 하지만 행방불명이 되고 자살까지 해버린 고객이 나오다니, 나는 대체 뭘 하고 있는 걸까. 미사키처럼 순진한 여대생의 인생을 뒤틀어 버린 것도 마음에 걸렸다.

이대로 사채 일을 계속해도 될까.

하지만 여기 말고 다른 일자리가 있는 것도 아니다. 게다가 그간 대출받은 것을 떼어먹고 도망친다면 사부님은 조직 쪽 사람을 써서라도 기어코 나를 찾아낼 것이다.

문득 고교 테니스부 시절의 일들이 생각났다.

그때도 몇 번이나 테니스부를 탈퇴하려고 했었다. 아무리 노력해도 실력 차이가 메워지지 않았고 무엇보다 나 스스로 보람을 느

그리고 너는 속고 있다

낄 수 없었다. 그런데도 결단을 내리지 못한 채 타성에 젖어 3년을
무위로 보내고 말았다.

그 시절부터 내내 회피해 오기만 한 인생이었다.

재능 있는 선배와 후배에게 열등감을 느끼고, 집에 가면 뭐든 잘
해내는 가족에게 비뚤어진 소리나 하고, 가장 중요한 나 자신과는
정면으로 마주하지 못했다.

지금 내가 해야 할 일을 어떻게든 해내야 한다.

테니스부 시절에 내가 갖추지 못했던 것은 결코 재능이 아니라
나 자신에 대한 단단한 각오였던 게 아닐까.

고개를 내젓고 나는 양쪽 뺨을 찰싹찰싹 때리며 기합을 넣었다.

8

한 차례 심호흡을 한 뒤에 미야구치가 살던 집의 현관 벨을 눌렀다.

"누구세요?"

인터폰에서 여자 목소리가 들렸다.

미야구치는 생전에 여자 친구 메구미가 임대한 원룸에 식객으로 들어와 동거했었다.

"다누마예요."

인터폰 버튼을 누르고 대답했다.

사전 연락 없이 불쑥 찾아왔기 때문에 메구미가 화를 내며 거절할지도 모른다. 무엇보다 미야구치의 자살은 나에게 대출받은 건과 무관하지 않을 터였다. 문을 벌컥 열고 찬물 한 바가지를 끼얹더라도 감수할 각오를 하고 찾아왔다.

"다누마 씨요?"

누군지 모르겠다는 듯한 목소리였다.

"미야구치 씨에게 대출해 준 다누마예요."

"앗, 잠깐만요."

그 즉시 바짝 긴장한 말투로 변하는 것 같았다.

역시 나를 환영하지 않는다는 건 분명하다. 하지만 어찌 됐든 나는 미야구치에게 돈을 빌려주고 받지 못한 피해자이기도 하다. 잘하면 이번에도 메구미가 대신 빚을 갚아 줄지 모른다는 기대도 없지 않았다.

"향불이라도 올리려고 찾아왔습니다."

집 안을 치우는지 현관문 너머로 덜컥거리는 큰 소리가 났다. 잠시 뒤에 현관문이 열리고 회색 파카와 검은 면바지를 입은 여자가 나타났다. 전화나 SNS로 메시지를 주고받은 적은 있지만 메구미를 직접 만나는 건 이번이 처음이었다.

"들어오세요."

그녀는 부루퉁하게 말했다.

"실례합니다."

현관에 하이힐이며 샌들이 어지럽게 흩어져 있었다. 미야구치의 것으로 보이는 운동화와 가죽 구두 사이를 비집고 나는 신발을 벗어 가지런히 맞춰 놓았다.

"집이 좀 엉망이에요."

민망한 듯 고개를 숙이는 메구미는 화장기 없는 민낯이었다. 나이는 30대 중반, 클럽 호스티스라고 할 만한 화사함은 보이지 않고 약간 세련된 아줌마 같은 느낌이었다.

"연락도 없이 갑작스럽게 찾아와서 죄송합니다."

내 말에 조용히 고개를 끄덕이더니 메구미는 손끝으로 복도 안쪽을 가리켰다.

복도 왼편으로 나란히 욕실과 화장실 문이 있고 맨 끝이 거실이었다. 안으로 들어가자 한쪽 구석에 놓인 작은 탁자 위에 미야구치의 영정 사진과 국화꽃, 그리고 향로와 독경 때 쓰는 종이 보였다.

"정말로 돌아가셨군요."

절절히 중얼거리자 메구미는 한숨을 섞어 고개를 끄덕였다. 검은 액자 속의 미야구치는 아무 일도 없는 것처럼 태연히 미소를 짓고 있었다.

"유골은 어디에 있지요?"

하얀 천에 감싸인 유골 항아리가 보이지 않았다.

"본가에서 가져가셨어요. 시골에서 성대하게 장례식을 치렀대요. 나는 참석하지 못했지만."

메구미가 슬쩍 눈가를 훔치는 몸짓을 보였다.

"그렇군요. 자살이라고 들었는데, 어디서 어떻게……."

집 안을 둘러보았다. 비좁은 공간에 가구며 의류가 들어차서 목

그리고 너는 속고 있다

을 맬 만한 공간은 없었다.

"그게……지하철에 뛰어들었어요."

"헉, 저런."

본인 확인은 누가 했던 것일까. 만일 메구미가 너덜너덜해진 연인의 사체를 봤다면 평생 잊을 수 없는 트라우마가 될 것이다.

"그럼 향불을 올리도록 하겠습니다."

"네, 부탁드립니다. 고인도 기뻐할 거예요."

사진 앞에 정좌하고 호주머니에서 염주를 꺼냈다. 메구미도 내 뒤쪽에 단정하게 앉았다. 잠시 둘이서 액자 속 미야구치를 보았다. 이윽고 나는 염주를 왼손으로 바꿔 들고 사진을 향해 깊숙이 머리를 숙인 뒤에 영정 사진 주위를 둘러보았다.

"향은 어디에?"

향로와 종은 있는데 막상 중요한 향이 눈에 띄지 않았다.

"미안해요. 여, 여기 있어요."

메구미는 급하게 책상 서랍에서 향 상자를 꺼내 외 테이블에 올려놓았다.

상자에서 향 하나를 꺼내 다시 액자 속 미야구치와 마주했다.

미야구치가 전에 호스트바에서 일했다는 게 생각났다. 이렇게 찬찬히 들여다보니 단정한 생김새였다. 인기 있는 호스트였을 것이다. 하지만 허세가 강해서 호스트를 그만둔 뒤에도 돈을 물 쓰듯 하는 버릇을 끊지 못한 채 이런 최후를 맞이하고 말았다.

향을 들고 또다시 테이블 주위를 살펴보았다.

"죄송하지만, 불을 붙일 게 없는데……."

원래 불단에 촛불을 켜 놓고 거기에 향불을 붙이는 게 예법인데 양초는 어디에도 꽂혀 있지 않았다. 그렇다면 성냥이나 라이터로 직접 향불을 붙일 수밖에 없지만 나는 담배를 피우지 않아서 성냥도 라이터도 없었다.

"죄송해요. 라이터 찾아올 테니까 잠시만 기다리세요."

메구미는 다급히 자리에서 일어나 복도 쪽으로 사라졌다.

나도 테이블 주변에 라이터가 없는지 다시 한번 찾아보았다. 문득 향로 안을 보니 아직 아무도 향을 올리지 않았는지 재가 하나도 없었다.

메구미도 향을 피운 적이 없었다는 건가.

라이터를 가져올 때까지 기다릴 수밖에 없다고 생각한 순간, 등 뒤에서 말다툼을 하는 기척이 들렸다. 벌떡 일어나 복도로 뛰어나갔더니 화장실 앞에 서 있는 메구미의 등이 보였다.

나는 그 등 너머로 말을 건넸다.

"미야구치 씨, 자살했다는 건 역시 거짓말이었어요?"

그 뒤에 미야구치는 내 앞에 무릎을 꿇고 몇 번이나 사죄했다.

마땅히 화를 내야 할 일이었지만 어처구니가 없어서 웃음이 나올 뿐이었다. 실은 안도한 나머지 온몸의 힘이 스르륵 빠져나가는 것 같았다.

"미야구치 씨, 살아 있어서 다행입니다."

그렇게 말하고 나도 모르게 눈물을 주르륵 흘렸다.

내 대출 빚 때문에 한 사람이 죽고 말았다는 생각에 며칠째 혼자 괴로워했는데 가슴속에 맺혔던 웅어리가 단숨에 풀리는 느낌이었다. 단골 고객은 마치 오래된 친구처럼 정이 들어 어찌 됐든 불행해지지 않기를 바라는 마음이 있었다.

"대출금은 내가 대신 낼 테니까 이번 일은 눈감아 주세요."

메구미가 그렇게 사과했기 때문에 나는 그쯤에서 물러나기로 했다.

집 안에 남은 두 사람은 그 뒤에 크게 다퉜는지도 모른다. 하지만 앞으로도 그 악연 같은 관계는 계속 이어질 것이다.

손목시계를 보니 오후 8시를 넘어섰다. 집에 없으면 헛수고가 될 것 같아 걱정했는데 하얀 레이스 커튼 사이로 불빛이 흘러나왔다. 미야구치 문제가 좋게 해결된 덕분에 그 기세를 몰아 다른 한 건도 연달아 처리하기로 했다.

벨을 누르자 문이 열리고 스웨터 차림의 눈썹이 가느다란 여자가 나타났다.

"도야마 미나요 씨지요?"

얇은 눈썹 사이에 주름을 잡고 여자가 내 얼굴을 빤히 쳐다보았다.

속이는 사람

"누구세요?"

현관에 발을 넣어 문을 닫지 못하게 한 뒤에 숨이 느껴질 만큼 얼굴을 바짝 댔다.

"간다 법률 사무소에서 나왔습니다."

나는 미나요의 얼굴을 운전면허증을 통해 알고 있지만 그녀 쪽에서는 내 얼굴을 본 적이 없다.

"법률 사무소에서 이 시간에 무슨 일로……."

미나요는 여전히 어리둥절한 표정이었다. 간다 법률 사무소라는 얘기에도 짐작 가는 게 없는 것이다.

"미나요 씨는 우리 사무소를 빙자해 사기를 쳤어요. 오누마라는 사채업자의 돈을 빌렸으면서 그걸 말소시키려고 거짓말을 하다니. 그 바람에 우리 법률 사무소는 엄청난 피해를 입었어요. 미나요 씨, 이걸 어떻게 책임질 겁니까?"

"채, 책임이라니……."

미나요의 얼굴이 바짝 굳어 버렸다.

"민사 소송으로 손해 배상을 청구할 예정이에요. 동시에 형사 사건으로 경찰과 상의해 사기죄로 고발할 테니까 지금 같이 경찰서로 가시죠."

미나요는 눈이 둥그레져서 허둥지둥 두 팔을 내저었다.

"잠깐만요, 소송이니 사기죄니, 대체 무슨 말씀이세요?"

"물론 개인 사채업이 합법적인 대부업은 아니죠. 하지만 처음부

그리고 너는 속고 있다

터 작정하고 돈을 편취할 목적으로 대출을 받았다면 그건 사기죄에 해당됩니다. 형법 246조에 의거해 10년 이하의 징역에 처해지는 중범죄예요."

사기죄는 벌금형 없이 즉각 실형에 처해지기도 한다.

"그런 거 아니에요! 처음에 빌릴 때는 꼭 갚을 생각이었어요. 근데 어떤 사람이 사채는 갚지 않아도 된다고 해서…….'"

"경찰을 사칭하기도 했지요? 그건 매우 악질적인 범죄입니다."

"서, 설마 범죄라니, 저는 몰랐어요. 그리고 제가 먼저 그러자고 한 게 아니에요. 그 사람 쪽에서 자꾸 꼬드겨서 그만……. 전화와 메시지도 그 사람이 했어요."

미나요는 눈물이 글썽해져서 큰 소리로 부르짖었다.

"그 사람이 대체 누굽니까?"

"가네다 씨예요."

"가네다? 뭐 하는 사람이죠?"

"사채업자예요. 그 사람이 다른 채무는 전부 말소해 주겠다면서 나한테 돈을 대출해 줬어요."

사부님이 예상한 그대로였다. 나를 협박한 자는 또 다른 사채업자였던 것이다.

"하지만 그 가네다라는 이름도 가명이잖아요. 휴대 전화와 은행 계좌도 본인 명의가 아닐 거고. 결국 우리는 미나요 씨에게 손해 배상을 청구할 수밖에 없어요."

"대출금은 갚을게요. 그 대신 경찰에 신고는 하지 말아 주세요."

"추가분 이자와 위자료, 그리고 우리 법률 사무소 경비까지 금액이 꽤 클 겁니다. 그런 돈을 마련할 수 있겠어요?"

미나요를 쓰윽 노려보며 말했다.

"얼마인데요? 가네다 씨한테서 빌린 돈으로 막을 수 있을까요?"

패밀리 레스토랑에 약속 시간보다 조금 늦게 도착한 사부님이 코트를 벗자 에트로 페이즐리 무늬 스카프가 눈에 들어왔다. 사부님은 소파에 앉자마자 태블릿을 들여다보며 오늘은 어떤 디저트를 주문할지 고심하고 있었다. 한발 앞서 도착했기 때문에 내 앞에는 '소금 캐러멜 바나나 파르페'가 놓여 있었다.

"미나요 건은 잘 풀렸다면서?"

도야마 미나요에게서는 대출금의 두 배 이상을 회수했다. 그 참에 가네다의 휴대 전화 번호도 알아냈다. 곧바로 실제 간다 법률 사무소에 연락해 그쪽을 사칭하는 자가 있다고 알려 주고 그 번호를 전달했다.

"사부님의 조언 덕분에 무사히 해결됐죠. 고맙습니다."

간다 법률 사무소에서 가네다의 휴대 전화에 정식 경고문을 보낸다고 했으니까 아마도 간이 서늘해졌을 것이다.

"좋아. 우선 이번 달 상환금부터 받아 볼까?"

태블릿으로 '아마오 딸기와 피스타치오 파르페'를 주문한 뒤에

그리고 너는 속고 있다

사부님이 말했다. 나는 현금 봉투를 가방에서 꺼냈다. 사부님은 봉투 속의 만 엔짜리 지폐를 주위의 시선도 아랑곳하지 않고 헤아리기 시작했다.

"응, 정확해."

마지막 한 장을 손끝으로 타악 팅기면서 돈 봉투를 가방에 챙겨 넣고 그 대신 백지 영수증 다발을 꺼내 볼펜으로 쓱쓱 적어 나갔다.

"지금까지 사부님의 고객 중에 자살한 사람은 없었습니까?"

볼펜을 쥔 손이 멈칫하더니 사부님이 나를 흘끗 쳐다보았다.

"한두 명이 아니야."

곧바로 시선을 돌리더니 영수증을 써 내려갔다.

"내 고객 중에 얼마 전에 위장 자살을 연출한 사람이 있었다니까요."

역시나 사부님도 그런 일은 겪어 본 적이 없는 모양이었다. 미야구치 얘기를 재미있게 풀어놓았더니 입을 크게 벌리고 깔깔깔 웃어 댔다.

"그런 일이 다 있었어? 뭐, 대출금도 무사히 회수했고 결과적으로 나쁠 건 없었네."

점원이 '아마오 딸기와 피스타치오 파르페'를 가져다주었다.

"누마지리, 지난번에 얘기했던 그 탐정을 소개해 줄까? 이제 돈도 꽤 많이 벌었잖아."

처음 그 얘기를 들었을 때, 비용이 마련되면 그때 다시 부탁하겠다고 대답했었다.

"실은 이제 탐정이 필요 없게 됐어요."

"엇, 왜?"

"몇 가지 우연이 겹치면서 딸아이가 어디 있는지, 저절로 알았거든요."

지인들에게 일일이 연락해 가며 그토록 열심히 찾아다녀도 끝내 알아내지 못했는데, 엉뚱한 일을 계기로 정보가 제 발로 굴러들어 왔다.

"오, 다행이다. 그럼 딸아이를 벌써 만난 거야?"

"혼자 있을 때를 노려서 잠깐 보고 왔어요."

"그랬구나. 잘 지내고 있었어?"

아야나 얘기를 하다 보니 문득 하나라는 아이가 떠올랐다.

"그보다 최근에 몹시 안타까운 일이 있었어요."

행방불명된 미타라이와 아동시설에 들어간 하나 얘기를 해주자 사부님은 낯빛이 흐려지면서 턱을 괴고 생각에 잠겼다.

"아이 아빠는 대체 어디로 갔는지…….."

그 뒤에도 미타라이는 전혀 소식이 없었다.

"아마 국내에 없을걸."

사부님이 파르페 그릇에 스푼을 꽂으며 말했다.

"국내에 없다니, 그러면 해외로 떠난 건가요?"

"현지에서 여권을 빼앗긴 채 보이스피싱 전화를 걸고 있을지도 모르지. 아니면 반감금 상태로 어딘가에서 장기간 막일을 한다거나? 아니지, 어린 딸에게 전혀 연락을 못 하는 걸 보면 훨씬 더 끔찍한 일을 당했는지도 모르겠다."

"끔찍한 일이라니, 어떤……."

"그건 내 입으로 말하기도 싫고, 너도 들어 봤자 좋을 게 없어."

선글라스 안의 사부님의 눈을 보고 나는 숨을 헉 삼켰다.

'장기 매매'라는 단어가 머릿속을 스쳤다. 하지만 사부님의 얼음장 같은 눈빛을 보니 더 이상 캐물을 수 없었다.

"아무튼 소중한 고객들은 대출금을 회수할 때까지 살살 돌봐 줘야 한다는 얘기야. 내가 이렇게 다달이 너를 만나는 것도 실은 나쁜 데로 튀지 않게 지켜보려는 거야."

사부님은 영수증을 다발에서 떼어내 내게 건네주었다.

"저에 대해서는 걱정 마세요. 이제 사채 일이라면 나름대로 빠삭하거든요. 특히 싱글맘 대상 대출이 잘 풀려서 요즘 정신없이 바빠요. 일손이 아쉬울 정도예요."

"그렇다면 누마지리도 이제 파트너를 구해야겠네."

사부님이 입을 크게 벌리고 빨간 아마오 딸기를 툭 던져 넣으며 말했다.

"파트너요?"

"싱글맘 대출이 잘 풀리면 직원을 구해 사업을 쭉쭉 키워 나가야지. 당장 믿을 만한 사람을 찾아봐."

그런 생각은 해본 적이 없었다. 역시 사부님의 조언은 적확하다. 지금 직원이 한 명만 더 있어도 미처 응하지 못한 신규 고객을 모조리 끌어안을 수 있다.

"사업을 키우겠다면 자금은 내가 얼마든지 대출해 줄게. 누마지리는 다른 데보다 이자를 낮게 받잖아. 그러니까 고객을 대폭 늘리지 않고서는 더 이상 수익을 올리기가 힘들어. 누군가 같이 일할 만한 사람, 없어?"

"친구도 별로 없고, 이런 사채업을 감당할 만한 지인이 있을지 모르겠네요."

"이런 바보, 네 친구나 지인 중에서 찾으라는 게 아니야. 현재 대출받은 고객 중에 제대로 돈을 못 갚는 자들이 있지? 그런 사람들을 활용해야지. 내가 너를 이 업계로 끌어들인 것처럼."

몇몇 고객의 얼굴이 머릿속을 스쳐 갔다.

"젊고 예쁘장한 싱글맘은 딜리버리 헬스점으로 보내면 되지만, 다른 자들은 결국 범죄 알바나 해외의 위험한 일에 동원될 수밖에 없어. 그보다는 소프트 사채업을 시키는 게 훨씬 낫잖아."

퍼뜩 미타라이가 생각났다.

만일 미타라이가 돌아오기만 한다면 함께 일하자고 제안할 것이다. 그러면 미타라이는 하나와 같이 살 수 있다. 하지만 미타라이가 과연 돌아올 수 있을까.

미야구치, 모모타, 쓰지모토 등 다른 고객들도 차례차례 머릿속을 스쳐 갔다. 다들 빚더미에 짓눌려 힘들어하고 있다. 하지만 이런 불법 사채업을 하겠다고 나서 줄까. 시간에 얽매이지 않고 일할 수 있으니까 응해 줄 사람도 있겠지만, 과연 그들을 믿어도 될까.

"역시 남자가 좋겠지요?"

"꼭 그렇지도 않아. 영리한 편이라면 남자든 여자든 관계없어."

9

지하철이 교외의 작은 역에 도착했다.

아야나가 사는 집까지 역에서 10분쯤 걸어야 하기 때문에 시간을 넉넉히 잡고 나왔더니 너무 일찍 도착해 버렸다.

소프트 사채업을 함께 해보는 건 어떨까요?

사부님의 조언에 따라 고객 중에 믿을 만한 사람들에게 문의해 보았다.

하지만 밑천을 대주자마자 그걸 들고 튀어 버릴 것 같은 자가 대부분이었다. 혹은 사채업이라는 말에 불법이라면서 지레 겁을 먹는 자도 있었다. 아무리 생각해 봐도 적당한 인물이 없다. 역시 파

그리고 너는 속고 있다

트너를 구한다는 게 쉽지 않구나, 하고 포기하려던 참에 퍼뜩 좋은 생각이 떠올랐다.

호적상의 실제 파트너에게 함께 일해 보자고 하면 되지 않을까.

이러니저러니 해도 속속들이 아는 사람인 데다 지금 경제적으로 어려움에 빠져 있다.

개인 사채업이 불법이라는 것만 눈감아 주면 웬만한 샐러리맨만큼은 벌 수 있다. 그런 식으로 장점을 설명하면 의외로 순순히 파트너가 되어 줄지도 모른다. 우리 부부의 관계가 이렇게까지 틀어져 버린 것도 실은 경제적인 게 원인이었다. 그게 해결된다면 관계가 회복될 가능성도 생기지 않을까.

손목시계를 보니 아직 저녁 8시 반밖에 안 되었다.

천천히 걸으면서 시간을 때우는 수밖에 없다고 생각했다. 개표구를 나서자 그야말로 멋들어진 벚꽃 터널이 맞아 주었다.

역 앞 상가의 이 벚나무 가로수 길은 전국적으로도 유명하다. 만개한 핑크빛 꽃잎이 흐드러지게 피어서 저절로 홀린 듯 올려다보았다. 오가는 사람들도 흩어지는 꽃잎에 탄성을 올리며 저마다 스마트폰으로 사진을 찍고 있었다. 노란 가로등 불빛을 받은 밤 벚꽃은 실로 환상적이어서 어딘가 다른 세상에 헤매든 듯한 기분이었다.

이토록 아름다운 벚꽃을 느긋하게 구경해 보는 게 벌써 몇 년 만인가.

사업 실패로 빚더미에 올라앉고 아야나마저 잃어버린 뒤로 사채업의 트러블을 해결하기에 급급해서 주위를 돌아볼 겨를도 없었다. 하지만 봄여름가을겨울의 사계절은 변함없이 순환하고 있었다. 내가 까맣게 잊고 있던 동안에도 벚꽃은 몇 번이나 아름다운 꽃을 피우고 이렇게 아낌없이 떨어져 흩어졌을 것이다.

벚꽃의 아름다움에 흠뻑 젖어 들어 핑크빛 터널 속을 천천히 걸었다.

그리고 이제부터 맞닥뜨리게 될 일을 생각했다.

사전에 연락은 했지만, 실제로 나를 본 순간에 어떤 얼굴을 할까. 개인 사채업이 어떤 일인지 설명하면 그걸 받아들여 줄까. 서로 마음속에 쌓인 앙금을 털어내고 다시 셋이서 오순도순 사는 것도 그 선택지 속에 슬쩍 넣어 두었다.

지난번에 몰래 만나러 갔을 때, 아야나의 의사는 확인했다. 아야나는 "아빠랑 엄마랑 나랑 셋이서 살고 싶어"라고 말해 주었다. 이전의 나였다면 재결합은 결코 받아들이지 못했을 것이다. 하지만 미타라이와 하나의 딱한 처지를 목격한 뒤로 내 생각도 바뀌었다. 어떻게 하면 아야나가 행복해질 수 있을지, 무엇보다 그 점을 최우선으로 생각해야 한다.

벚꽃 터널이 끊긴 곳에 멈춰 서서 아야나가 사는 연립 주택의 위치를 스마트폰 지도 앱으로 다시 한번 확인했다. 최대한 천천히 걸으려고 했는데 그새 그 집이 바로 코앞이었다.

그 순간, 한 줄기 바람이 들이쳐서 나도 모르게 눈을 꾹 감았다.

머리칼을 흐트러뜨린 장난꾸러기 같은 돌풍은 바닥에 떨어진 꽃잎을 휘감아 벚꽃의 눈보라로 흩어졌다. 내일부터 날씨가 흐려진다고 하니까 이 찬란한 벚꽃 가로수 길도 오늘 밤이 마지막이 될 것이다.

약간 마음에 걸리는 것도 있었다.

최근 며칠 동안 그쪽에서 보내온 메시지가 좀 이상했다. 일도 잘 안 되고 건강 상태도 그리 좋지 않은 것 같았다. 정신적으로 약해진 듯한 느낌이었다. 하지만 나도 미야구치, 미타라이, 도야마 미나요 등 잇따라 문제가 터지는 바람에 한동안 제대로 답장을 못 했다.

어렵게 찾아왔는데 정신에 병이 들어 제대로 대화조차 못 하는 건 아닐까. 빚에 쫓기다 못해 정신이 이상해지는 사람이 적지 않다. 빚더미에 짓눌려 우울증에 걸려 자살해 버리는 사람까지 있는 것이다.

불길한 예감에 가슴속이 수런거렸다.

허름한 2층짜리 연립이 눈에 들어왔다.

그 1층 한가운데 집에 아야나가 살고 있다. 창문으로 불빛이 새어 나오는 것을 보고 안도해서 가슴을 쓸어내렸다. 초등학생이 있으니 이 시간에 집을 비울 리는 없다. 하지만 막상 집에 있다는 것을 알자마자 이번에는 또 다른 의미에서 긴장이 되었다. 내 얘기를 순순히 받아 주면 좋을 텐데.

연립 주택 부지로 들어서자 은색 우편함이 주르륵 달린 공간이

나왔다. 살펴보니 그 집 우편함에는 이름이 없었다. 천천히 공용 공간을 지나 현관 앞에 서서 문패를 보았다. 하지만 그곳에도 이름이 적혀 있지 않았다.

정말 여기가 맞나, 하고 점점 더 불안해졌다.

지난 며칠 사이에 혹시 이사해 버린 건 아닐까.

쓸데없는 걱정이라고 생각하면서도 묘한 망상이 차례차례 머릿속을 맴돌았다.

심장이 두근거리고 기대와 불안으로 가슴이 먹먹해졌다. 귀를 바짝 대고 들어 보니 문 너머로 텔레비전 소리와 아이 웃음소리가 들렸다. 나는 뺨을 찰싹찰싹 쳐서 기합을 넣은 뒤에 문 옆에 있는 벨을 눌렀다.

얇은 문 너머로 벨소리가 울렸다. 뒤를 이어 발소리가 다가왔다. 눈앞의 현관문에는 도어 스코프가 달려 있었다. 안쪽에서 내 얼굴을 확인했을 터였다.

그때 와자하게 사람들 소리가 들려서 입구 쪽을 쳐다보니 대학생인 듯한 남자 세 명이 편의점 봉투를 들고 이쪽으로 다가오고 있었다. 봉투 속의 맥주와 안줏거리가 얼핏 보였다. 이 연립에 사는 대학생이 친구들을 데려온 모양이었다. 복도가 좁아서 나는 한쪽으로 비켜서서 길을 터주었다. 그들은 가볍게 목례를 건네고 크게 떠들면서 내 옆을 지나 옆집 문 안으로 사라졌다.

다시 현관문 앞에 서서 기다렸지만 문이 열릴 낌새는 없었다. 별

그리고 너는 속고 있다

수 없이 다시 벨을 누르고 내 얼굴이 잘 보이게 도어 스코프 바로 앞으로 다가섰다.

그래도 문은 열리지 않았다.

설마 집에 없는 척하려는 건가.

기다리다 못해 문을 두드렸다. 인기척이 들렸으니까 안에 누군가 있다는 건 틀림없었다.

"이봐, 문 좀 열어 봐."

이번에는 벨을 누르면서 문 너머로 소리쳤다.

"어쨌든 얘기를 해보자. 얼른 문 열어."

가볍게 두드릴 생각이었는데 쾅쾅 소리가 나 버렸다. 이윽고 체인이 풀리는 소리와 함께 조심스럽게 문이 열렸다.

"다카요, 오랜만이야."

억지웃음을 지으며 그렇게 말했지만, 핏발 선 두 개의 눈은 나를 노려볼 뿐이었다.

"갑작스럽게 찾아와서 놀랐지? 그냥 얘기나 하려고 온 거야, 잠깐 안에 들어가도 될까?"

자칫 화를 돋울까 봐 최대한 순한 단어를 골라서 말했다.

"이렇게 문 앞에 서서 얘기하는 것도 좀 그렇잖아. 일단 안으로 들어가자."

하지만 고개를 좌우로 내저을 뿐, 나를 집 안에 들여줄 생각이 전혀 없는 표정이었다.

"미치겠네."

나도 모르게 한숨이 새어 나왔다. 하지만 혼란스러워하는 것도 이해는 된다. 하나하나 찬찬히 설명해 주지 않고서는 지금 이 상황을 받아들이기가 어려울 것이다.

"내가 찾아온 용건은 두 가지야. 우선 아야나의 친권에 관한 거. 우리가 이렇게 자기주장만 해봤자 끝이 안 나잖아. 그러니까 우선 아야나에게 가장 좋은 게 무엇인지 얘기해 보자."

애써 담담하게 말하려고 했지만 내 말 따위는 전혀 들리지 않는 것처럼 아무 반응이 없었다.

"또 한 가지는 일에 관한 거야. SNS를 통해서도 얘기했지만, 괜찮은 일거리야. 나하고 같이 개인 사채업을 해보자."

"무슨 소리야?"

핏발 선 눈을 번뜩이며 드디어 목소리가 튀어나왔다.

"어떻게 된 일인지 선뜻 이해하기 어렵다는 것도 알아. 내가 순서대로 설명할게."

머릿속을 정리했다. 어떻게 설명해 주면 이 상황을 쉽게 이해할 수 있을까.

"다카요, 작년 가을 핼러윈데이 때쯤에 개인 사채업에서 대출을 받았었지?"

고개를 잠깐 끄덕이면서도 경계하는 시선은 사라지지 않았다.

"그 대출액이 점점 불어나 40만 엔까지 올라갔어. 그래서 한때

그리고 너는 속고 있다

는 딜리버리 헬스점에서 일할 생각까지 했었잖아. 다행히 그것만 은 피했어. 하지만 요즘 다시 몸이 안 좋아져서 이래저래 힘들었을 거야. 그런 참에 대출을 해준 사람이 자기와 함께 사채업을 해보자 는 제안을 했지?"

"어떻게 당신이 그런 걸 다 알고 있어?"

나는 손목시계를 흘끗 들여다보았다.

"약속한 시간보다 일찍 도착해 버렸지만, 오늘 그 사채업 파트 너에 대한 얘기를 하려고 왔어."

"아니, 잠깐만. 나는 미나미 씨라는 사람한테서 대출을 받았어. 미나미 씨는 어디 있어?"

여전히 핏발 선 눈으로 내 등 뒤를 살펴봤다. 하지만 나 말고 다 른 어느 누구도 그곳에 있을 리 없다.

"여태까지 돈을 빌려준 게 오누마 미나미라는 사람이었지? 실 은 그 미나미가 바로 나였어."

다카요는 눈이 휘둥그레진 채 입이 헤벌어졌다. 어어, 하고 미처 말이 되지 못한 소리를 올렸다.

"성별까지 다르니까 믿기 어렵겠지. 실은 오누마 미나미라는 이 름은 내가 사채업을 할 때 사용하는 핸들네임 중 하나야."

"말도 안 돼……."

"사실이라니까."

나는 휴대 전화를 꺼내 지금까지 메시지를 주고받은 내력을 다카요에게 보여주었다.

"이제 알겠어?"

"어떻게 그런……. 여태까지 미나미라는 이름으로 나를 속였어?"

핏발 선 눈이 가늘어지더니 찌를 듯한 시선으로 나를 노려보았다.

"속이다니, 그런 거 아냐. 내가 운영하는 SNS에 대출을 해달라고 메시지를 보낸 건 다카요 쪽이야. 그때는 오히려 내가 깜짝 놀랐어. 그렇게 찾아다녀도 나타나지 않던 다카요가 우연이기는 해도 어쨌든 먼저 연락을 해줬으니까."

SNS 광고를 올렸을 때, 돈에 쪼들리는 싱글맘이라면 내가 올린 대출 문구를 접할 기회가 많았을 터였다. 그래서 나한테 다카요의 DM이 들어온 것은 어떤 의미에서는 우연이라기보다 당연한 일이었다.

"물론 그때 다카요라는 걸 알았지만 그런 얘기를 할 기회가 없었어. 그렇게 결국 내가 미나미라는 사채업자로 여기까지 오게 된 거야."

집 안에서 텔레비전 소리가 들렸다. 아야나의 목소리는 없었다. 대체 어디 있는 걸까.

"여태까지 돈 때문에 죽을 만큼 힘들어하는 나를 실실 웃으면서 지켜봤겠네?"

"그렇지 않아."

다카요였기 때문에 다른 고객과는 달리 그때그때 필요한 금액을 즉시 대출해 주었다.

"하마터면 성매매까지 할 뻔했어. 근데 그 일을 소개한 사람이 당신이었다는 거야?"

"그건 오해야. 다카요가 성매매에 대해 자꾸 물어봐서 대답해 준 것뿐이야. 나는 한 번도 그런 일을 권한 적이 없어. 오히려 그쪽으로 흘러가지 않게 하려고 내 나름대로 애써 뒤에서 도와줬다고."

다른 싱글맘과는 달리 다카요에게는 결코 성매매 일을 권하지 않았다. 하지만 자칫 싸구려 헬스점에 찾아가기라도 하면 딱하다는 생각에 정확한 정보를 제공해 주려고 한 것뿐이다.

"넌······악귀야."

다카요의 핏발 선 눈에 증오의 빛이 번졌다.

"글쎄 그게 아니라니까? 이봐, 아야나를 생각해서라도 좀 냉정하게 얘기해 보자."

복도에서 다투는 소리가 안에까지 들렸는지, 옆집 문이 열리고 대학생이 이쪽을 살펴보고 있었다.

"다카요, 일단 안에 들어가자."

한 걸음 발을 들이밀자 집 안에서 작은 여자애가 우르르 달려 나왔다.

"아야나!"

나는 아야나를 품에 안으려고 팔을 내밀었다.

"아빠!"

아야나의 목소리가 귀에 들어온 순간, 긴 머리칼이 내 시야를 가리는 것과 동시에 복부에 격통이 내달렸다.

아픈 곳을 손바닥으로 짚어 보니 칼이 꽂혀 있었다. 흰색 셔츠가 순식간에 빨갛게 물들었다.

다리에 힘이 풀려 바닥에 주저앉았다. 희미해져 가는 의식 속에 아야나의 목소리가 왕왕 울렸다.

"아빠, 아빠, 괜찮아? 죽으면 안 돼, 아빠!"

에필로그

"히토미, 사채업자 스가누마 씨하고 연락이 안 돼. 무슨 일인지 알아?"

학교 휴게실에서 미사키가 크리스피 샌드를 한 입 크게 베어 물면서 말했다.

"아니, 몰라. 나는 진즉에 대출금 다 갚았거든."

히토미는 자판기에서 사 온 페트병 아이스티를 한 모금 마셨다.

"그렇구나. 어떡해, 내일까지 꼭 돈이 필요한데."

미사키는 오모테산도의 인기 헤어숍에서 커트한 검은 머리를 쓸어 올리며 난감한 표정을 지었다.

"얼마나 필요한데?"

"100만 엔."

"그렇게나 많이? 대체 어디에 쓰려고?"

저도 모르게 큰 소리가 튀어나와서 히토미는 머쓱하게 주위를 둘러보았다. 휴게실 창문 너머로 벚나무가 보였지만 이제 꽃은 다 떨어지고 그새 초록 잎으로 뒤덮였다.

"아키라가 이번 달 매출이 형편없이 나왔대. 그래서 내가 조금만 도와주려고."

"넌 아직도 호스트 클럽에 다녀?"

히토미는 가벼운 한숨을 내쉬며 말했다.

"당근이지. 히토미는 요즘 발 끊었어?"

처음에 미사키를 호스트 클럽에 데려간 게 실은 히토미였다.

"난 호스트 클럽은 금세 싫증 나던데? 게다가 나, 남자 친구도 생겼잖아."

대학생 남자 친구가 생기자마자 히토미는 딜리버리 헬스점 일도 관뒀다.

"그나저나 스가누마 씨는 왜 연락이 안 될까?"

네일숍에서 빨갛게 덧칠해 준 손톱 끝으로 스마트폰을 터치하면서 미사키가 고개를 갸웃거렸다.

"네가 대출해 달라고 말했는데도 연락이 없어?"

"그렇다니까. 지난번에도 50만 엔을 빌렸다가 이자까지 정확히 갚았어. 그러니까 나를 피할 리가 없는데 말이야. 오늘 아침에 라인으로 메시지를 보냈는데 전혀 반응이 없어."

미사키는 며칠 전에 새로 구입한 최신형 아이폰을 내보이며 말했다.

"진짜네? 읽지도 않았나 봐, 숫자가 그대로잖아."

"다른 데서 빌려도 상관없지만, 스가누마 씨가 워낙 저리로 빌려줘서 좋았거든. 히토미, 이자 낮은 다른 사채업자, 혹시 아는 데 있어?"

하지만 착실히 살기로 마음먹은 히토미는 사채 따위와는 인연을 끊은 지 오래였다.

"나야 모르지. 그보다 미사키, 너 진짜 괜찮아? 그 호스트한테 번번이 속는 거 아니야?"

"속다니, 내가 왜 속아? 난 아키라의 찐 여친인데."

호스트 일을 하는 남자라도 진심으로 사랑하는 여자 친구를 갖고 싶어 한다. 호스트 업계에서는 그런 여자를 '찐 여친'이라고 한다. 하지만 진심으로 사랑하는지 어떤지는 그 호스트 본인만 아는 일이다.

"아키라가 3년만 기다리라고 했어. 그때 결혼하기로 약속했단 말이야."

옮긴이의 말

돈에 속아 아프고, 작가에 속아 짜릿하다

문제 많은 남편을 피해 2년 전, 일곱 살 딸아이를 데리고 도쿄로 도망쳐 나온 싱글맘 누마지리 다카요에게 임대료 독촉장이 날아옵니다. 월세 5만 엔의 30년도 더 된 낡아 빠진 집이지만 이곳에서도 쫓겨나면 모녀가 길바닥에 나앉게 됩니다. 고향 사이타마에서 콜센터 일을 한 경력을 살려 비정규직이나마 클레임 처리팀의 상담사로 일했으나 도쿄에서의 생활은 역시 녹록지 않습니다. 전화너머로 꼼짝없이 들어야 하는 온갖 욕설에 시달리는 동안에 신경에 이상이 생기면서 결국 직장을 그만두었고, 당장 열흘 안에 3개월째 연체된 임대료를 마련하지 못하면 강제 퇴거를 당할 위기에 처하고 맙니다.

누구보다 돈이 필요한 상황이지만 시중은행은 물론이고 등록 대부업체에서도 실업자에게는 대출을 해주지 않습니다. 가족에게도 도움을 받지 못할 형편이라 마지막으로 그녀가 매달린 곳은 SNS로 고객을 모집하는 인터넷 불법 개인 사채업자였습니다. 유난히 친절하게 돈을 빌려주고 아이 키우기 등의 사적인 상담에도 응해 주는 '미나미 씨'라는 사채업자. 하지만 그 친절함과는 다르게 다카요의 대출금은 눈덩이처럼 불어납니다. 문자 메시지로만 거래할 뿐 얼굴도 본명도 모르는 '미나미 씨'는 과연 누구인가…….

묘한 성실함으로 인기를 얻고 어른들에게 예쁨을 받는 데 선수인 남자가 있습니다. 가진 자본금도 없이 레스토랑 비즈니스로 세상을 휘어잡겠노라고 호언장담합니다. 장모를 꼬드겨 처갓집을 담보로 그야말로 빚투 대박을 노립니다. 결국 실패하죠. 정든 집이 빚보증으로 넘어가자 장인은 그 충격으로 사망, 치매에 걸린 장모는 큰딸에게 얹혀사는 신세가 됩니다. 허랑한 남편 때문에 친정집에 그런 엄청난 폐를 끼친 다카요는 그를 '악귀'라고 표현하는데 그럴 만도 합니다. 사업에 실패하자 그다음에는 도박으로 내달리고 성격마저 거칠어져 가정 폭력까지 휘둘렀으니까요. '내 인생의 좌절은 그 남자를 만나면서부터 시작되었다'라는 말, 어디선가 많이 들어 본 듯한 기시감이 듭니다.

어디에도 도움을 청할 수 없는 절박한 상황에서 은행도 대부업체도 아무 도움이 되지 않습니다. 오히려 '맑은 날에 우산을 빌려주고 비 오는 날에 우산을 빼앗아 가는' 매정한 금융 시스템일 뿐입니다. 궁지에 몰려 결국 매달리게 되는 곳은……불법 사채여야 할까요.『그리고 너는 속고 있다』는 바로 지금 일본 사회에서 일어나는 지극히 일상적인 'SNS 불법 사채업'의 실상을 리얼하게 재구성한 소설입니다. 저도 모르게 사채의 수렁에 빠져 헤어나지 못하는 다양한 사례를 구체적인 숫자와 함께 흥미롭게 그려 내는 한편, 높은 이자를 노리고 돈놀이를 하는 자들의 흑막도 파헤쳤습니다. 사채업자라고 하면 살벌하다 못해 끔찍한 폭력과 피 튀기는 장면이 떠오릅니다. 하지만 이 이야기의 사채업자들은 '소프트 사채'라는 신조어처럼 겉으로는 말랑하게 예의를 차리는 보통 사람입니다. 이웃처럼 선량한 얼굴의 사채업자라니, 더더욱 피부에 스며드는 오싹함이 있습니다.

사람이 살아가는 데 반드시 필요한 것 중의 하나가 돈일 텐데도 막상 그에 관한 지식에 대해서는 짐짓 경원하거나 소홀한 경우가 많습니다. 투자의 귀재로 통하는 워렌 버핏의 명언이라는 게 있습니다. 그중 첫 번째는 '절대 돈을 잃지 마세요'라고 합니다. 두 번째는 '첫 번째 규칙을 잊지 마세요', 그리고 세 번째 규칙은 '구덩이에 빠졌을 때 가장 중요한 일은 구덩이 파기를 멈추는 것'이라고 하네요. 다카요의 곤경을 지켜보면서 특히 공감이 가는 교훈이었습니다. 작가가 독자들에게 바라 마지않는 것도 그런 반면교사의 체감이겠지요. 돈에 속아 온갖 쓴맛을 보는 흥미로운 스토리를 통해 실감 나게 배우는 경제 소설로서 손색이 없습니다.

거기에 더해 '미나미 씨'의 정체를 둘러싼 수수께끼가 미스터리의 재미를 증폭시킵니다. 번역을 위해 처음 읽었을 때 마지막 부분에서 나도 모르게 앗, 하고 놀랐습니다. 어떤 독자라도 반드시 '이게 어떻게 된 거야?!'라고 다시 책장을 처음으로 넘겨서 읽어 보지 않을까요. 이윽고 작가에게 깜빡 속았다는 것을 알게 됩니다. 짜릿한 반전이 대단하다고 무릎을 칠 만큼 뛰어난 구성의 미스터리입니다.

반전에 대한 스포는 다른 독자들을 위해 절대 금물이지만, 어떤 트릭을 썼는지는 아주 조금 힌트를 드려도 될 것 같습니다. 말하자면 이름과 시차時差의 복선을 교묘하게 활용한 속임수입니다. 일본은 혼인을 하면 여성은 남편의 성씨를 씁니다. 주인공은 누마지리 다카요, 하지만 그녀의 남편은 너무도 한심한 인간이라서 그런지 누마지리라는 성씨만 있을 뿐 이름을 불러 준 적이 없습니다. 이름 없는 사람, 즉 존재하지 않았더라면 좋았을 인물일까요.

그리고 두 번째 복선은 '호박'에 관한 언급입니다.

'호박 일러스트가 그려진 달력을 돌아보니 이번 달은 이제 겨우 열흘이 남았을 뿐이었다.' -13쪽

'핼러윈이 다가오는 시기여서 커피점에서는 오렌지색 호박 랜턴을 곳곳에 장식해 두었다. 맞은편 자리에서 대학생인 듯한 여자 둘이 호박 케이크를 먹으면서 한창 수다를 떨고 있었다.' -231쪽

다카요에게 매우 중요했던 그날이 달력에 그려진 호박 일러스

트와 커피점의 '잭 오 랜턴' 장식을 통해 10월 31일, 즉 핼러윈이라는 것을 알 수 있습니다. 마침 그날을 복선으로 활용한 작가의 속셈을 눈치챘다면 매우 흥미로운 독서가 되지 않을까 합니다. '모든 성인의 대축일(만성절)'을 하루 앞두고 저승 문이 열려 온갖 마귀들이 출몰하는 그날은 어쩌면 불법 사채에 손을 대는 순간, 그 야말로 지옥문이 열린다는 의미인지도 모릅니다. 달콤한 디저트와 명품 스카프의 최종 보스 사부님, 프롤로그와 에필로그를 장식한 두 여대생 미사키와 히토미를 비롯해 돈에 얽매인 다양한 이들의 모습이 펼쳐지지만, 핼러윈과 연결되면서 하나하나 괴이한 코스튬의 악귀, 마녀, 유령이 연상되기도 합니다. 시도 때도 없이 전화질을 하는 쓰지모토는 잔망스러운 소 악마라고 할까요. 의외로 꽤 중요한 역할을 합니다. 핼러윈 때는 사탕을 얻으러 다니면서 'Trick or Treat!'이라고 외친다고 합니다. 이 소설은 독자 골탕 먹이기이면서 동시에 머릿속에 박히는 교훈의 선물이 될 수 있겠지요.

작가 시가 아키라는 메이지대학 상학부를 졸업하고 1986년에 닛폰방송에 입사한 후 프로듀서, 라디오 디렉터 등 방송 외길로 활약하던 분입니다. 관리직이 되면서 시간 여유가 생기자 48세 때부터 새벽 5시에서 7시까지 미스터리 소설을 집필하는 투잡 생활을 시작했다고 합니다. 5년여의 습작 기간을 거친 끝에 스마트폰을 잃어버린 자신의 실제 체험을 소재로 쓴 『스마트폰을 떨어뜨렸을 뿐인데』가 2016년 제15회 〈이 미스터리가 대단해!〉의 대상 최

종 후보작에 올랐으나 낙선, 하지만 '숨은 보물'로 편집부의 추천
을 받아 출간되었습니다. 이 소설이 2018년에 기타가와 게이코 주
연의 영화로 제작되었고, 같은 소재로 시리즈 3편까지 연달아 출
간될 만큼 인기를 끌었습니다. 2023년에는 임시완, 천우희 주연의
넷플릭스 오리지널 영화로도 나왔습니다. 일본 영화보다 오히려
더 세계적인 주목을 받았다고 합니다. 그밖에 보이스피싱의 실상
을 파헤친『오레오레 소굴』, 사이버 렉카 유튜버를 다룬『온 세상
이 적敵이 되더라도』, 본격 미스터리『딱 한잔하려고 했을 뿐인데』
등이 차례차례 베스트셀러에 이름을 올렸습니다. 소설 소재로서
는 드문 분야인 가상화폐 유출, 인터넷 사기, 사이버 테러 등 바로
지금의 현장감 넘치는 시사 문제를 적극 다루는 것이 장점입니다.
스마트폰을 경쟁 대상으로 삼아 '평소 책을 읽지 않는 젊은이들도
재미있게 읽어 주었으면' 하는 작품이 집필의 지향점이라고 밝힌
바 있습니다.

돈에 속아 아프고 작가에게 속아 짜릿한 스토리도 재미있지만,
한편으로 우리가 살아가면서 경제적 기본 개념으로 삼을 만한 작
은 경종警鐘의 실용서로서 이 책을 독자들과 함께할 수 있었으면
합니다.

2024년 3월
양윤옥